妖怪旅館營業中 四

以家常好味化敵為友

友麻碧

輕文學

Light Literature

目錄

第一話

折尾屋地下私牢

從上空俯瞰，沿著海岸延伸的折尾屋彷彿一面廣闊的牆壁。

相對於往上聳立的天神屋，這裡給人完全相反的印象。

這是一間橫向發展，占地寬廣的旅館。

青色的妖火也連綿於海岸，宛若串連成某種圖形。

相較於天神屋四處高掛著朱紅色的鬼火，營造出輝煌熱鬧的日式風情，這裡給人比較沉穩，寧靜似水的感覺。不知道原因是否在於這陣流入耳中的海潮聲？

折尾屋周邊並沒有熙來攘往的商店街或鬧區。稍遠一點的沿海岸上，可見到漁港的燈火與一明一滅的燈塔；而往遙遠的內陸望去，則可發現聚集成群的城鎮燈火。

我聽說折尾屋跟天神屋互為競爭對手，然而這兩間旅館在特質與形態上似乎大不相同。

空中飛船降落至海面的高度，從折尾屋的渡船口進港。

上次與銀次先生去東方大地港口採買時，我們也是坐著天神屋的小飛船降落海面……

現在哪有空想這些無關緊要的事。

眼前一連串離奇的狀況，讓我立刻從乘船的暈眩中清醒，呆站在原地。

結果，我被帶來折尾屋了耶。

「喂！人類丫頭，快下船了！」

不知道是誰從我背後狠狠踹了一腳，讓我整個人往前撲倒在地。好痛。

「葵小姐！您沒事吧？」

銀次先生隨即衝上前來扶了我一把，讓我得以站起身子。

「不許做出如此無禮之舉，秀吉先生！」

銀次先生警告了那名踹我的妖怪。

對方是個矮小的男性，有一頭自然捲，額頭上橫綁著一條細細的繩子，在頭的側面打了個結。他以嘲諷的口氣斜眼對我「哈！」了一聲後，便靈活地從船上一躍而下，踏上渡船口。

我記得這傢伙就是當時拿著擴音器，對天神屋幹部頤指氣使的那個人……他的背後長著兩條咖啡色的尾巴。

「他是二尾猴妖秀吉先生，折尾屋幹部之一，擔任小老闆……在我離開之後接任的。」

「喔喔……總覺得各方面都很有猴子的感覺呢，身手很輕巧。」

不只那傢伙。

我感受到周圍滿是來自折尾屋的視線，其中隱含著惡意與好奇心。

簡直就像我剛踏入天神屋的那時候啊……

我深呼吸後，緩緩走下船。這時候要是發抖就輸了。必須想辦法帶著銀次先生回到天神屋。

——此時此刻的我，心裡只有這麼一個念頭。

「亂丸。」

就在我踏上港口地面的那一刻，還在船上的黃金童子從甲板俯視著渡船口，開口喊了亂丸

——也就是折尾屋大老闆的名字。我也不禁跟著回頭一望。

「我現在要前往西北大地了。亂丸，『儀式』務必順利完成……你明白的吧。」

「……在下明白。黃金童子大人，我一定會交出成果的。」

亂丸對黃金童子深深一鞠躬，目送再次發動的青蘭丸。

儀式……？

他們到底在說些什麼？

回過神來我發現，黃金童子那雙紫水晶般的眼眸正俯看著我。

那冰冷的雙眼彷彿能看透萬物。我不明白她投注在我身上的這股視線到底有何用意。

即使她現在依然一副幼女的外型，但我已無法想像她就是我當初遇見的那位女孩了。當然，

我想事實也的確並非如此就是了。

「葵小姐，這邊請……」

被銀次先生呼喚的我，再度往折尾屋所坐落的方向前進。

四周搖曳的青色妖火強烈地映入我的眼簾，那是與天神屋鬼火完全相反的火光。

然而就在我一抵達折尾屋的同時，一群穿著日式工作服的彪形大漢便把我從銀次先生身旁拉開，我又再度遭受粗魯的對待。

他們竟然把我關入一個類似地下私牢的空間。

「欸、你們這是幹嘛啊！」

雖然我出聲抗議這樣的待遇也太過分了，不過大老闆亂丸只顧著露出一張稱心如意的笑臉，那充滿野獸氣息的獠牙也隨之探出。他手上還一邊把玩著牢房的鑰匙。

「鬼妻配這地方恰恰好啊。給我在這裡老實待上一陣子。」

「我又不是罪犯！你這是在囚禁我喔，很明顯是犯罪行為！」

「誰管妳那麼多。在這片土地上，我就是法律。」

「別鬧了！把我放出來喔！」

果然如銀次先生所說，亂丸這男人一副唯我獨尊的姿態，超自以為是的。

我猛力搖著牢房的柵欄，發出了聲響。現在的我深刻體會到被關在動物園裡的黑猩猩究竟是什麼心情了。

亂丸將頭髮往後一撩，露出一臉受不了的欠揍表情。

「……真是。狀況演變成這樣，照常理來說妳該哭著求饒才對吧？真是個不討喜的女人耶。雖然我對天神屋的大老闆恨之入骨，不過看見他被迫與妳這種女人成親，縱使身為他的敵人也開始有點心生同情了。」

「你說什麼？」

他一開口又想把我氣死第二次。我也是心不甘情不願從現世被綁過來的耶！

「算了，也罷。黃金童子大人一時起了玩心而把妳帶來，不過老實說抓妳過來也沒用，只是多了隻吃飯的米蟲。接下來我們旅館有重大活動要舉行，要是被妳胡搞瞎搞就傷腦筋啦，所以才把妳關起來。不過……若妳能派上用場，放妳出來也不是不行囉。」

「你……」

「不然就指望妳那個大老闆為愛奮不顧身囉。要是他真有那麼在乎妳，就一定會來英雄救美不是嗎？哈哈哈哈哈哈！」

亂丸自顧自地滔滔不絕，又自顧自地拍著膝蓋大笑。他周圍的跟班們也跟著笑了起來。

這、這到底算什麼啊！隨便把我綁過來，又說這種風涼話！

亂丸豎起那對大大的犬耳，看起來一副龍心大悅的樣子，把我留在牢裡便離開了。

那頭紅色長髮與亮麗的淡青色外褂，轉身一個翻騰便消失在現場。

「……」

剛才還那麼喧囂的地下牢籠，馬上被寂靜所籠罩。

我依賴著牢房門前唯一一盞妖火為光源，忍不住一屁股癱坐在地。

這讓我回想起以前剛到天神屋時的心情呢，一種類似孤獨的感受。不過當初至少沒有把我關進這種鬼地方啊。

「大老闆的愛……什麼啊。」
再說，那是啥？可以指望嗎？
不不不，其實大老闆算是個性溫柔又心胸寬大的妖怪，這一點就連我也明白啦。
「不過要是他來救我，等於給天神屋添了麻煩呢。」
不對，光是我被抓來這件事，想必就已經夠麻煩了。
畢竟現在這樣的狀況，夕顏要怎麼辦？
小老闆銀次先生也不在，肯定一團亂。
既然如此，那乾脆自己想辦法度過眼前危機吧。
會被抓來也是我自食其果，如果光坐著等待救援，那我也沒資格自稱天神屋的一員，反倒比較像拖油瓶。況且……
「銀次先生他，不知道還好嗎？」
記得剛剛與他分離之前，他好像警告過亂丸不許對我做出粗魯的舉動。
當時銀次先生對亂丸的態度讓我嚇了一跳。總是沉著穩重又紳士的他，竟然會在別人面前表現得那麼激動。他與亂丸之間，過去是否有過些什麼呢？
要擔心、要思考的問題實在太多了。
我都已經累趴了耶……還有，現在是幾點啊？
「欸，姊姊～」

正當我坐在牢房裡悶悶不樂時，柵欄外突然傳來一陣呼喚聲，我抬起了頭。

站在門外的是一位皮膚黝黑的少年，看起來好像負責打雜的工作。光看外表的話，年齡約莫十歲左右吧？一頭蓬亂的頭髮全梳往後面隨便紮起來，看起來有點可愛。

「宵夜來囉。」

「咦、有飯吃嗎？」

剛才還忙著擔心銀次先生，以及思考逃脫大計的我，一聽到「飯」這個關鍵字，就完全被牽著鼻子走了。

少年站在牢邊，從遞交物品用的狹小送飯口把餐點送進牢房裡。

老實說這一路的波折早已讓我餓壞。雖然在天神屋後山舉行晚宴時有吃了鹽烤香魚，但除此之外也沒大吃大喝呀。

現在的我已顧不得什麼「很晚了耶」、「吃宵夜會胖啦」這些事情了。

「哇……」

而且眼前的餐點，豪華得讓我幾乎大吃一驚。有白肉魚煮成的湯品、綜合生魚片、花枝燒賣與燉煮蔬菜、還有白飯跟醃菜。

感覺像是個生魚片套餐？就類似料亭會有的商業午餐。

「應、應該不會有下毒之類的吧……」

「妳擔心的話不吃也沒差，給我吃。」

「不行，我要吃。」

由於打雜的少年緊盯著我的餐點不放，於是我開始採取防禦姿態，保護著食物。

重新望向眼前的菜色，我雙手合十說了聲「我開動了」，便拿起筷子。

我先端起湯品啜飲了一口。

在口中微微擴散開的，是昆布與鰹魚的第一道高湯（註1）的滋味。隨後貫穿鼻腔的，是柚子皮的香氣。好清爽的美味。湯汁顏色毫無沉澱，澄淨得美麗。

「魚肉是比目魚嗎……完全不帶腥味，肉質又很鬆軟呢。」

清淡的滋味之中能感受到精雕細琢的用心。

這股經萃取的美味，不存在一絲多餘。

「果然臨海的旅館就是不一樣，魚產特別新鮮呢。」

接下來看看綜合生魚片，魚肉也一樣美麗。看起來好像是鯛魚？充滿透明感，一眼就知道肉質很緊實。

夾起一塊嘗嘗，結果充滿彈性的口感讓我大大驚豔。最重要的是魚鮮味很濃郁，沾點隱世的醬油來吃更能引出魚肉的鮮甜。

「唔唔……這好好吃……」

我塞了口白飯，把美味吞吃下肚。享受這種佳餚時，比起酒我還是比較習慣配飯呢……

「姊姊，妳吃飯時露出的表情千奇百怪，真的很有趣耶。」

「啊，你怎麼還在啊？」

「我被吩咐在這等妳吃完飯，把餐盤收回去。」

等著我的少年把身子靠在牢房外的牆壁上，盤腿坐下。他打了一個呵欠，看起來很想睡。

「你要是覬覦我的飯菜，我可是不會給你的喔。」

「才不是那樣咧～我在食堂也是吃一樣的伙食啊。」

「咦……」

好好喔……這真的讓人太羨慕。

「那個花枝燒賣很好吃喔，是我最愛的一道。」

「是喔。這個嗎？」

我舉筷夾起少年推薦的花枝燒賣。花枝燒賣表面裹著細絲狀外皮，擁有極獨特的造型。中間的魚肉餡混入稍帶顆粒感的花枝漿，口感類似蒸魚板，表面再裹上細絲狀的麵皮蒸熟而成。

嘗了一口後發現，這獨特的麵皮口感搭配花枝的脆彈，真是雙重享受。

花枝生魚片或天婦羅我都喜歡，不過像這樣加工製成燒賣，將滿滿鮮味凝聚起來又是一絕。

讓人想一個接一個大快朵頤。不過總共也只有三顆。

「這個真厲害耶，一不留神就吃光光了。」

註1：用昆布與柴魚片煮出來、第一次過濾之後的高湯，顏色清澈、無雜質，一般用來做湯品。

「對吧？花枝燒賣是我們廚房的手工菜。折尾屋料理長們的手藝真的沒話說，加上南方大地的海產又美味。雖然漁獲量不如東方大地，但品質絕不遜色喔。再說這裡養殖業也很興盛。」

「咦～～你雖然看起來是個孩子，不過還懂得真多耶。」

「這當然，不好好了解南方大地，怎麼在這塊土地上工作生活呢——這是亂丸大人的教誨。」

「……」

啊啊，原來這孩子很景仰亂丸。

回想起剛才把我關入大牢，還大笑著說「真同情你們大老闆」的那個自我中心男，真是讓我歪頭不解。那傢伙在我心中的形象差勁透頂耶。

不過猶記得葉鳥先生也說過，亂丸這個人雖然很獨裁，但也有一批非常景仰他的跟隨者……

我吃完餐盤上的餐點，喝了一杯茶。

把餐盤還給少年時，我問了他的姓名。

「你叫什麼名字？」

「……我？我叫太一，是夜雀(註2)唷。」

「太一是吧，我知道了。不過話說回來，你是夜雀啊……這麼一說的確有點像呢。」

的確滿像麻雀的……我緊迫盯人的視線讓太一露出懷疑的表情後退了一步，回我一句「幹嘛啦」。隨後他端著餐盤，逃跑似地離開了。

「人家又沒打算烤小鳥來吃。」

肚子填飽的我，心情也悠哉了點。

現在總算能好好觀察一下這座地牢裡頭的空間。

牢裡深處有一道門，裡面有檜木搭造的簡便浴室與洗臉台、廁所等等，該有的都沒少。而且就連長浴巾、替換用的浴衣、牙刷組與梳子等盥洗用品都一應俱全，讓我吃驚地心想：「這根本只是模擬地牢情境的客房吧，品味真差。」

現在我有點搞不懂自己究竟算是遭受苛待，還是其實也沒有。

畢竟地牢的一角甚至還擺放了折好的高級床被，軟綿綿的。

「算啦，老實說我也睏了，刷個牙洗個澡之後就先睡上一覺吧。」

正當我來到後頭的房間褪去和服，打算洗澡時——

我發現腰下的圍裙裡有東西在蠕動，嚇了一跳翻開口袋，結果一顆圓圓的東西靈活地順著我的手臂攀爬而上。

「啊、小不點！你跟著我過來了？」

「葵小姐，您好呀～」

是小不點，總是自稱我眷屬的手鞠河童。

註2：日本傳說中的一種鳥妖，會發出麻雀般的叫聲，跟隨在行走於山路中的旅人前後。

他剛吃了口袋裡的豆渣餅乾吧？嘴巴周圍沾滿了餅乾屑。

「葵小姐，我一直都在您滴口袋裡頭～您沒有發現嗎～？」

「呃、嗯，完全沒有。你太小一隻了。」

「晴天霹靂～」

小不點吸著長蹼的手指，不知為何深受打擊。不過，就算他這麼小一隻，現在也是令我多了份安心感的同伴。

我捧起小不點，擦掉黏在他嘴邊的豆渣餅乾碎屑，帶他一起去洗澡。

總之一切就等明天再說吧，今天就先睡覺養精蓄銳。

我有一件事，想當面問銀次先生。

那個在我小時候幫助我脫離飢餓與孤獨的妖怪，我想知道他是否就是銀次先生……

在銀次先生的臉上，我看見了那個妖怪的影子。

兩者重疊之後，心中確定的答案就只有一個了。

那是一瞬間的直覺，還沒時間透過大腦思考，我就已經非常清楚了。

「……」

從天花板滴落而下的水珠，讓我醒了過來。

由於南方大地氣候溫暖，所以我並不覺得冷，反倒帶著一股微微的海潮香氣。昨天還沒什麼感覺到。

是因為早晨的空氣特別澄徹，才格外明顯嗎？還是說，昨天的我連感受海潮香氣的餘力都沒有呢……

我緩緩坐起身子，放空了一會兒。

「銀次先生……」

我回想起銀次先生最近在天神屋時，總是露出若有所思的表情。

他早已預料到狀況會演變至此嗎？

他現在還好嗎？

亂丸那個粗暴的傢伙，應該不會虐待員工吧？好擔心他。

對了。睡了一晚之後，我已經能接受眼前的狀況了。現在正要展開在折尾屋生活的一天。

既然如此，現在可不是發呆的時候！

我猛力拍拍自己的雙頰，站起身子，三兩下便換上往常的抹茶色和服。

「好……來逃獄吧！」

我試圖把身體塞進柵欄的縫隙之間。

不過想當然爾，我沒瘦到比這空隙還細，最後只弄得一身疼。一股空虛感隨後才漸漸湧現，心想自己真是幹了蠢事。

要是有天狗圓扇在手，我就能把這裡吹掀了。無奈每次被綁架時，扇子偏偏都不在身邊呢。

就在我思考要怎麼逃出去時，突然發現身旁的那個小傢伙不見蹤影。

「奇怪，小不點是跑去哪了？」

昨晚他應該跟我睡一起沒錯呀。他躺在我的枕邊縮成一顆圓球，我伸出手指輕撫他的背殼，然後他便吸著手指酣然入睡了。

但是現在卻遍尋不著小不點的身影。

他確實都起得很早沒錯。以前為了在我去大學上課前領到飯，總是一大早就起床在河岸等著，所以直到現在生活作息還是比隱世當地的妖怪來得早一點。

不過他究竟跑去哪了？

我想這裡也不會有池塘讓他玩水，況且還是敵方陣營。要是被兇惡的妖怪一口吃掉，也沒人能救他了耶。

「葵小姐～葵小姐～」

就在這時，我看見小不點從柵欄的另一端一步步走了回來。

「啊、小不點！你到底跑去哪……呃、你背著什麼東西？鑰匙？」

我揉了揉眼睛定睛一瞧，小不點背上的東西怎麼看都是鑰匙。

「葵小姐，這是那隻醜醜狗先生給我滴～」

「咦、醜醜狗？該不會是指信長吧？」

「因為我是小不點，所以可以穿過柵欄出去。然後我爬上樓梯時就遇見惹阿信先生。他嘴裡叼著鑰匙。我就用藏在殼裡滴緊急備糧餅乾跟他交換惹～」

小不點得意洋洋地仰著身子說明來龍去脈。

結果因為背上鑰匙的重量，讓他整個人倒栽蔥摔倒了。

「那把鑰匙該不會能打開這間牢房吧？」

「一定沒錯滴，我來試試看～」

小不點靈活地爬到鎖孔的高度，試著把鑰匙插了進去。插是插得進去，但光憑他沒辦法轉動鑰匙，於是我把自己的手伸出柵欄，試著轉了轉。

……喀嚓。

「打開了！」我跟小不點擊掌。

「小不點，幹得好耶！」

「我是隻能幹滴河童，請別拿我跟那些無能低級滴妖怪相提並論～這世界滴生存之道，我清楚滴很～」

「又開始得意忘形了呢……」

算了，雖然小不點看似弱不禁風，但確實是隻懂得如何謀生的妖怪。說好聽點，是明白權宜之計呢，還很會耍小聰明呢……

我將小不點放上肩頭，就這樣離開了這座牢房。現在還是一大清早，妖怪們應該也還沒起床活動才是。

我爬上從地底通往上層的古老石階，踏上一條漫長的走廊。

要是被誰發現了，肯定會被再度送回地牢。我保持警戒東張西望著，暫且直直走向前方。

來到了面海的外廊，映入眼簾的是一整片充滿能量的海景。

「哇～～好美喔！」

我不由自主貼近了欄杆，眺望海上景色。

這與我在東方大地所看過的海景截然不同，是一整片翠綠的碧海，清澈得彷彿能見底。

海面風平浪靜，沙灘上閃爍著光輝。

在海上遙遠的另一頭，可以望見一座地勢低平的小小孤島。

隔著一道玻璃窗，我幾乎聽不見外面海浪的聲音。真想直接踏出戶外，親身感受一下海風。

仔細一瞧，才發現沿海岸線而生的一整片松林小徑上，有貌似馬車與牛車的隊伍，載著貨物連綿而行。看起來似乎是業者。

「魚鋪……蔬果鋪……啊，還有冰店。」

在那片松林的另一側，能看見凸出的一塊土地，似乎是港口城鎮。

但感覺並不是特別廣闊的港都呢。昨天從海上望見的景色，也讓我覺得南方大地並不是特別繁華的都市。該說是燈火稀少，還是建築物零零落落呢……不過話說回來，這裡還真寧靜。

「喂。」

突然一隻手猛然從我身後伸出，抓住了前面的扶手。我被一道陰影所籠罩，無處可逃。

我戰戰兢兢地微微轉過頭，出現在我眼前的是亂丸的身影。他正一臉焦躁地俯視著我。

「妳這丫頭……為什麼從地牢裡逃出來了。」

「……啊、呃、欸……」

被逮到啦！都是因為我看海看得太陶醉了……

「這個嘛～這地方海景真美耶。」

「喂，少給我擺出一副若有所思的表情看海裝傻啊。」

亂丸拉著我的手，打算硬把我再度帶回地牢裡。

那股力道實在太強大，光憑我一個人類女子根本無從抵抗，光是大呼小叫「等等等等等等」就已經夠吃力了。

「丫頭，我應該有警告過妳老實待著。竟然偷走鑰匙逃亡，該誇妳真不愧是史郎的孫女嗎？低級的女人。」

「痛痛痛！好疼！」

被人家罵成「史郎的孫女」、「低級的女人」，以一般狀況來說絕對要回敬幾句。但是手被拉扯得痛到不行，結果先脫口而出的是慘叫。

亂丸在半路上停住了腳步，一口氣鬆開了抓著我的手。

「喂！還以為我的手腕要被你扯斷了！」

淚眼汪汪的我揉著剛才被他掐緊的部位。

亂丸露出微微的詫異，看了看自己的手，又看了看我的手。隨後他瞇起雙眼。

「妳這丫頭……也不過這點程度的力道而已，是想裝成嬌弱小女子嗎？真讓人不爽。」

「才不是咧！妖怪大概無法理解吧，人類本來就細皮嫩肉的啊！你沒見過人類嗎？」

我怒氣沖沖地質問亂丸，結果他雙眉吊得老高，一臉臭屁地盤起雙臂回答。

「人類的話，我是見過史郎。多愧有他，我才了解人類原來是如此狡詐又邪惡的存在。你們只像一群死纏爛打、打不死的生物！」

「先容我說一句。麻煩你不要拿爺爺當標準來看待人類好嗎？」

把那個人當成普羅大眾的基準，這怎麼行。津場木史郎是例外，他只能代表他自己。

不過話說這個叫亂丸的男人，性格還真是如同他的外貌跟口氣，一樣粗暴……

最初被綁到天神屋時，我還以為大老闆也是個無禮之徒，但現在想想，他算是頗紳士了耶。

「葵小姐！」

一陣再耳熟不過的呼喚聲傳來，讓我馬上回過頭。

——站在那兒的是銀次先生。我從昨天就一直想見的人。

我們倆同時焦急地跑向對方。

「太好了，原來您在這裡。」

「銀次先生才是！那個長著犬耳的紅毛粗暴男，沒對你做什麼過分的事吧？」

「我才要如此問您呢！」

銀次先生看我揉著手，便瞪向那個被我稱作「長著犬耳的紅毛粗暴男」——亂丸。

亂丸則嗤笑了一聲。

「喂喂，我不想被史郎的孫女說是『粗暴男』啊。我可不認識比他更蠻橫又邪道的人了。」

「我就說了爺爺他是異類啦！」

亂丸不繼續跟我爭論，而是魯莽地喊了聲「銀次」。

「關於下個月的『煙火大會』，你心意已決？」

「……是。那件事……就交由我負責。」

銀次先生將視線瞥向一旁，用不像他的冷淡口吻答應了對方。

煙火大會？只是單純一場煙火活動，銀次先生與亂丸之間的氣氛卻如此嚴肅，兩人臉上的凝重表情讓我很在意。

「我一定會讓煙火大會成功舉行的。畢竟這是我回來這裡的唯一使命。」

「呵呵，那當然。這可是你我之間立下的約定啊……欸，銀次，你終究還是逃不開這片土地的。不管你何去何從，這裡的『詛咒』會永遠糾纏著你。」

亂丸這段話就像是再次警告銀次先生，說完後他一個轉身，長髮與淡青色外褂隨之翻騰，就這樣離開現場。

咦……結果也沒把我關回地牢，這樣好嗎？算了就這樣吧。

「……銀次先生？」

只是銀次先生的樣子讓我很擔心。

他低垂的視線看起來果然有什麼煩惱。

「葵小姐，萬分抱歉……害您捲進這樣的事端。」

「不會，沒關係啦。因為我總覺得，當時要是放你一個人離開……你就再也不會回到天神屋了。」

「葵……小姐。」

銀次先生皺眉露出微笑，輕柔地握住我的手。

「亂丸有沒有對您做出什麼無禮之舉？您的手腕都紅了。」

「沒事啦，至少身上該在的部位都沒少。不過話說回來，還真多妖怪不懂得拿捏力道耶。」

記得以前被大老闆緊握住手時，也曾被他那利爪刺進肌膚呢。

「可能是因為平常沒什麼機會與人類女子互動吧。」

「哦？這樣啊。我還以為妖魔鬼怪的一般形象是身邊不乏三妻四妾陪侍耶。」

「哈哈哈，亂丸雖然看起來粗手粗腳，但也有用情專一的一面……」

「……？」

與亂丸面對面時，銀次先生明明還露出判若兩人的敵意，現在卻……

他談起對方的口吻，完全就像在描述一位交情至深的故知。

「就這點來說，銀次先生真是個紳士耶。對人類女子的應對也很熟練了，我想你對妖怪女子也一樣溫柔吧。畢竟你還被譽為『天神屋碩果僅存的優質對象』。」

「優質？那是什麼意思？而且從剛才的描述聽來，我簡直成了四處留情的花花公子……」

「呵呵呵。就算真是這樣，我也不會有意見的。」

「我這只是很一般的應對！」

銀次先生一臉認真，緊緊握拳強調著「一般」兩個字。

「我也不清楚你們妖怪『一般』的基準是什麼，無法評論呢。」

「咦～～您這回答算什麼嘛～」

現在的對話就像找回了往常屬於我們的步調，我輕輕笑了出聲。

太好了。畢竟我實在不想看到銀次先生露出難過的表情。

「……」

其實我有些事好想問他。

但是不知怎地，此時此刻的我開不了口。

該怎麼說呢？總覺得現在這緊要關頭，不是問這些的時候……

「小姐，終於找到妳啦～什麼嘛，原來妳躲在這種地方呀～」

「啊，葉鳥先生。」

葉鳥先生身穿淡青色的外褂，不同於待在天神屋時的造型。他一邊揮手一邊從走廊的另一側走了過來。
「葵小姐，那個人無庸置疑才是四處留情的花花公子代表，請您多加小心了。」
「啊，嗯。總覺得可以理解。」
葉鳥先生絲毫沒聽見銀次先生的評論，心情看起來跟平常一樣好。
「喲，小姐～昨天真是場災難啊。真沒想到連小姐妳也被帶來啦。銀次，你各方面也真是難為啦～」
葉鳥先生拍拍我們倆的肩膀。總覺得他在裝傻……
「葉鳥先生，你該不會一開始就知情了吧？」
「咦？呃、啊哈哈。這個嘛～嗯……妳說呢？」
「現在才假裝欣賞窗外海景也沒用啦。」
葉鳥先生眺望著美麗的大海，試圖把問題蒙混過去。就跟剛才的我一樣。
他還兩手扠腰，雙腿站得大開，表現得比我更厚臉皮，該說這果然是他的作風嗎？
「追問就到此為止吧！不如正向積極點，思考下一步啊。欸，銀次，你也明白吧？既然你都踏上這片土地了，接下來才是關鍵時刻。」
「……是，葉鳥先生。這點我很清楚。」
銀次先生立刻轉為正經的表情。
接下來才是關鍵時刻……是指剛才亂丸說的煙火大會嗎？

「那就好！」

葉鳥先生拍了拍手，一改現場氣氛。

「小姐雖然也被帶來這裡了，不過既然有我們在，至少不會讓妳遭受苛待才是啦。我會設法處理，讓妳能盡快回去天神屋，等著我吧。」

「……呃，嗯。總覺得葉鳥先生真不適合講出這麼可靠的話。」

「喂，好歹我也是折尾屋能幹的大掌櫃啊。現在的我跟去天神屋玩耍時的休假模式可不一樣。」

葉鳥先生「哇哈哈」地大笑出聲，不知道在得意個什麼勁。果然是葉鳥先生。

「好啦，繼續呆站在這裡也沒意義，去吃早飯吧。員工食堂應該已經開門了。」

「說得也是呢……葵小姐也一起如何？」

「咦，可是我……不是折尾屋的員工耶。」

「喔喔，這沒差啦。不過有吃回頭草的銀次與鬼妻小姐在場，周遭投射過來的視線應該會令人如坐針氈就是了～但小姐妳也很好奇我們旅館的餐飲吧？」

我一臉認真地回答：「當然。」

靠海旅館內的食堂啊。昨天的餐點就非常美味了，不知道今天能吃到什麼樣的早餐？

然而在遇見埋伏於食堂前的妖怪之後，我們的腳步便停了下來。

肩上斜揹著綁有繩帶的擴音器，額頭上捆著髮繩，醒目的造型加上一頭自然捲，還有那兩條尾巴——是那個猴妖男。

他的個頭雖然跟我差不多嬌小，不過卻拿起擴音器抵在嘴邊，囂張地對我下令。

「津場木葵，妳已經被包圍了。給我乖乖被押回地牢。」

「咦咦咦咦！那早飯呢？」

「區區一個好吃懶做的飯桶，說什麼傻話！」

「還嫌我是個飯桶，明明是你們把我擄來的！」

大聲嚷嚷的我，被一群身穿和式工作服，看似擔任折尾屋警衛的魁梧大漢們團團包圍。

「葵小姐！」

「喂喂喂，秀吉呀，連我們兩個也包圍起來，這太過分了吧。」

就連銀次先生與葉鳥先生也被他們分別包夾，被迫與我拉開了距離。

「嘖！少給我插嘴。葉鳥、銀次，你們這兩個傢伙窩裡反。就算身上穿著六角折字店徽的外褂，從骨子裡還是嗅得到天神屋的臭味。我是不會相信你們的。」

「……」

這個名叫秀吉的男人猛吐惡言。葉鳥先生微微嘆了一口氣，嘟噥著：「這可真是……」

而銀次先生雖然一語不發，臉上表情卻又變得悶悶不樂。

原來是這樣啊。從周遭的眼神來看，都能發現折尾屋的員工似乎對這兩個曾為天神屋效力的人抱著很強烈的戒心。

這裡的氣氛並不像天神屋一樣和樂融融呢。

……是說，雖然天神屋的妖怪們也並非全都相處得融洽，但總覺得不太一樣。

「過來！津場木葵，現在要把妳送回地底的牢房！給我過來！」

「……欸、等等啦！」

秀吉粗暴地扯著我的衣領。

折尾屋的妖怪，全都如此粗手粗腳的嗎？

至少也讓我先吃頓早飯也好——我將雙手伸往食堂的方向喊叫著，就在此時——

「喂！澡堂還沒開放嗎！」

食堂前方響起類似顧客的抱怨聲。聽起來似乎有幾位在折尾屋住宿的房客來到現場了。

折尾屋的員工們全嚇了一跳，對那群客人低頭鞠躬。

令我吃驚的是，站在那邊的客人正是退位的天狗大老——松葉大人。他身上穿著過夜用的浴衣，看起來剛起床，而且不知為何露出一副不耐煩的樣子。

折尾屋的妖怪們紛紛在一旁竊竊私語地說：「又來了！」「太早起了吧！」

「咦，松葉大人？」

「……哦？葵？嗯嗯？」

松葉大人發現我之後，鬆開了原本緊皺的眉頭，兩隻眼睛眨巴眨巴地閃爍著。

接著他又看見了折尾屋的小老闆秀吉正抓著我的領子硬扯，瞬間氣得滿臉通紅。

「喂喂喂喂喂！你這隻潑猴！誰准你強拉我們家的葵啊啊啊啊啊啊啊啊啊啊！」

「咦……咦？」

松葉大人此舉讓秀吉也嚇得不知所措，馬上鬆開了手。

隨後他擠出虛偽的笑容，搓著雙手朝松葉大人走近。

「哎呀呀，這可不是松葉大人嗎？您特地移駕過來，有什麼需求嗎？若是要享受晨浴，還請您稍候三十分鐘……」

「還問我什麼需求！你剛剛對葵動手動腳是吧！」

「呃、呃……這是因為……因為那傢伙是天神屋大老闆之妻。」

「誰准你叫她『那傢伙』！她可是葵！是我可愛的葵啊啊啊啊！」

「咦咦咦咦咦咦咦咦！」

松葉大人進入暴走狀態，拿起館內四周擺放的用品又扔又摔的，開始砸場。

折尾屋的員工們似乎不知道我如此受到松葉大人的疼愛，臉色鐵青。雖然我也是……

「松、松葉大人？總之請先冷靜點吧。你這樣為我出氣我是很開心，但是你打算重演上次砸了天神屋櫃檯的情景，把折尾屋也拆了嗎？」

我衝往發狂的松葉大人身旁，安撫著他：「好了好了。」同時被站在周圍的年輕天狗們巴著求救：「葵大姊，還請您幫幫忙了！」

據他們所言，雖然對於我為何在場感到相當困惑，不過現在能指望的就只剩我了。

「松葉大人！」

我這次稍微拉高音量，又喊了一次他的名字。結果松葉大人停下了發狂的行為，以略帶尷尬的表情仰頭望向我。

「呃、葵……」

「松葉大人，這樣耍任性可不行喲。」

「可是……人家就起得比較早啊，等不及了嘛。而且又看到葵被如此苛待，實在無法忍耐到煙火大會那一天了……我現在就要回朱門山！」

「咦咦咦！」

折尾屋的員工群一陣譁然。

松葉大人要回家，會造成他們的困擾嗎？

「請、還請留步，松葉大人！您這樣子我們很傷腦筋的！」

「就是啊，老頭子！這樣萬萬不行啦！」

折尾屋的小老闆秀吉與大掌櫃葉鳥先生雙雙懇求著鬧彆扭的松葉大人。然而松葉大人此刻才發現兒子就在眼前而一瞬間失語，隨後氣得怒髮衝冠大喊：「什麼～～」

「葉～～～鳥～～～～你這不肖子啊啊啊啊啊啊啊！」

「唔哇！老頭子是真的火氣上來啦！完了，我要被宰掉了！」

這麼一說才想起來，葉鳥先生跟松葉大人這對天狗父子還在吵架中是吧。我記得葉鳥先生請特休逃到天神屋的理由就是這個。

葉鳥先生馬上採取逃跑姿態。隨行的眾天狗也紛紛對他說：「少爺，請快逃吧！」

但是松葉大人已不像剛才那樣只是耍任性，而是真的生氣了。他噴發著一發不可收拾的怒氣，追在葉鳥先生的後頭。

他要是來真的，折尾屋就大難臨頭了耶……

「喂，那邊在大聲什麼！」

就在此時，折尾屋的大老闆亂丸登場了。然而現在瀰漫在員工食堂前的不祥妖氣，就連亂丸也為之一愣。

簡單來說，就是松葉大人追著兒子葉鳥先生跑，下一秒就要認真進入暴走狀態砸場的感覺。

「松葉大人！」

我也被這情況嚇得張皇失措，不知該怎麼做才好。而此時銀次先生大喊出聲。

「松葉大人，還請您先冷靜。」

「你這小子……不是天神屋的九尾狐嗎！叫我冷靜是什麼意思？蠢貨！我冷靜得很！我只是想親手打死那兔崽子罷了。」

「呃……是。關於這點，我完全沒有異議。」

銀次先生對於這件事給予肯定答案。

就連葉鳥先生吐嘈：「我有異議好嗎！」也被銀次先生爽朗的笑容給輕輕鬆鬆無視了。

「晨浴澡堂已差不多快開放囉。現在這時間一邊泡澡一邊眺望蔚藍海景，想必通體舒暢呢。還請您盡情放鬆享受了。早餐就待您出浴後由我們為您送往客房。」

「這種時候誰還跟你泡晨浴、吃早餐！免了吧！我現在只想把不成材的蠢兒子狠狠教訓一頓，然後打道回府！」

「啊，關於早餐的部分，就由葵小姐來親手料理，您意下如何呢？」

「……咦？」

傻住的不只松葉大人，連我也發出了一樣的聲音。

折尾屋的員工們也全都呆掉了。

銀次先生這個人到底在想什麼啊……

「嗯哼……這樣啊……葵親手做的早點是吧……」

松葉大人一口氣收回了怒意，開始不知道在雀躍什麼。

「松葉大人，這是葵小姐頭一次運用這片南方大地的海味來大展手藝。松葉大人您可是第一個品嘗到的喲，實在令人好生羨慕。」

「嗯、嗯哼……這主意……倒是不差啦。」

松葉大人已經完全變成一個嬌小可愛的老爺爺了。

他一臉明亮雀躍的表情，似乎很期待似地一邊喊著：「葵呀！」一邊朝我跑了過來。

「妳願意做早飯給我吃是嗎？」

「咦……？」

我瞥向銀次先生，他神色認真地對我點頭。

銀次先生打什麼如意算盤，我一點頭緒都沒有，不過我選擇相信他，所以也點了點頭。

「呃，嗯嗯，當然囉。畢竟難得有幸讓松葉大人品嘗，我會卯足勁準備的。」

「噢噢！噢噢！這樣啊～真開心呢。我很期待喔。」

松葉大人翻臉比翻書還快，一下又露出害臊的表情。他帶領身邊的隨從，馬上前往澡堂。

在場所有人全都鬆一口氣，順了順胸口。畢竟松葉大人要是發起飆來砸場，折尾屋的生意也不用做了。

「喂，銀次……你在打什麼主意？」

然而清清楚楚目睹一切經過的亂丸，用冷酷的口氣質問銀次先生。

銀次先生又卸下臉上的爽朗笑容，對亂丸投以冷淡的視線。

「要是真讓松葉大人打道回府，傷腦筋的是折尾屋吧？所幸松葉大人深深為葵小姐的廚藝所吸引，要是能請葵小姐掌廚招待他，他也願意繼續留下來吧。」

「……嘖！真讓人不爽。」

「所以你還有其他方法挽留松葉大人囉？」

「就是沒法子所以才不爽。也罷，這次就算銀次你厲害，能利用的全都不放過。包含那邊那個天神屋的鬼妻呢，是吧？」

「……」

「但我可不允許她踏進我們旅館的廚房。銀次，這件事就由你自己設法解決了啊。但是給我記牢，要是敢放她逃跑，你的人頭就不保了。」

「……不用你說，我也有這等覺悟，亂丸。」

亂丸與銀次先生雖然平靜地說著話，互瞪的眼神卻彷彿一觸即發。

果然，銀次先生在亂丸面前絲毫不打算隱藏自己的敵意。

亂丸不滿似地「嘖」了一聲，一個轉身離開了現場，身上的淡青色外褂隨之翻騰。

他在離去之際喊了聲：「喂，猴子！」把秀吉叫了過去。人家好歹也貴為小老闆，竟然被他以「猴子」稱呼……

「哎……我可真是九死一生啊。」

而葉鳥先生則一副放下心中大石的樣子，擦著額頭上的汗。

不過真沒想到松葉大人竟然會氣成那樣。這對天狗父子究竟為了什麼事可以鬧僵這麼久？

在一旁湊熱鬧圍觀的折尾屋員工們，也紛紛解散離開了。

「葵小姐，十分抱歉，我擅自下了這些決定。」

「沒關係啦，反正看來我也不用回去牢裡了，這樣也好啊。這都多虧了銀次先生。」

「怎麼敢當……真要說起來，一切全是我不好。竟然讓葵小姐您身陷牢獄……」

「啊，不過啊，其實那間牢房住起來還挺舒適的耶，只是行動受限而已。伙食也很好吃。」

我打起精神露出笑容，握緊拳頭喊了一聲：「好！」

「必須趕快為松葉大人準備早餐了，得先找到能烹調的地點跟食材。最糟的情況下，只要有火跟供應水源，是能將就用一下啦……」

「關於這件事無須擔心。葵小姐……請往這邊走。」

銀次先生向我招手，熟練地引領我走進折尾屋員工專用的通道。

每當路上有旅館女接待員與我們擦身而過，對方總會露出慌張的神情行禮問候：「銀次大人，原來您回來了。」

銀次先生對接待員輕輕點頭致意，臉上卻沒有露出在天神屋隨時能見到的親切笑容。甚至可以說他渾身散發出嚴肅緊繃的氛圍，讓人感到難以親近……

「葵小姐，就是這裡。」

我們從貌似後門的地方踏上了戶外的地面，隨後銀次先生拿出了員工用的草鞋給我。我穿上草鞋後，跟在銀次先生後頭。

不過話說回來，雖然八月中氣候確實溫暖，但怎麼說呢，總覺得這裡的空氣很乾爽，溫度並沒有想像中那麼熱。

「這裡有海風吹拂，所以氣溫不如內陸高。濕度也低，全年四季如春，很暖和的。」

「哇，是喔。真是適合居住的地方呢。」

「……的確。不過問題也很多就是了。」

我們進入了一整片松樹林。

「要走去哪裡呀？」

「目的地是折尾屋的舊館，就在雲之松原的最深處。」

「雲之松原？是指這片松樹林嗎？這麼一說我才想起來，我之前在船上看折尾屋時，發現這旅館被一整片松林包圍呢。」

「是的。這一帶的海岸線上連綿著一整片圓弧形的松樹林，景色十分動人，因此名列隱世三大松原。雲之松原負責保衛南方大地的內陸，有防風防砂的功能。」

「哇……天神屋是被深谷所包圍，折尾屋則是被松林所環繞呢。」

「沒錯，而折尾屋又像是鎮守內陸的一道『障壁』……」

銀次先生的說法總讓我覺得有些不可思議。不過我從船上俯瞰折尾屋時，的確也覺得這間橫向發展的旅館就像一道牆。

原來這裡的海風有這麼強勁啊。

「不過話說，身處於這片松樹林之中的感覺還真奇妙呢。」

松樹林裡氣溫涼爽，地上踩起來的觸感像是混合了沙灘的沙子與土壤。走上沒有鋪裝的地面後，細沙跑進草鞋裡頭了。

海風伴隨著浪聲與海水的氣味，就在前方不遠處等著我們。從松樹林的枝葉縫隙之中，能望見閃耀著碧藍與純白的浪花。海浪推擠上岸，隨即又消退而去……

「……嗯？」

在松樹林之中，四處聳立著模擬某些動物的雕像。

這些雕像老舊得已分不清是什麼年代的產物……讓人覺得很奇妙。

「葵小姐，就是這裡。」

「……」

「我能理解葵小姐您為何陷入無語，畢竟這裡光看就很有年代……不，是非常破舊。」

「嗯，的確呢。」

銀次先生引領我來到的地方，是一間荒廢的長屋。上頭巧克力色的磚瓦屋頂到處都有崩落的痕跡。雖然這裡是兩層樓式建築，占地也寬廣沒錯，但作為旅館來使用，總覺得有點小。

「雖然跟新的本館有點距離，不過這地方才是折尾屋的原點。真的是從一間小旅館開始打拚……現在已經擴展到那麼大了。」

「真厲害耶。銀次先生在這間舊館工作過嗎？」

「是的，我從折尾屋創立初期就在這裡服務了。」

「……」

那會是多久以前的事呢？在那張如白浪般爽朗的笑容面前，我實在難以開口問銀次先生今年幾歲了。

我們馬上繞到這間破破爛爛的舊館後頭，打開堅固的後門，直接走入廚房。

嗯……其實裡頭應該算比想像中乾淨。老舊歸老舊，不過卻沒什麼髒髒的感覺。

裡頭有些地面沒有鋪地板，另外有架高的室內地板，還有個大爐灶。

「這裡的廚房是古式的，大約比夕顏的設備還老了兩個世代，不過應該還堪用。但是水源方面，就得去外頭的水井打水進來了。」

「原來夕顏那套隱世式設備，已經算是具備頗先進的規格了呢。」

我一一確認烹調用具，發現鍋類一應俱全。只要添柴入灶生火，要煮東西看來是沒問題。

「看起來似乎有必要進行一番大規模的掃除作業，不過眼前任務是請您先準備好松葉大人的早餐。我想他就快出浴了。」

「也對呢，要是遲遲沒等到早飯上桌又氣得發狂，這次就真的一發不可收拾了吧。」

「不過我倒認為以松葉大人對葵小姐的疼愛來說，應該也會願意耐心等待就是了。」

「哈哈哈……這我就不知道了……」

松葉大人確實對我寵溺有加，不過說起來他究竟為何出現在這間折尾屋呢？是有聽說他們是來度假的，不過從折尾屋這邊所表現出的態度來看，似乎是出自某些動機，而有意挽留松葉大人繼續作客耶。

「欸……銀次先生。」

就在我打算開口詢問此事之時。

一個身影從廚房後門踏入——是葉鳥先生。他肩上揹著竹簍，對我們喊了一聲「喲～」

「你們果然來到這地方做菜啦？」

「葉鳥先生……是的，畢竟除了這裡，也想不到其他去處了。」

「我也是這麼猜想的，所以好心扛了很多傢伙過來呀。」

葉鳥先生彈響手指，朝著我拋媚眼。他應該是想要帥一番，實際上也算表現得不錯，但是揹著竹簍的造型實在怪好笑的。

他似乎為我們拿了些食材與簡便的烹飪器材過來。像是砧板啦、菜刀啦、還有湯勺跟餐具之類的。另外還帶了幾條乾淨的擦手巾，著實令人開心。

「請問是從員工食堂那邊拿來的嗎？」

「對啊。我跟食堂的大嬸們很要好，稍微拜託她們一下，這種要求只是小菜一碟。不過幾乎沒什麼高級好料就是啦。如果能去到料理長他們專用的廚房，東西就更一應俱全了……」

葉鳥先生把帶來的食材一一擺在地板上。

豆腐、乾海帶芽、燙過的章魚腳、苦瓜半條、小黃瓜、蔥以及冷凍的蝦頭。

另外還有白米、味噌、鹽、砂糖、醬油與醋等等，該有的調味料都有。

最稀奇的是竟然有一整條沒削過的鰹魚乾，而不是柴魚片。他到底從哪弄來的啊……

「我們旅館的廚房分成兩部分。料理長們的廚房負責供應待客的料理，食堂廚房則提供員工伙食。兩邊的廚房各自為政，老實說負責掌管食堂這邊的，就只是群在地的大嬸。」

「哇……感覺就像員工餐廳是吧。」

天神屋的員工伙食聽說是由廚房的實習廚師負責製作的。相較之下，這裡採取的系統比較先進呢。不過以天神屋的狀況來說，有部分員工也會來夕顏解決三餐，所以夕顏或許算是分擔了員工餐廳一半的機能吧。

「不過食堂的食材呢，都是使用廚房前一天剩下的東西以壓低伙食成本，所以本來就不是多豪華。而我又只能撿他們剩下的過來，就是這些了……」

「葵小姐，現有的材料您覺得可行嗎？」

「嗯嗯，早餐的話還能應付。這樣看起來能做出些新鮮的菜色呢。」

我馬上利用眼前的食材開始動腦構思菜單。

「如果還有需要的東西，我隨時可以幫忙跑一趟喲。就用我這對羽翼一飛，潛入料理長的廚房去。」

「話說葉鳥先生你都不用工作嗎？這裡是折尾屋耶。」

「呃~安啦安啦。我有先報備過會暫離一下櫃檯。再怎麼說，狀況會演變成這樣，也全怪我家老頭子要任性呀。」

葉鳥先生褪去折尾屋的外褂，用束袖帶挽起和服兩袖，看來他似乎也要加入協助。是很感謝他沒錯啦，不過我跟銀次先生都露出一臉還沒能理解的茫然表情。

「啊！你們那副眼神，怎麼好像不信任我啊！」

「那不然，葉鳥先生你可以幫我拿雞蛋過來嗎？還有大蒜。」
「喔，好。明白了。」
「啊，葉鳥先生，還有冰柱女的冰塊也麻煩你了。」
「是是是，知道啦！」
結果我跟銀次先生終究還是毫不客氣地使喚葉鳥先生去跑腿。
他如同剛才所說，展開那對漆黑的天狗羽翼，往本館的方向振翅飛去。
「那麼……葵小姐，您打算做些什麼料理呢？」
銀次先生馬上問我接下來要著手進行的菜色。
「呵呵，我要做沖繩炒苦瓜喲。」
「沖繩炒苦瓜？現有材料的確有苦瓜，但沒有豬肉耶。」
「沒有豬肉也無妨。我要改放章魚腳，做成激發食慾的大蒜風味版本。」
「章魚！原來如此，這聽起來非常不錯呢。」
銀次先生似乎已在腦中想像出滋味，頻頻點了好幾次頭。
另外搭配醋拌海帶芽與小黃瓜、青蔥蝦頭味噌湯，做成一份完整的套餐。
備料工作首先從最耗時的豆腐出水開始。銀次先生幫忙收集木柴的同時，順便幫我去外頭的水井汲水回來。
等他回來後，我們一起幫爐灶生好火，然後煮沸一鍋水。隨後我負責把蔬菜等食材先切好，他則準備煮白飯。

「除了地點不同以外，做的事跟在夕顏時沒兩樣呢。」

我不禁泛起笑容。能跟銀次先生一起做料理，讓我也安心了不少。

「是呀……不過，不知道夕顏現在狀況如何。」

今天剛好是天神屋休館日，所以還沒問題。但如果遲遲找不到逃離這裡的方法，那夕顏會不會……會不會……就這樣關門大吉了？

我一邊把小黃瓜切成薄片，一邊想像著令人害怕的狀況。

原本待在圍裙口袋裡的手鞠河童小不點，被小黃瓜的香氣給吸引而探頭出來，於是我先把小黃瓜碎塊餵給他當作早飯。小不點動著嘴喙享用，發出清脆的聲響。

「葵小姐，不用擔心。我會設法讓您馬上回到天神屋的。」

銀次先生走了過來，凝視著我的臉，隨後肯定地如此斷言。

但我還是很不安──那銀次先生又該怎麼辦？

他應該不會跟我一起回去吧……

我請銀次先生幫忙用鹽抓揉小黃瓜薄片，同時我先去把乾海帶芽泡發。準備這些材料的目的，就是為了做醋拌小黃瓜與海帶芽。這在夕顏幾乎是每天都會供應的小菜之一，所以我跟銀次先生早已做得很熟練了。小黃瓜殺青後擠乾水分，搭配泡開的海帶芽，加醋和砂糖拌勻。再來就是靜置片刻等待入味了。

「接下來就是味噌湯了。雖然有蝦頭，但是冷凍的。嗯～～如果人在夕顏，就有工具能瞬間解凍完畢了……」

蝦頭是熬湯的好材料，但是必須先解凍完乾炒過才行。

「這種事交給我就行了。」

銀次先生對著苦惱的我露出笑容，將手覆上冷凍蝦頭。

蝦頭被一團銀白色的火焰所籠罩，一瞬間就回到常溫狀態。

「哇！銀次先生，你太強了，連這種事都辦得到？」

「這稱為狐火，屬於妖火的其中一種。只要是狐妖大多都懂得操縱狐火。雖然威力不如大老闆的鬼火那般強大，但拿來解凍是沒問題的。」

「原來妖火還分這麼多種啊……」

說到這裡，我才想到我也有大老闆的鬼火。

掛在胸前的墜子……雖然說已經功成身退了，但之前在東方大地被監禁時確實救了我一命。那綠色的火焰好像是護身用的鬼火來著。

我馬上熱鍋，把蝦頭丟進鍋裡炒。要把蝦頭的殼壓在鍋底，確保有徹底煎出香味。

蝦殼散發出的香氣飄蕩在廚房內。這可是熬出濃醇高湯的原料，能增添味噌湯的美味。我將水倒入同一只鍋內，等待煮滾。

「雞蛋！雞蛋來囉！」

就在此時，葉鳥先生回來了。

他手裡捧著竹籃，上頭放滿雞蛋。而他肩上揹著的竹簍裡也裝了冰柱女的冰塊。

「哇～～太好了，你可帶了真多過來呢。」

「哼哼，這點數量的雞蛋，交給我馬上就能弄到手。我不介意妳愛上我喔？」

「……」

「唔哇……這是第一次看到有姑娘對我露出這麼冷淡的眼神。」

嗯，雞蛋。有雞蛋實在太棒了。雖然葉鳥先生也只是一時得意而半開玩笑地如此說著，但只不過是拿點雞蛋過來就能擺出一臉得意表情耍帥，也是挺讓人佩服的。

「非常感謝你，葉鳥先生。請問這些雞蛋是從哪裡弄到的呢？」

「從折尾屋的……雞舍……借了一點過來。」

「這算借嗎？說穿了只是個雞蛋小偷吧……」

「沒關係，反正動手的是葉鳥先生，所有責任就歸他吧。啊，那這些雞蛋還是容我們心存感激地使用囉。」

「銀次，你太狠了！」

不愧是銀次先生，輕輕鬆鬆就把過錯全推到葉鳥先生頭上。葉鳥先生雖然嘴上一邊嘟噥著「真是的」，但似乎也就這麼接受了。

「葉鳥先生，謝了。再怎麼說，葉鳥先生還是很有男子氣概的耶。」

「我不介意妳愛上我喲。」
「……」
「好，算我不對可以吧。所以別再用那種眼神鄙視我啦，小姐。」
葉鳥先生隨即錯開了視線。我現在的眼神看起來究竟如何呢？
他的開朗與樂觀確實讓身處危急狀況的我得到了一點救贖，但眼前的當務之急是完成松葉大人的早飯。
待蝦頭高湯煮沸後，把味噌溶入鍋內，這樣便完成了味噌湯。
「那接下來趕緊動手來做章魚版本的沖繩炒苦瓜囉。」
將苦瓜對半縱切，刮除中間的白膜後再切成薄片。苦瓜片抹鹽後先靜置片刻。
此時，先把剛才靜置出水的豆腐給切碎。章魚已經先汆燙過了，所以切成一口大小即可。大蒜則一樣切成碎末。再來把抹鹽殺青完的苦瓜擠除多餘水分，備料作業便大功告成。
開火加熱平底鍋，倒芝麻油入鍋後放入蒜末略為拌炒。等鍋內開始飄出蒜香味後，將碎豆腐下鍋煎至焦黃色便先起鍋備用。接下來改放苦瓜片下鍋稍微快炒一會兒，加入一口大小的水煮章魚塊後，再將豆腐重新放入鍋中。
此時將蛋液倒入鍋內，等軟綿綿的蛋花包裹住鍋內食材後，酌量灑點鹽與胡椒調味，再加點醬油增添香氣。
起鍋盛盤後，再灑上剛才葉鳥先生在後頭拚命削出來的粗柴魚片……

充滿誘人蒜香，以章魚取代豬肉版本的沖繩炒苦瓜完成！

「這香氣真是讓人食指大動耶。好像很讚～」

葉鳥先生站在章魚版沖繩炒苦瓜的前面凝視著。

「如果有多的，葉鳥先生也可以吃喲。啊，如果銀次先生不介意，也可以當早餐。」

「謝謝您，那我晚點再開動。」

「畢竟都是因為我的關係，害你們兩個一同被趕出食堂了。那我待會兒也順便嘗嘗囉。」

我將剛煮好的白飯、醋拌小黃瓜與海帶芽、加了蔥花的蝦頭味噌湯以及沖繩炒苦瓜一同擺上高腳餐盤，並一一確認品項。

嗯，以那些現有食材來說，做出來的這套早餐算是營養均衡了。

銀次先生也拿了個小碗盛裝冰柱女碎冰，一同擺上餐盤的一隅。

只要放一小塊冰柱女的碎冰，就能形成一道冷空氣的外膜保護料理。這層保護膜還有維持一定濕度的優秀機能，這樣一來就不怕食物腐敗了。真不愧是銀次先生，就是這麼體貼周到。

「我想來到這時間，松葉大人應該也已經出浴了吧。」

「我們家老頭子雖然泡澡泡不膩，不過都這時候了，應該也出來了吧。話說就算他還在澡堂，只要一聽到小姐妳要端早飯過去，也會不顧一切全裸衝出來吧。雖然這畫面有點妨礙風化。」

葉鳥先生馬上拿起飯碗替自己添飯，裝了好大一碗。

看來他肚子餓得很厲害吧？

「葵小姐，我也陪您一同前往。讓您一個人在本館徘徊實在太危險了。」

「謝謝你，如果有銀次先生一起，我就放心多了呢。」

畢竟我對這間折尾屋裡的情況實在一無所知，連松葉大人的房間在哪都不知道。

我們倆馬上出發，往本館的方向前進。

由於路途有段距離，我一邊移動腳步，一邊全神貫注在餐盤上，小心翼翼地避免打翻。

聽說松葉大人下榻的房間，是一間名叫「藤波」的高級客房。

我請銀次先生在門外等候，由我一個人端著餐盤進入房內。

「打擾了。」

拉開氣派的金箔拉門後，看見早已坐在和式椅上等待的松葉大人，臉上露出了賭氣的表情。

他讓隨行的天狗們在後頭正坐著待命。看來他心情果然不太好嗎……

「葵，妳總算來啦。」

沒想到下一秒他馬上綻放開懷的笑容，迎接我的到來。

我趕緊把餐盤端到松葉大人面前，為他介紹早餐菜色。

「松葉大人，真抱歉讓你久等了。話說你喜歡苦瓜嗎？」

「苦瓜？喔喔，喜歡啊。苦的、辣的、甜的我都愛吃。」

「呵呵，我看松葉大人根本不挑食吧。我跟你說，今天的早飯是章魚版本的沖繩炒苦瓜喲。」

「沖繩炒苦瓜？」

「咦，你沒吃過嗎？銀次先生跟葉鳥先生似乎都很熟悉呢，還是說這道料理在隱世不常見？就是用苦瓜、豆腐加上蛋花拌炒，一般來說會加上豬肉片，不過今天我改放章魚塊。」

「哦哦？這股大蒜與柴魚的香氣真吸引人啊。看起來實在很美味。」

「你嘗嘗、你嘗嘗。啊，還有放了蝦頭的味噌湯喲。我另外還做了松葉大人喜歡的醋拌小黃瓜與海帶芽，這是夕顏不變的口味！」

松葉大人一臉迫不及待的表情，馬上先喝了一口蝦頭味噌湯，露出了暖暖的笑容。他一邊點著頭，一邊接著夾起沖繩炒苦瓜入口。

「噢噢，這真是嶄新的口感呢。爽脆的苦瓜片搭配嚼勁十足的章魚一起吃，沒想到這麼搭。」

「如何？還合口味嗎？」

「嗯嗯，這滋味實在太令人上癮了。豆腐跟蛋花的溫醇口味緩和了苦瓜的苦澀，同時更帶出章魚的鮮甜。」

沖繩炒苦瓜的調味雖然非常簡單，不過這道料理的主角——苦瓜本身就帶有強烈的苦味，所以搭配雞蛋與豆腐等清淡的食材更能互相中和。一般正統的豬肉沖繩炒苦瓜雖然經典，不過這次改用章魚，不但增添獨樹一格的海味，口感也更豐富。沒想到章魚特有的鮮味，跟苦瓜的苦味超乎想像得搭呢。

章魚也讓料理更添鮮醇，實在是萬能的食材。做成生魚片也美味，炸成章魚塊我也喜歡，還能代替肉類做為炒飯的配料。

「嗯……這料理越吃越順口。這就是沖繩炒苦瓜是吧。」

「……沒錯，這道菜就是如此迷人。」

松葉大人完全沒擱下手中的筷子，不停夾著這道章魚版本的沖繩炒苦瓜，一邊配飯下肚。偶爾換個口味吃吃醋拌小菜，喝口味噌湯，就這樣活力充沛地解決了整桌的早餐。

他拿起手巾擦了擦嘴，開口問我：

「葵，說起來妳怎麼會出現在折尾屋？妳不是天神屋大老闆的未婚妻嗎？來度假嗎？」

「不，事情不是這樣的。我……」

該把事情經過一五一十告訴松葉大人嗎……

可是，松葉大人他那麼疼愛我，要是聽見我被強行擄來，肯定會去找折尾屋的人算帳，然後把旅館給拆了。要是演變成那樣，松葉大人會把我帶走，他也就會順便打道回朱門山了吧。

看銀次先生他們的反應，這應該不是眾所樂見的結局呢……

「我呀，是暫時來這裡幫忙的。因為聽說接下來好像要舉辦什麼大活動。」

「喔喔，是指煙火大會吧。原來如此……我聽說天神屋跟折尾屋勢不兩立，原來也會互相支援啊。」

松葉大人一邊啜飲著天狗隨從幫忙添的熱茶，一邊不可置信地呢喃著。

「……松葉大人，你也會繼續在這裡待上一陣子嗎？」

「是呀。我受折尾屋之邀來這裡參加煙火大會。反正我一個退位的老天狗待在朱門山也嫌無聊，既然葵妳也在這裡，我就在這折尾屋多停留一會兒吧。」

松葉大人向我提出請求：「每天幫我做點什麼吃的吧。」隨後結束了這頓早餐。

雖然不知道明天我身處何方，不過我答應他：「只要我還在，就會盡量幫您準備。」然後收起了高腳餐盤，離開客房。

「葵小姐，松葉大人似乎享用得很盡興呢。」

銀次先生就在外頭等著我，並把淨空的餐盤接了過去。

「欸，銀次先生，松葉大人拜託我接下來的日子也幫他做飯耶，那間舊館的廚房設施，可以暫時借給我使用嗎？」

「當然沒問題，葵小姐您可隨意使用那個空間……雖然以我個人來說，是希望能盡早讓您回到天神屋就是了。」

「我不能就這樣回去。」

「……咦？」

「我怎麼能放著銀次先生不管，就這樣回去。」

原本走在客房前走廊的銀次先生停下了腳步。他的雙眼看起來非常震驚。

我用認真的眼神回望著他。

「銀次先生……我到現在還是一點都不明白，你有什麼苦衷非得回折尾屋。可是，夕顏如果沒有你會就這樣完蛋的。我不能棄你於不顧。在充分說服我以前，我是不會從這裡離開的。」

「……葵小姐。」

「況且折尾屋裡頭似乎也有許多內幕。從館內上下的氣氛來看，我多多少少能猜到一點。若銀次先生願意跟我說明，那就更好了……不過我不會逼問你的。我會用我的方式去刺探。這段時間我就在舊館幫松葉大人做飯過活吧。」

「……」

銀次先生非得回來折尾屋的苦衷、以及他與亂丸的「約定」……

還有「煙火大會」。

我似乎逐漸看見一些關鍵字，不過這些都還只是冰山的一角。

我也不是完全沒有絲毫不安，畢竟我只是個被丟進敵方陣營正中央的普通人類。

但如果光坐在原地等待救援，絕對無法解決任何事情。

不論接下來在這間折尾屋遇見什麼狀況，我都必須用自己的方式，去做我能做的事。

第二話　意想不到的賣魚郎

為了讓退位的天狗大老，也就是松葉大人願意繼續留在這間名為折尾屋的旅館，我必須每天為他料理一餐——這是折尾屋大老闆亂丸直接對我下達的命令。

看來是有人向他通風報信，說松葉大人吃得心滿意足。

此時此刻，我跟銀次先生被叫來大老闆的辦公室，就位於折尾屋的最深處。我們倆現在正並肩站在他的辦公桌前。

「順便把那間破爛舊館大掃除一番。使用者負責打掃。」

「呃、啥？」

他又把粗重的體力活丟到我們身上。

從他的口氣聽來，如果順利完成這些任務，似乎就不會把我關進牢裡了。但是他又警告我：

「如果敢乘隙亂動歪腦筋，有什麼可疑舉動，就用鐵鍊把妳栓在地牢裡。」

莫名把人綁架過來，竟然還逼人質做白工，這妖怪真的是很狂妄任性耶……

「還有……」

亂丸朝我身旁走近，於是我開始有所防備，身旁的銀次先生也充滿警戒。沒想到亂丸竟然拔走插在我頭髮上的山茶花髮簪。這舉動實在出乎預料。
「欸、你、幹什麼啦！」
我一邊整理散亂的頭髮，一邊對他抗議。
然而亂丸只是玩弄著我的髮簪，用充滿憎恨的口氣說道：
「這東西先由我保管了。紅水晶髮簪，這麼貴重的玩意兒……我看是大老闆送妳的吧。妳要是敢從旅館裡逃跑，我就把這扔到海的另一端。」
「咦！拜託不要這樣！」
簡單來說，我被他威脅了。那根髮簪我還頗為中意的耶！
「亂丸，快把髮簪還給葵小姐！」
「幹嘛，等一切順利結束，不管是這髮簪還是那小丫頭，我都會一起打包裝箱，快遞送回天神屋啦。運費當然是貨到付款。哈哈哈哈哈哈！」
「亂丸……你！」
銀次先生果然又明顯露出有別於往常的憤怒態度，然而亂丸只顧著大笑。
「亂丸，不許你把葵小姐也牽扯進來！你這個傢伙真的是，從以前就是這樣！」
「唉唷？銀次，你也有該完成的任務吧？你不滿我的所作所為，我是沒差，不過你也該專心工作，別再惦記這小丫頭了。還不盡快把那東西弄到手，交出成果。」
「……」

「能對我有意見的，只有實際做出一番成果的人。」

……「那東西」是什麼？意思是銀次先生有任務在身，必須找到那個什麼東西嗎？

他們倆說著我聽不懂的對話，雙雙露出嚴肅的可怕表情。

但是這股氛圍……看來黃金童子把我擄過來這件事，似乎不在他們的計畫內，所以折尾屋這邊的人對於該如何處置我也感到有點困惑。畢竟我本來還以為自己被關進大牢，結果卻吃到豪華的伙食，這次還被分派了工作。

亂丸的這番行為看起來也別有目的，總之他大概想用這份工作對我進行某種試探吧。

然後這任務一定有個期限，想必就是那場迫在眉睫的——煙火大會。

「嗯，我知道了。那這份工作我就接下了。」

「葵、葵小姐？」

我轉回話題，一口答應了亂丸硬推過來的工作，沒有半句怨言。

銀次先生一臉詫異，而亂丸只是俯視著我用鼻子嗤笑了一聲。

雖然一部分也是因為重要的髮簪被搶走了，不過既然我有料理這項才能，那也許能憑藉自己的力量慢慢接近折尾屋的內情，以及銀次先生所懷抱的苦衷——我是如此想的。

當天我就決定，花上整整一天的時間把舊館打掃乾淨。

主要的戰區是廚房，以及廚房內原本就一應俱全的烹調器具，再加上隔壁間貌似用來堆放物品的小倉庫。

雖然還有一樓、二樓與客房要打掃，而且走廊跟天花板也全布滿蜘蛛網，要全數整理完似乎很花時間，不過希望今天內至少先搞定最重要的區域。

銀次先生跟葉鳥先生在折尾屋還有各自的工作要忙，所以我現在正孤軍奮戰中。

銀次先生說過，他似乎還得忙上一陣子。

我獨自往來於舊館與本館間，四處尋找打掃需要用到的道具，有空時也順便收集食材……

折尾屋的員工們看到我，大概都不可思議地想我這個人到底在幹嘛吧。

再說我還是「敵對旅館天神屋的大老闆未婚妻」……用這個身分看我的他們，怎麼可能乖乖聽從我的請求。

我走到哪都被挖苦，不然就是完全不被當一回事，落得四處向人低頭的田地。

真是頗淒慘的處境。

「痛！」

而且走在員工專用的後廊，還會撞上女接待員的小團體，然後被她們絆住腳而摔倒。

就在我搬運裝了鬃刷的水桶時，鬃刷滾落到她們的腳邊。

「欸，妳很礙事耶！人類女子不要在這裡閒晃啦！」

「抱、抱歉。」

「妳從剛才開始就煩死人了！」

一陣尖銳卡通音的惡言惡語傳了過來。

我抬起身子往上看，站在我前方的是一位外貌年齡接近女高中生的美少女，有著一頭淡紅色的頭髮，左右兩側綁著包包頭。她交叉雙臂站著，身旁還跟著眾多女性隨從。

「妳是誰啊？」

我只不過問個名字，對方就不知為何頂著染紅的雙頰發著抖，鼓著臉露出鬧脾氣的表情。

這、這是為啥啊……

「這位可是折尾屋的女二掌櫃，寧寧大人！」

「妳連寧寧大人的大名都沒聽過，是何等厚顏無恥啊！」

她的隨從們馬上開始嗆我。

哇，原來是折尾屋的女二掌櫃啊。看起來明明比阿涼年輕，但氣勢驚人呢。

不過折尾屋的幹部，我本來就幾乎沒見過幾個啊……

寧寧好像很不爽我有眼不識泰山，伸出手直指著我鼻子，用那副高分貝的尖銳嗓音大罵——

「我才不管妳是津場木史郎的孫女、天神屋大老闆的未婚妻，還是那天狗松葉大人的愛女！妳這種丫頭給我老實待在地牢裡就得了！竟然有臉出來搶風頭。不要以為亂丸大人分派了職務給妳，就可以得意忘形！」

「呃，也不是職務啦……」

我只是被他當成血汗勞工而已。還被他差遣去打掃舊館。

「說起來，我原本還想不知傳聞中的鬼妻究竟是何方神聖，結果只是個其貌不揚的人類丫頭！頭髮跟眼睛都是死氣沉沉的黑色，一點魅力與韻味都沒有，打扮又這麼破爛、毫不起眼～」

「噢呵呵呵！您的評論真是到位呢～寧寧大人。」

「啊，不過妳這種人確實是老人家會中意的類型。也不難理解松葉大人為何寵愛妳囉～」

「噢呵呵呵！不愧是寧寧大人，一針見血呢～」

「不過呢，我真不明白那些男妖怪究竟為何這麼喜歡人類女子？以前就聽說娶人類女子為妻有助於提升地位是吧？我們家曾祖父留下的遺言，也是要我們火鼠一族的男性子嗣娶人類女子進門。欸，妳們知道這是為什麼嗎？」

「這、這個小的也不清楚了……」

還以為這位叫寧寧的女二掌櫃要繼續對我惡言相向，結果她卻突然朝著身後的隨從們拋出了一個單純的疑問。

隨從們也一臉疑惑。

「算了算了！總而言之妳這種人去當舊館的灰姑娘最適合了！」

她最後丟下這麼一句話，手扠在腰上一副跩樣，率領著隨行的女接待員們離去。

「真是一場暴風雨耶……」

初次見面就被罵成這樣，原因果然出在我的身分是「天神屋大老闆的未婚妻」嗎？

還是因為我是人類？

一群臭女生。人家阿涼至少敢單槍匹馬衝著我來，比妳們可愛多了。

「……唔、疼疼疼！」

看來剛才跌倒時似乎扭到了腳。

剛才摔的姿勢很古怪，好像有點痛耶。

「算了，反正我剛到天神屋時也經歷過類似這種待遇，見怪不怪了……啊疼疼疼。果然很痛耶。」

我一邊收拾散落一地的東西，一邊拖著腳步回到了舊館。

今天一定要把這地方先整頓完畢，然後明天繼續下廚。

我跪著擦完廚房裡有鋪地板的空間，皺著臉忍受腳扭傷的痛楚。

這樣的狀態下實在無法順利進行作業，我心想先去冰敷一下好了，便拿著水桶打算去外面的水井打水。

「……咦？」

我看見舊館外頭的巨大松樹下，坐著一位嘴裡叼著細長葉子的少年。

這個人我有印象——就是那個送飯來地牢給我吃的少年。他有一身褐色的小麥肌膚，記得好像是一種叫夜雀的妖怪來著……

「你不是太一嗎？為什麼待在這裡？」

「什麼為什麼，就是在監視姊姊妳呀。」

「監視我？以折尾屋的身分嗎？」

「是亂丸大人下的命令。他說要是交給那個吃回頭草的九尾狐，一定會設法放走姊姊的。」

「……我又沒有逃跑的念頭。」

畢竟「跟銀次先生一起回天神屋」才是我的最終目標。

況且髮簪還被奪走了……現在只能隨便拿條布條綁馬尾。

「也沒差囉。反正我只要待在這就好，不用去做別的雜事，而且還可以睡個午覺。拜託妳了，別給我找麻煩喔。」

「嗯哼──我看你也沒有想動手幫忙打掃的意思呢。」

「呼……」

「還已經睡死了。這樣真的算是在監視嗎……」

妖怪之中有些外貌是娃娃臉，年紀卻一大把的長輩，不過這個太一似乎從裡到外都是個真真正正的孩子。

雖然性格有點狂妄自大，不過看來對我也沒有抱持著什麼惡意，而且各方面都很大而化之。

我回到室內，坐在鋪有地板的架高處，試著把腳浸入水桶裡。由於感覺溫溫的，於是我放了些冰柱女的冰塊進去，打算冰敷一下。

「唉，真是被她們又踩又踢的。弄得我腳好痛，食材收集得也不太順利。明天的料理該怎麼辦好？不對，先擔心我今天晚飯的著落吧。沖繩風苦瓜炒章魚也已經吃光光了。肚子好餓……」

此時此地現有的食材，只剩下白米跟調味料，還有剛才苦苦哀求食堂員工所要來的馬鈴薯跟蔥綠部分，僅此而已。沒有材料，什麼都生不出來。

「今晚很有可能只能靠蒸馬鈴薯跟海帶芽蛋花湯腹了……」

還有東西吃就該謝天謝地了嗎？不過明天還要幫松葉大人上菜……

「如果至少能放我出去採買，事情就好辦了……不，對了，我身上又沒有錢。」

啊～受夠了。手邊什麼材料都沒有，一切都不順。

有股衝動想用泡在水裡的腳狠狠往地面一蹬來洩恨，不過腳現在很痛，而且會搞得到處都是水，還是算了。

「……嗯？」

「咚」——就在此時，天花板上發出聲響。就像什麼東西被弄倒了一樣。

「是、是什麼啊……老鼠之類的？」

這間舊館的清掃作業還沒進展到二樓，不過上頭是不是有些什麼？

總之我先握著長柄掃把，從廚房出發，打開通往走廊的門。

走在積滿灰塵的走廊上，每一步都發出了「軋～～」「軋～～」的聲響，實在很詭異。這地板應該不會崩塌吧？

仔細想想，在這午後時間，獨自走在空無一人的舊館裡，挺讓人發毛的。雖然同時也想吐嘈自己：「都身處於妖怪的世界了，走在哪裡有差嗎？」
緩慢爬上通往二樓的階梯後，我發現最邊邊的一間房，房門是敞開的。
那位置正好就在廚房的正上方，很明顯事有蹊蹺。我握緊手裡的掃把，慢慢往房內窺探。
「嗯？」
房裡一個人影也沒有，但在榻榻米被拆掉的地板空間的正中央，放著一個大箱子。
我一邊探頭探腦四處張望，一邊往前走近，發現箱子上放了一封信。

「就拿這條羽鯖魚做點什麼吧。我個人偏好用味噌燉煮。」

這段文字讓我大吃一驚，馬上抬起頭環顧四周。在發現現場果然只有我一人之後，便緩緩打開眼前的箱子。
箱內冒出陣陣寒氣，從中現身的是一條魚，四周被冰柱女的冰塊所包圍。
「哇～～好大一條魚……羽鯖魚？長得跟一般鯖魚沒兩樣，不過好像比較大隻一點。」
這神祕的魚種比鯖魚大上一圈，魚鰭非常長，就這樣一整條裝在箱子裡。
眼珠子也清澈分明，看得出來是剛上岸的新鮮貨。
這是隱世的魚種嗎……在這片南方大地，而且在這時節，能捕到這貌似鯖魚的魚嗎？
不過魚身潤澤光滑，長得肥嘟嘟又緊緻有彈性，看起來很美味。

「畢竟是青魚（註3）類的，用味噌下去煮應該很好吃沒錯……」

這麼新鮮的魚，究竟為什麼會出現在這個地方呢？而且還好好地裝在氣派的保冷箱中。這間舊館正好沒有冰箱，這保冷箱絕對能派上用場。實在是太幸運了。

還有這封信……上頭漂亮的字跡讓我感到很熟悉。

「……大老闆？」

先不論大老闆有沒有可能跑來這地方，信上的字跡確實出自他沒錯。

因為直到我被抓來前，這陣子都常用信使與他通信，所以更加確定這是他的字。

況且信上的內容完全能在我腦海裡以大老闆的聲音自動播放。這實在太像他會說的話。

他一定用了什麼方法把魚送來給我。

「大老闆……」

不過既然都來了，真想見上一面啊……

身處於敵方陣營內破爛的舊館一隅，我突然有了這股念頭。

我猛然一驚。回過神之後又東張西望了一次，雖然明知這裡沒有人。

總覺得深刻感受到……果然誰也不在。我是一個人。

「葵，這樣不行啦，妳得振作一點。就算內心再怎麼害怕，也不能……」

註3：背部帶青色的魚種之總稱，包含沙丁魚、鯖魚及秋刀魚等品種。

我抱起保冷箱，裡頭因為裝滿冰塊而沉甸甸的。拖著伴隨痛楚的腳步，穿越年久失修的走廊，順著樓梯回到了一樓。

呼……光是這樣就費了我不少力氣。

夕顏開張後，我需要搬運重物的機會也變多，還想說最近自己的力氣也變大了，不過現在因為腳扭傷的關係，全身累到不行。

「不過真是拿到了好東西～這樣就能來煮個味噌羽鯖魚……啊，對了，順道放點馬鈴薯，做成味噌口味的洋芋鯖魚好了！」

洋芋鯖魚……雖然是我自己隨便取的簡稱，不過念起來意外順口。

把馬鈴薯也一起下鍋燉煮，能吃進味噌與海魚的鮮美，煮出鬆軟可口的暖心滋味。

「嗯，這主意似乎不錯，那我就趕快把這條魚去頭後片成三片吧。掃除工作就先暫緩囉。」

我再次去外頭打了一桶水回來後，便在廚房流理台展開作業，準備剖這條大鯖魚。

祖父生前偏愛魚類料理，也常常吃到，所以剖魚這件事完全難不倒我。

先刮除魚鱗，再從胸鰭處入刀，順著切掉魚頭，剖開腹部後取出內臟，用剛才打來的水清洗乾淨。接著再從腹部與背部入刀，往中骨深入剖開後，從尾鰭處開始沿著骨頭切下肉。運刀時要仔細注意魚骨的觸感，小心翼翼地剖下。

翻過魚身後以相同步驟分離骨肉，去除腹部骨頭後，便能得到完美的三片魚身。另外我還把帶黑色的腹部血合肉的刺也一一拔除，會這麼神經質是因為祖父以前常連魚刺一起吞下肚。

微泛紅色的魚身與閃爍青色銀光的魚皮。把魚剖乾淨後，要拿來做什麼料理都不成問題。

進行到這裡，我先把廚房收拾了一下，做好煮白飯的前置準備，隨後重新開始料理魚肉。

我朝著剖成三片的魚身再次下刀，切成一人份大小。再來是要一起燉煮的馬鈴薯，我也手腳俐落地剔芽削皮，切成厚度約一公分的圓片備用。

「葉鳥先生弄來的竹簍裡頭好像還有放薑，裡頭還有隱世的火柴。得先來幫爐灶生火了。」

因為這裡並不像夕顏的廚房有最先進的烹飪設備，必須自己添柴，再用火柴點火。

煮沸一鍋水之後，我將羽鯖魚片下鍋燙了一下，完成前置處理。

接著使用剛才趁空檔熱好的隱世平底鐵鍋，將馬鈴薯圓片與羽鯖魚煎至微焦黃。再來只要把水、味噌、砂糖、醬油、味醂與酒等必備調味料倒入，再搭配薑絲一起轉中火燉煮入味就行了。

這道料理做起來還挺簡單的對吧？只要先把魚片好就不成問題了。

「啊啊……味噌的香氣甜甜的。」

甜中帶鹹的調味是妖怪的最愛。

尤其這道味噌鯖魚，不但是家喻戶曉的基本款主菜，在魚類料理中也特別受歡迎。

馬鈴薯開始染上了味噌的顏色，光看就覺得很美味。

在等待入味的空檔，我三兩下就煮好海帶芽蛋花湯。還順便把蔥綠也切成蔥花下鍋。

這樣看來，今天的晚飯勉強有著落了。

「欸，太一，你要不要也一起……呃，不見了。」

我從廚房後門往外探頭，本來想呼喚待在松樹下監視我的太一，但他已不見蹤影。再度想問這監視工作有意義嗎？

虧我還想邀他一起吃一頓的呢……

結果這一天再也沒人踏入這間舊館，待在這裡的我最終只能一個人孤伶伶地吃著味噌洋芋燉鯖魚定食。

因為鯖魚本身很新鮮，不帶一點腥味，肉身富含油脂，加上濃厚香醇的味噌調味，合奏出一道史上最下飯的配菜。

難得做了這麼完美的成品……卻只能一個人獨自享受，沒辦法跟誰共享這份美味以獲得感想回饋，果然讓我感到有點空虛。

跑去外頭溜達的小不點，不知道在哪裡偷吃了什麼，一回來就嚷嚷著肚子好撐，馬上跑去睡了。真是無情的眷屬……

我三兩下解決掉晚餐後，便繼續進行舊館的掃除作業，忙到深夜為止。

夜深後我回到本館去，求一個能睡覺的地方，結果最後又回到了那座地牢裡。

「啥？妳這傢伙為什麼待在地牢裡啊？」

一大清早被我嚇到的，就是折尾屋的小老闆，猴子……不，是秀吉。

「什麼為什麼……我就沒地方可以睡覺啊。剛好鑰匙也在我這裡。」

「妳這丫頭這樣對嗎！」

秀吉不知為何拿下掛在脖子上的長手巾，往地上一甩。

「只要能自由出入，這地牢也只是間普通的客房啊。這裡挺舒適的呢……呵啊～」

我斜眼瞥向嚇傻了的秀吉，伸了個懶腰打呵欠。

他似乎一早就來這裡打掃，手裡還握著掃帚。明明是小老闆，做的工作卻像打雜的。

我馬上起床，並俐落地折好了床被。

前往房裡深處的洗臉台洗了把臉，換好和服圍上圍裙，一把逮住在這座牢籠裡繞圈慢跑的小不點，把他塞進圍裙口袋裡。

小不點還繼續在口袋裡空氣慢跑著，總覺得弄得我癢癢的。

秀吉還是一臉不明所以的表情，揮動著手裡的掃把繼續打掃。

「啊，我說啊，我現在的工作也要打掃舊館，但那邊的榻榻米破破爛爛的早就該換了，所以我全部拆掉搬去外頭了。那些榻榻米都發霉了，表面又刺刺的，全部淘汰掉比較好啦。我想換一套新的，可以幫我準備嗎？」

「啊啊啊！真是的！不要連珠炮地講不停！真是個毛毛躁躁的女人耶！」

秀吉搔了搔頭，露出一臉地痞般的不爽表情。

「那棟舊館對我們而言，根本無所謂了啦。亂丸大人只是為了使喚妳，所以才命妳打掃。老實說只要把廚房那一塊整理好，能每天幫松葉大人做飯就沒問題了啦。」

「哦？是這樣喔？也就是說，我可以自由運用囉？」

「啊啊隨便啦，妳開心就好！真是的……自己跑回來牢裡睡覺，又自告奮勇打掃整間舊館……真是犯傻了妳。妳是笨蛋嗎？人類女子全都像妳這副德性嗎？我真是完全搞不懂。」

秀吉一邊揮動著手裡的掃帚，一邊毫不留情地碎碎念。

這個個頭跟我差不多的男人雖然感覺很囉唆，不過相較於亂丸，應該算是比較能溝通的了。

「啊，還有，關於亂丸他啊……」

「妳這個白痴拖油瓶，給我尊稱為『亂丸大人』！我可不允許妳這種人類ㄚ頭直呼那位大人的名諱！」

「呃……那不然，亂丸大人他現在在哪？我有點事情想問他。」

「亂丸大人很忙的，哪來的時間見妳這種人，聽妳這種傢伙說話。」

就不能好好叫我名字嗎……這隻猴妖態度真的很差。

「可以的話我想請他提供食材，所以才想直接跟他面對面商量。畢竟沒有材料我也生不出料理給松葉大人啊。」

「……這種雜事交給那個銀次就好了，不需要勞煩到亂丸大人。」

秀吉的聲調突然低沉了下來。不知道是不是我的錯覺，總覺得他的視線也飄往斜下方。

「那銀次先生人呢？從昨天下午就完全沒見過他了……」

「誰知道！那叛徒去哪我才不管！」
秀吉用比往常還激動的語氣大聲怒吼著。
我的話才說到一半，也被他中途打斷了。
火氣幹嘛這麼大啊？他「嘖」了一聲，隨後停下了手邊的掃除工作，將掃帚握在手裡，大步大步踩著樓梯上樓，消失在我的視線範圍內。
「……他是不是缺乏鈣質啊？」
他似乎非常景仰亂丸，然而對於銀次先生卻有著很深的芥蒂。啊啊，不過話說回來……
「腳還是好痛喔。要是有貼布什麼的就好了。」
每往上踏一階，都伴隨著一陣刺痛傳至腳踝。
也許待會兒再泡冰水冰敷一下比較好。

一路上閃躲著那些折尾屋員工所設下的壞心陷阱又不時中計，最後我終於抵達舊館。
到達目的地的這一刻，我身上穿著的夕顏制服，也就是那套抹茶綠色的和服，已被柑橘汁染上了黃色的汙漬。簡單來說，我被果汁淋得全身濕。實在是很浪費食物。
「這麼明顯的找碴行為，在天神屋還真是沒碰過耶。雖然天神屋也有些陰險的地方，不過現在想想員工教育還算做得不錯。」

雖然曉一開始也直衝著我發飆，而阿涼甚至還打算除掉我這條小命就是了……
「嗯，還是半斤八兩呢……嗯？」
繞到舊館的後門處，我驚訝地發現這裡停了好幾輛載貨用的馬車。
湊上前去一探究竟，看見馬車裡堆滿了為數可觀的箱子與麻布袋，看起來是來折尾屋送貨的廠商。拉車的馬匹正乖乖待在原地。
「啊，後門是打開的。」
有人在裡頭嗎？我緩緩靠近門口往內窺探。
一位青年正佇立在裡頭，環視著整間廚房。
他身上穿著深藍色的傳統日式工作服，腰前綁著黑色半身圍裙。圍裙上印著反白字體——大大一個「魚」字。
至於他的臉……似乎戴著火男面具遮掩了起來。
那好像曉以前戴過的那張面具喔。
「你是誰？」
當然我一看也知道他是魚舖的人，但為什麼會跑來這地方？
「啊啊，葵……妳這身模樣是怎麼了。被欺負了嗎？實在令人心疼。」
「……嗯？」
「頭髮跟和服都濕淋淋的了，被人潑了一身飲料嗎？我看看，來幫妳擦乾吧。」

「嗯……嗯嗯？」

怪了，這聲音好耳熟。

那個魚鋪的人直直往我這裡走近。我從正面緊緊抓住了他的面具，說了句「不好意思～」後，像是開門似地將其摘了下來。

「……大老闆？」

「答對了。」

面具被我摘下的這個男人，露出了充滿自信的微笑。

他是大老闆。不過……比起平常那位天神屋大老闆，看起來更年輕了一點。

應該說好像我的同輩？頭髮也比平常短了些，感覺很清爽的造型。

包含那身魚鋪小伙子的裝扮在內，一切都讓我覺得「這人是大老闆沒錯，但不是平常那個天神屋的大老闆」。

我直愣愣地盯著他瞧，眼皮連眨都沒眨一下。隨後我轉過身背對他，將手抵在自己的額頭上呢喃著。

「葵，怎麼了嗎？」

「等等……等一下。我現在還在混亂中，讓我先整理一下心情。」

「我還期待妳會表現出更驚喜的反應耶，比方說大叫著『咦咦咦咦？』之類的……」

「這實在超乎我的預期，我連大呼小叫都忘了。」

我又重新轉過身去，與大老闆面對面。

平常總是穿象徵天神屋的黑色外褂，現在換上魚舖版本的造型，這樣的大老闆果然還是讓我有點看不習慣。雖然看不習慣，但是怎麼說呢……

「葵，如何？為了來見妳一面，我喬裝成魚舖的人喲。」

「……呃，嗯。不糟啦。這身外型似乎比較平易近人的感覺……吧。」

老實說，他現在這樣貌是我喜歡的型——這句話被我吞回肚子裡了。

「不過你這外表會不會有點太年輕了？總覺得好像普通的大學生，而且角也藏起來了。」

「總不能以平時的樣貌過來折尾屋吧？雖然現在也只是稍微回春了一點，真要說起來還是很容易被發現，不過總覺得年輕一點比較適合魚舖的裝扮。這火男面具則是我跟曉借來的。」

「啊啊果然，我就覺得很眼熟……」

大老闆湊近凝視著眼神飄忽不定的我，拿下了他掛在頸上的長手巾，輕輕地一點一點擦著我的臉頰、額頭還有頭髮。

他的表情非常專注又認真。

「欸、等等……」

「怎麼？難道說這手巾沾上魚腥味了嗎？要新的話我去竹簍裡拿。」

「不是，我不是要抱怨這些啦……」

大老闆翻找著那堆貨物，取出了新的手巾。看來馬車上載的是食材與其他生活必需品。

……這太犯規了吧。

地位崇高的他平常位居天神屋的頂端，給人沉穩又成熟的印象。我一直覺得那樣的他是遙不可及的存在，但現在這……哎……

大老闆本身的特質還保留著，卻化身為更年輕又平易近人的魚鋪小伙子，這實在是……

原來我無法招架這種反差萌！我現在才知道！

「葵，繼續穿著那身弄髒的和服應該不舒服吧？我帶了替換的衣物過來。」

「咦，你連和服都帶了？」

「畢竟我可不忍心看妳綁手綁腳的呀。」

大老闆為我準備的是淡黃色和服，搭配可愛的水藍色腰帶。

看起來是一套不能隨便弄髒的高級和服，不過目前身上這套抹茶色和服是我唯一的衣物了，既然他都特地帶來，拿去洗的時間就先借穿吧。

「……大老闆，你出去。」

「竟然叫我滾蛋嗎……不愧是鬼妻。」

「現在你只是個賣魚的吧。好了啦，我要換衣服。」

「但若是我被其他人看見怎麼辦？如果只是折尾屋的低階員工那還能裝成廠商敷衍過去，但要是被高層幹部看到，想蒙混過關大概就難了。」

「那不然你轉過身子去。」

大老闆一臉不服氣的樣子，還說出「我幫妳換裝」這種鬼話。我無視他的發言，把他的身子往後扳了過去，讓他就這樣面壁罰站。

「天神屋的大家過得如何？沒事吧？」

我一圈圈卸下了腰帶，同時問著他。

「大多都嚇了一跳，覺得很震驚，也有些人覺得被折尾屋擺了一道而為之光火。不過呢，所幸隔天是休館日，召集了眾幹部展開討論會議，最後的結論就是由我親自前往南方大地。」

「……也就是說你最閒囉。大老闆，你才剛從現世回來而已耶。」

「我的工作本來就是東奔西跑的，再說天神屋有白夜在，沒問題的。」

「也、也是……一想到旅館裡有白夜先生坐鎮，就莫名覺得能放心呢。」

我馬上褪去弄髒的和服，換上了新帶來的一套。在整理衣領與綁腰帶的同時，我眺望著大老闆堆在廚房地面的行李。

有一些裝滿蔬果的竹簍，還有一個保冷箱。

箱外瀰漫著冷煙，想必裡頭裝的是海鮮類吧。畢竟箱子上印著大大的「魚」字商標，跟大老闆腰上穿著的圍裙一樣。

說到這，大老闆他……昨天究竟是怎麼把這保冷箱放在二樓的？

換裝完畢之後，我朝著乖乖背對我面壁站好的大老闆喊了一聲：「可以了！」他轉過身來面對我，打量了我的造型之後「噢～」了一聲。

「這套和服顏色清爽，也很適合妳呢。」

「嗯嗯，謝謝。」

「實在很有新婚妻子的感覺……」

「你的品味我大概搞清楚了。」

只不過，大老闆似乎到現在才終於察覺一件事，驚訝地摸著我的髮絲。而我也撫上自己的頭髮，隨後垂低了視線。

「對……對不起，大老闆。那、那只山茶花髮簪被亂丸拿走了。不過我一定會拿回來的。」

「對我而言，妳平安無事就已經是萬幸了……」

「不行啦！我一定要討回來。因為，我很中意那只髮簪。」

「……是嗎？」

「嗯……嗯。」

我連連點了好幾次頭。他睜大雙眼，似乎感到有點開心。

雖然一度想把那只山茶花髮簪拿去典當，不過畢竟那是大老闆送的第一份禮物，來到隱世之後每天戴著，而且我也很中意。不但方便好用，造型又可愛，我越戴越喜歡。

被亂丸搶走那時，我意外地頗受打擊……

「雖然很可惜，不過我必須走了。我還得去折尾屋的食堂與廚房那邊送貨。」

「……這樣喔。」

來到這裡見我的大老闆，似乎為我帶來了超乎預期的安心感。

聽見他要離去，一股寂寞感不由自主湧現。

但我可不能任性強留他。我從架高的室內地板走下地面，打算目送他離開。就在此時——

「！」

我完全忘記自己扭傷了腳，腳底一口氣踏往地面時，傳遍全身的痛楚讓我臉部扭曲。大老闆察覺到我的不對勁。

「葵，怎麼了？哪裡不舒服嗎？」

「啊，只是扭到腳而已啦。……昨天，不小心小小摔了一跤。」

「……」

怎麼能告訴他是被折尾屋的那些傢伙故意絆倒的。

大老闆一邊觀察著我的臉色，一邊扶我到架高的地板上坐著，自己則蹲在地上，用手捧起了我的腳。

這突如其來的舉動讓我雙頰不禁脹紅。

「右腳腳踝腫起來了呢。這應該很痛吧？」

「……還、還好啦，放著幾天就會自己好了！」

「這可不行。葵，不許妳這樣忍著傷。」

大老闆轉身走往行李堆，不知道在翻找些什麼，最後端了醫藥箱過來。竟然連這種東西都準備了……

他再度細細觀察著我的腳，在腫起來的部位塗上藥膏。

接下來又為我用繃帶緊緊包紮起來，固定住腳踝。

他的手法實在很熟練俐落，讓我大吃一驚。

也許是心理作用吧，不過感覺疼痛感真的舒緩了許多……

「葵，我可以帶妳離開這地方喔。畢竟這本來就是我此行目的。」

包紮完畢的大老闆皺緊眉頭，抬頭仰望著我的臉。

他的眼神非常認真，甚至還帶著一絲絲的惱怒。

「不行，我不能丟下銀次先生逃跑。因為大老闆不會把銀次先生也帶回去，不是嗎？」

「……」

「……銀次先生他，從昨天下午之後就不見蹤影，不知道他有沒有好好吃飯睡覺。折尾屋的員工都說他是吃回頭草的傢伙，不知道會不會苛待他……」

越想越擔心起銀次先生了。

我鐵青著一張臉，慌得不知所措，結果卻被大老闆吐嘈：「銀次是妳兒子嗎？」

「他已經是折尾屋的一分子了。」

「什麼嘛……大老闆你這人真是意外地無情耶。」

我原本一直以為，大老闆與銀次先生之間有著深厚的信賴關係。無法理解他為什麼如此輕易放銀次先生走。

「還是說，銀次先生回到折尾屋，是基於……某些苦衷？」

「……」

「煙火大會是什麼？我在這裡到處聽人提起這活動……總讓我感覺有點危險。」

這四個字從我口中說出時，大老闆的臉色立刻為之一變。

果然這是最重要的關鍵字啊。

「銀次確實有要務在身，必須回來這裡完成——就是關於接下來即將展開，由折尾屋所主辦的這場煙火大會。在隱世這是一場隆重的活動，而銀次背負著只有他能完成的職務。這也正是折尾屋他們需要銀次的理由。」

「煙火大會，這種活動不是到處都有嗎？」

「這只是表面上的名義罷了。在南方大地上，這煙火大會底下隱藏著一個非執行不可的……重要儀式。」

儀式……？

在黃金童子離去之際，也曾提到這兩個字。

我聽見她叮囑了亂丸，務必要讓這次儀式成功。

「煙火大會是南方大地每年都會舉辦的例行活動，不過這次的儀式是百年一度。」

「百、百年一度？」

我大吃一驚。大老闆湊近了耳邊，像說悄悄話般低聲對我耳語。

「這場儀式非成功不可……否則，這片南方大地將會受到詛咒。」

「詛咒……？」

他所說的一連串內容我有聽沒有懂，不由自主地皺起了眉頭。

在短暫的沉默之中，早晨寧靜的海浪聲傳了過來。

「詛咒」這兩個字，果然聽起來還是讓人有點毛。

「我……能幫得上什麼忙嗎？」

一股必須有所行動的使命感摻雜著不安，讓我不禁如此脫口而出。大老闆對著這樣的我溫柔地說道。

「妳早已開始盡自己能盡的努力了呀。」

「你是說，為松葉大人準備飯菜來挽留他這件事？」

「是呀。妳發現了？」

「那當然，畢竟松葉大人大吵大鬧說要打道回府時，折尾屋的員工們都急瘋了。既然這樣，我現在果然還不能回去天神屋。」

「……」

「況且我還有些事得好好親自問問銀次先生。不過現在就先作罷吧，等那個什麼儀式順利結束再說……」

對於大老闆所說的那番話，以及銀次先生一舉一動中隱藏的意義，我還是無法完全理清。

然而從大老闆現在的表情看來，我很清楚這片土地正面臨危機關頭。

總是一副神態自若，令人摸不著頭緒的他，現在的眼神卻十分嚴肅。

「銀次他其實不想讓妳捲入其中吧？但現在折尾屋在這活動的籌備上面臨棘手狀況，甚至不得不倚賴妳的幫忙。就連此時此刻，銀次他們也正到處忙得暈頭轉向。」

「籌備……是那個儀式的準備工作？有那麼辛苦？」

「算是吧。總之必須湊齊好幾樣難以入手的國寶級物品。就算由我主辦也很費力吧。」

「……國寶級物品？」

大老闆哼笑了一聲，沒再繼續說明下去。他舉起手輕輕拍了拍我的頭，就像安撫小孩子一般，隨後便打算離開這間舊館的廚房。

「還好妳起得早，我們才能像這樣在一大早幽會。」

「你要走了？」

「怎麼？別露出一臉不安的表情。我為了讓妳大展身手做自己最喜歡的事，所以帶了好多食材過來。要是回心轉意想回天神屋，我隨時可以把妳搶回來。」

「……」

大老闆好像說了一番很帥氣的宣言。

我的表情無意識間流露出不安嗎……

他從後門走出去，正要坐進載貨馬車之中。我快步往前趕了上去。

「欸，你回程還會經過這裡嗎？」

「會經過橫越松樹林的那條大馬路，不過……晚點這地方也會有人來看守吧，無法順道彎進來了。」

「那不然，我待會兒先在舊館正門前的大松樹下掛個放有冰塊的水桶，你回程路過時看一下裡頭，我會把味噌燉鯖魚裝在裡面。畢竟你幫我包紮了腳……就做個便當給你……當作回禮。」

話說到最後，我突然有些害臊了起來。

在受困於敵方陣營這樣的處境下，我到底在說些什麼啊？

坐在馬車上的大老闆一臉呆愣地看著我，不一會兒就像往常一樣撇過身子忍著笑意。

「這種領便當的方式還真新鮮啊。實在令人期待。看來我轉行來賣魚也算是值得了。」

「你再說，我就裝滿冰柱女的冰塊，把你的便當凍得硬邦邦。」

「沒關係，反正我可以用鬼火重新加熱。」

魚鋪的大老闆在指尖點起一道鬼火，對我說：「把那條鬼火墜鍊掏出來看看。」

我馬上直覺地掏出掛在胸口底下的玻璃珠。大老闆伸手一摸，裡頭的綠焰鬼火開始微微綻放出鮮明的火光。

「你做了什麼？」

「……呵呵。」

大老闆並沒有清楚說明，就這樣駛著馬車揚長而去。

馬車駛上松原大道，朝折尾屋本館的方向前進。

「……不過話說回來，真沒想到大老闆會自己直接前來耶。而且還化身為賣魚的。」

難道說現在已經不流行「英雄壓軸登場」了嗎？

身為大老闆的他，還真是說走就走，來去自如耶。

「……」

而且，我也很在意他的那番話。「儀式」，到底是什麼儀式呢？

大老闆說儀式需要一些國寶級的物品。

還說現在折尾屋的人正為了收集這些東西而焦頭爛額。

他們應該一邊還要忙館內的營運吧，這樣確實是很辛苦。

我在這地方悠哉地做菜，真的沒關係嗎……？

「啊，要給大老闆的便當，菜色除了剩下的味噌洋芋燉鯖魚、海帶芽拌飯、基本必備的煎雞蛋捲……再來還要做點什麼好？說起來大老闆他到底扛了什麼東西過來啊……啊，有小松菜，用燙的好了。」

煩惱這麼多，最後還是逃回料理的世界。我一邊準備著要給大老闆的便當，一邊感受到一股難以言喻的沉重不安感，緩緩在我的心底掀起漣漪。

第三話 「折尾屋」料理長——白鶴童子與黑鶴童子

大老闆為我運來的海鮮，是新鮮的岩牡蠣。

「唔哇……好大顆。」

夏天是岩牡蠣的盛產季節。岩牡蠣外型正如其名，岩石般凹凸不平的外殼是最大特色，殼的形狀也比一般的牡蠣來得圓滾滾，個頭大概有真牡蠣的兩到三倍大，總之就是很大。（註4）

能使用這麼豪奢的海味來入菜，實在太棒了。

「啊，還有麵粉跟麵包粉。連番茄醬跟美乃滋都帶來了。」

大老闆帶給我的行李之中，包含了我在夕顏親手製作的生麵包粉與裝瓶的調味醬料。

「為什麼連鬆餅粉也……」

這是之前大老闆從現世買回來的戰利品。

不過想想也是，這些東西現在放在夕顏也沒用，帶來也許還有運用的機會。大老闆幹得好。

註4：岩牡蠣盛產於夏季，外殼碩大，口感肥美飽滿，又被稱為「夏牡蠣」；真牡蠣則盛產於冬季，雖然比岩牡蠣小，但滋味醇厚鮮甜。

「今天就來做個炸牡蠣套餐好了，淋上滿滿的塔塔醬，再擠一點柑橘汁就能享用清爽美味。這吃起來一定超讚的。」

首先把帶殼的牡蠣用水洗乾淨，再把殼撬開。一一撬開硬殼雖然費力，但我並不怎麼討厭。將較平坦的殼朝上，把小型的刀刃從縫隙中插入。小心翼翼地把貝柱切開，不要傷到牡蠣肉。貝柱一切斷，上殼立刻應聲打開，整顆Q彈的牡蠣便映入眼簾。

啊啊，直接這樣用炭火烤過再淋上檸檬汁享用，不知會有多美味！

「火烤料理是也不錯，但烤牡蠣松葉大人應該早就在這裡吃過了吧……手工製作的炸牡蠣料理也許對他來說比較新奇。」

取一盆新的水洗淨牡蠣的黏液，再取一只調理盆，倒入麵粉、水和雞蛋，均勻拌成麵糊。

將牡蠣裹上麵糊，再馬上放入裝麵包粉的容器中，用輕握的方式讓麵包粉均勻包覆住牡蠣。

裹好粉的牡蠣就放在不鏽鋼方盤上，擺在冰柱女冰塊附近靜置備用，趁現在把油倒入油炸專用鍋加熱。

在等待油熱的同時，先把搭配炸牡蠣的高麗菜切成絲。

還得製作塔塔醬呢。手邊剛好有煮好備用的水煮蛋，就放入調理盆內搗碎，再加上切成末的洋蔥、大老闆帶來的美乃滋、醋、鹽、胡椒、還有一點點砂糖，攪拌均勻就完成了。

油溫差不多可以了，就把裹好麵包粉的岩牡蠣下鍋油炸。

酥酥脆脆的炸岩牡蠣起鍋後，徹底把油瀝乾，在預先盛好高麗菜絲的盤上放三顆，佐上檸檬。最後將親手製作的塔塔醬裝入小碗附在一旁，就能上桌了。

「很好！好，來開動了。」

開動……不，我這是試吃。只是單純嘗嘗味道。

雖然得趕緊把這熱騰騰的現炸料理端去給松葉大人，不過給我一分鐘就好。

我夾起一顆多炸的牡蠣放入小碟子，盡情淋上沒用完的塔塔醬，再把檸檬擠得一滴汁也不剩。吞了一口口水之後，我張大嘴巴一口咬下。

唔、唔哇……

口中首先感受到麵衣的酥脆，咀嚼後隨之而來的是岩牡蠣軟嫩的口感。

岩牡蠣濃郁多汁的鮮美，一口氣在口腔內擴散開來。

而塔塔醬與檸檬的酸味，更把這濃厚的美味中和得清爽不膩口。

岩牡蠣個頭大肉又多，光吃一顆就讓我有「啊啊，吃了好多牡蠣……」的滿足感。

「這太棒了，我得趕緊請松葉大人嘗嘗看……」

將白飯盛入飯碗中，搭配了味噌拌苦瓜做為配菜，再附上薑湯。

我端著剛完成的炸牡蠣套餐，迅速往本館的方向前進。

松葉大人享用完炸牡蠣的反應，實在非常誇張。

他似乎本來就愛吃牡蠣，但沒嘗過裹麵包粉油炸的料理方式。

一開始他用疑惑的眼神端倪著塔塔醬，彷彿在問：「這是什麼東西？」

不過他聽了我的推薦，在炸牡蠣上淋滿塔塔醬與檸檬汁一口吃下，結果當場扭動身體打滾。

我一瞬間還想：「該不會這道菜不合他胃口吧？」而緊張得半死，不過看來他是完全被炸牡蠣迷住了。明明是個老爺爺了，卻三兩下就把盤子掃空，要求再來一份。

而且就連在旁待命的年輕天狗隨從們，也全用一臉忍不住流口水的表情直盯著我，於是我先回到舊館，把剩下的岩牡蠣全用完，做了滿滿一整盤的炸牡蠣。

也多虧炸牡蠣如此受歡迎，讓我本來想至少留一顆用炭火烤來吃的妄想也消失得一乾二淨。

算了，大家吃得這麼開心，我也開心了。

雖然這次感覺是食材原味取勝，跟我的手藝沒什麼關係就是了。畢竟炸牡蠣這道菜，只要嘗過一次，就再也無法抗拒這股美味了呢……

「……嗯？」

在牡蠣熱潮過後，我將剩下的殼拿去折尾屋的垃圾場丟，就在我正要折返回舊館之時——

「欸。」

「妳是津場木葵？」

我被這兩道聲音喊住，於是東張西望環顧著四周。

「是誰？」

遍尋不著聲音的來源。我恐怕已經看了三圈有了。

「──在這裡啦。」

兩個聲音重疊了。

正當我如此想的時候，突然有兩個身影從天而降在我面前。

我不禁「咦！」了一聲，並往後退了一步。

眼前出現的是兩個陌生的少年，身上穿著白色的料理服，上頭印有「折」字六角形店徽……

呃，我不太確定，也許是女孩子也說不定。外型乍看之下似乎接近高中生，感覺很年輕。

令我驚訝的是，這兩人有著一模一樣的臉孔，不過頭髮則是一黑一白。他們的側髮剪得齊平，就像古代公主會有的髮型，加上額頭上有一點圓圓的朱紅色胎記，讓人印象深刻。

應該先問，這兩個人剛才到底從哪裡冒出來的……

「你們……是誰？」

「我是黑鶴，叫做戒。」

「我是白鶴，叫做明。」

「你們該不會是雙胞胎吧？」

「嗯，沒錯。」

「我們是雙胞胎，也是折尾屋的料理長。」

這對雙胞胎「耶……」了一聲，緩緩舉起手跟彼此擊掌。

情緒要高不高，要低不低的。眼神看起來也莫名惺忪，似乎是一對沒什麼幹勁的料理長。

「找我有事？」

「「對，有事。」」

雙胞胎點了點頭。

「欸，津場木葵……我們現在正有點傷腦筋。」

「所以想稍微借助妳的一點力量。」

明明身為折尾屋的員工，卻想要我幫忙……

對他們抱持戒心的我回答：「總覺得你們很可疑。」並且進入備戰模式，打算拿岩牡蠣的殼扔他們。

「欸、先等等啦。」

「我們才不是可疑分子！」

「我們一直對妳的料理很感興趣。」

「沒錯沒錯。是時彥先生說可以來找妳幫忙的。」

這兩人的眼神雖然依舊沒有一絲幹勁，不過態度似乎有點慌了。

我反問：「時彥先生？」想說還是聽一下他們要說什麼好了。

時彥先生正是折尾屋的首席溫泉師，幾天前還待在天神屋，跟我也算是有過一些交集……

「……我知道了。看來你們是有些苦衷，我就稍微聽你們說明吧。在這裡也不方便，你們過來舊館的廚房吧。」

「「太好啦！」」

雙胞胎又互相擊掌。

不過話說回來，折尾屋的料理長還真年輕耶……

不，雖然明知妖怪的年齡不能以外貌來判斷，但畢竟我對料理長的印象就是我們旅館裡那充滿男子氣魄的達摩，所以不小心就這麼認為了……

「……有點難搞的客人？」

「嗯，沒錯。」

我硬是讓雙胞胎坐在舊館廚房的架高地板上，聽他們說明事情原委，看來他們倆正在煩惱的，似乎是不知道該為這問題客人準備什麼料理。

「那位問題客人，就是雨女大小姐。」

「她總是因為一些小事大發脾氣而讓南方大地降下大雨。為了讓這次煙火大會舉行時能放晴，所以我們旅館特地招待她過來，滿足她的一切任性需求。不過呢……」

雙胞胎面面相覷，彼此點了點頭，繼續說下去。

「「她說她已經吃膩折尾屋的料理。這可真讓我們傷腦筋。」」

「噢噢，一字不漏地異口同聲耶。」

不愧是雙胞胎……不對，現在不是佩服的時候。

「如果雨女小姐一個不開心，而讓煙火大會當日降雨的話……」

「我們兩個就玩完了。捅出這種婁子，絕對會被亂丸大人沉到海底去的。」

「講得好像他是黑道一樣。」

雙胞胎動作齊一地害怕發抖。看來他們並不是開玩笑，而是真心認為會被滅口……

「所以你們要我幫什麼忙？」

「那位雨女小姐，原本就是有錢人家的千金。」

「所以早已吃遍各種豪華海味了。」

「……原來如此。」

「所以呢，她說想吃點新鮮又好玩的料理。」

「她說最好是沒嘗過的新奇東西。」

這位自稱戒的黑鶴與自稱明的白鶴，固定一前一後地輪流說著，對我提出這番懇求。

「『所以呢，希望妳能運用現世的新點子，助我們一臂之力。既然妳是鼎鼎大名的津場木葵，對這類料理應該很拿手吧——首席溫泉師時彥是這麼告訴我們的。』」

這麼長的一串話，竟然也能分毫不差地同步說完。真厲害耶。

「……事情原委我是明白了……可是借助我的幫忙，這樣真的好嗎？你們身為折尾屋的員工，應該看我很不順眼吧？」

「……」

雙胞胎看著彼此，然後乾脆地回答：「不會啊……」他們的眼神還是一樣慵懶。

「我們去年才剛以料理長的身分加入這間折尾屋。」

「旅館裡頭本來就有料理長坐鎮，我們只負責服務特殊的客人。」

「在幹部中我們算是菜鳥，而且本來就對折尾屋與天神屋之間的恩怨沒興趣。」

「我們對於會做一手好菜的人還比較好奇……」

戒與明兩人依序一人一句，又彼此互相附和：「就是說呀～」這對雙胞胎實在活得很自在。

「嗯～這樣啊，其實我本來必須完成舊館的大掃除，不過你們都開口了，我就一起想想解決辦法吧。但……我可以先問一下嗎？」

「？」

「我被帶來折尾屋的第一天吃了很美味的料理，尤其有一道花枝燒賣……那是誰做的啊？」

「花枝燒賣？喔喔，是我們做的。」

「我們也曾在妖都的料亭工作，就運用以前常做的蒸魚板變化一下，做出了那道花枝燒賣。」

「結果亂丸大人就說以後納入菜單裡了。」

「對呀～」

原來如此……那道花枝燒賣確實超好吃的。

這對雙胞胎雖然活得漫不經心，但看起來是手藝一流的料理人。

「我明白了。那我答應協助你們，不過有一個交換條件。」

我一說起正經事，他們便表現出有所防備的樣子。

「……該不會，要我們告訴妳花枝燒賣的做法？」

「這是企業機密，沒辦法透露的。我們被亂丸大人強迫簽下他準備的契約書了。」

「不是啦。我只是想請你們再做一次給我吃。」

「……這種條件妳就滿足了嗎？」

雙胞胎異口同聲提出疑問，頭也歪成一樣的角度。

「因為那真的超好吃啊，我一直好想再吃一次。」

我不由自主地把身子往前傾強調著。雙胞胎先愣了一下，面面相覷之後分別把拳頭緩緩伸向我這邊。

「……嗯？」

「把拳頭伸出來。」

我照他們所說，也伸出了自己的拳頭。

結果他們分別拿自己的拳頭碰了碰我的，緩緩地喊了一聲「耶……」，語氣依舊讓人搞不清楚到底是興奮還低落。

不過看樣子這是一種契約儀式，證明我們結成了同盟吧。

那位所謂的「特殊客人」雨女小姐，名字似乎叫淀子。

據說她生於位在南方大地與西南大地山間交接之處的富豪世家，家裡坐擁巨大的儲水庫。

「欸，為什麼給我妖都新聞報？我要你拿妖都週刊過來耶！人家想看的是歌舞伎座的花形男演員——雪之丞大人的報導特輯啊！」

「……是，非常抱歉，大小姐！」

「真受不了，三成你真是個沒用的廢物耶。」

淀子小姐正在折尾屋頂樓的泳池池畔，穿著短版的游泳用和服，坐在竹製的海灘躺椅上喝著西瓜汁。她身旁那個看起來畏畏縮縮的男隨從出了錯，因此她正踹著對方大發牢騷。男的怎麼看起來有點高興……

大小姐一頭深藍色的捲髮用金色髮簪點綴，外表看起來實在是西洋味十足的時髦名媛。

「呃，嗯……看來確實有點難搞呢。」

我想多得知一些客人的資訊，所以跑來觀察一下那位名叫淀子的大小姐是個怎麼樣的人，結果似乎比我料想得還更難應付。

「淀子小姐生在名門望族，家族可說是掌管了南方大地與西南大地的所有水資源也不為過，所以誰也無法忤逆她。」

「原來是一路被寵大的啊。」

「沒事就發脾氣，還會馬上踹人。」

「我們又不像那個隨從，有那方面的嗜好……」

看來雙胞胎也曾經是受害者吧。他們倆一臉慘白地輪流嘟噥著。

「嗯～～任性的大小姐喔……」

我一邊繼續觀察泳池池畔的她，一邊陷入沉思。

料理美不美味一嘗就知道，可是「新鮮又有趣的料理」該怎麼定義呢？

比方說，跟好朋友一起吃飯，會覺得很快樂。

看見賞心悅目的菜色，心情也會很好。

可是對方所追求的應該是新鮮的刺激感吧。

這樣的話，對她來說「有趣的料理」……應該是指自己能親身參與其中吧？我是這麼想的。

「那邊那兩個，不是我的專屬主廚鶴童子雙胞胎嗎？」

淀子發現了在泳池區入口處鬼鬼祟祟的我們。

「過來這裡。」

雙胞胎被叫了過去，馬上到淀子的面前鞠躬哈腰。

「你們做的料理很精巧動人，我是很中意，但實在也差不多吃膩了。已經超過一週的時間，都在吃些差不多的東西……昨天我也說過了吧？」

「呃、是……」

「差不多該來點變化了，我想吃的是親臨實境般的體感型料理。今晚能讓我盡興吧？」

「……呃、是！」

「很好，退下吧。」

「體感型是啥……」——雙胞胎嘴裡彷彿在呢喃著這問題，神情憔悴地走回來。

然而我心裡想的卻是「果然沒錯」，腦中掠過了一道靈光。

我與走回原處的雙胞胎再次圍成一圈，開起討論會議。

「欸，大小姐喜歡怎樣的調味啊？」

「她口味偏重。」

「以妖怪來說，算是嗜辣的。」

「那她有什麼討厭的食物嗎？」

「大小姐很容易膩，討厭的東西常常變。」

「前天說不想吃油豆腐。」

「前天的前天則是討厭吃鴨肉。」

「不過她的喜好有個固定頻率，就是討厭的食物至少兩天才會換一次。」

雙胞胎你一言我一語地交換說明。我將手抵上下巴，又問了一次。

「那……她昨天說不想吃什麼？」

「納豆。」

「這樣就沒問題啊。決定了……就做文字燒吧。」

「咦？」

我一臉得意提出的提案，讓雙胞胎愣得雙眼連眨三下。

「你們知道文字燒嗎？」

「……嗯，知道是知道。」

「但那是屬於庶民的懷舊點心耶，像大小姐那種身分的人，應該沒吃過吧。」

「就是沒吃過才好呀。我是要請她親自上鐵板煎。難得這地方盛產各種海味，就從最基本的款式開始，並且挑戰各種創意口味吧。」

「……原來如此。」

「這也許不錯。」

雙胞胎似乎認同了我的提案，我們三個又再度輕輕地撞了撞彼此的拳頭。

事不宜遲，我們馬上回到我的地盤——舊館的廚房，召開作戰會議。

「那種類型的千金小姐，我看已經對於豪奢的日常生活感到厭倦了。在這裡就打出垃圾食物這張牌，再添加一點健康的概念。」

「垃圾食物？」

目前所在地，舊館的廚房內。黑白雙鶴兄弟戒與明兩個人各自在架高地板的竹蓆上正坐，對於「垃圾食物」這四個字露出一臉不明所以的表情。

「這個嘛，垃圾食物指的就是……營養不均衡，但是深受年輕人喜愛的不健康食物。其中大多是當成非正餐點心的感覺。文字燒原本就是庶民點心，也許某部分的概念跟垃圾食物很相似。不過這種越不健康的東西，越有一種難以抗拒的魔性美味呢……」

我也不算特別愛吃垃圾食物，硬要說的話，算是偏好調味清淡、相對來說健康的飲食。但身體偶爾就是會渴求不健康的美味，而湧起大啖垃圾食物的衝動……奇怪，這是為什麼呢？

「總之呢，海鮮文字燒是一定要的。以花枝、蝦子、貝類為主，這邊的調味走清淡的鹽味。再加入秋葵更能增添獨特的黏滑口感，更好吃喲。就定案為海鮮秋葵文字燒（鹽味）吧。」

「哦哦哦，添加秋葵真是走在時代尖端的感覺呢。」

「真的耶。」

雙胞胎依然一副鬆散的樣子。不過筆記倒是有認真在做。

「說到必備基本口味，就是豬肉文字燒……配上蔥花跟高麗菜是最常見的組合，不過我想再多加甜玉米、鴻喜菇還有豆腐，搭配辛味噌調味。」

「……辛味噌。」

「……聽起來不錯。」

這道的滋味也許滿容易想像的。

我是想起了雨女大小姐頗嗜辣這件事，所以才提案的。

「最後呢……就是廣受大家喜愛的明太子文字燒……」

「「壓軸登場～～」」

雙胞胎拍了拍手，喜悅之情表露無遺。

不過還是有點有氣無力的感覺就是了……

「這地方可以弄到明太子嗎？」

「交給我們吧。」

「辣明太子是西南大地特產中的主力商品，輕鬆就能弄到。」

雙胞胎如此強調。哦？原來辣明太子是西南地方的特產，第一次聽說……

「其實如果有起司會更好……不過我在隱世這還沒看過起司呢。就連天神屋合作的酪農牧場，也似乎沒在製作起司。這東西是否真的不存在於隱世啊？」

「喔喔，起司的話，北方大地可以買到。」

「畢竟那邊是酪農業最發達的地方了。不過一般平民階層沒有食用起司的習慣，所以在隱世也不算是普遍的食物。」

「哇……原來是這樣喔。那要找到購買管道應該不簡單吧？」

結果雙胞胎看了一下彼此，語重心長地回了我：「應該……也不至於。」

「我記得旅館裡豪華客房的客房服務之中，就有提供高級的起司。」

「被藏在地下倉庫裡頭。我們去拿一點回來。」

「嗯……這麼做沒問題嗎？」

我感到一絲莫名的不安。然而雙胞胎用懶散的口吻回答：「沒問題，沒問題。」

「「交給我們吧。」」

他們倆豎起大拇指表現出鬥志，隨後便直接離開舊館的廚房，展開尋找起司之旅。而我拉住了雙胞胎的衣領，喊著：「等一下。」

「「幹嘛？」」

「你們要去找起司是沒問題，不過……在出發前我想跟你們借用點東西，可以嗎？」

我很想做某道料理，而跟雙胞胎借用了一項材料——隱世出產的「雞骨高湯粉」。

平常我都是自己用雞骨熬高湯的，不過這道料理的口味，比較適合使用即溶高湯。

黑白雙鶴兄弟已經出發。

由於這次主題是垃圾食物，所以我展開了某樣點心的試作。

「沒錯……垃圾零食界的代表……大家最愛的——洋芋片。」

或稱薯片。

我回想起過去買洋芋片吃的時候，曾在包裝袋背面看過的「洋芋片歷史」。

這樣零食誕生於美國紐約，約莫是距今一百六十年以前的事情了。

在美國，炸薯條是一種極為普遍的食物，然而據說在紐約的某間飯店中，曾發生過顧客客訴飯店提供的薯條厚度過厚的事件。而負責製作的主廚為此感到非常懊悔，在那之後竭盡全力切成極薄片，沒想到成品廣受顧客歡迎。

這種薄切的炸薯片瞬間獲得廣大且熱烈的迴響，且正式定型為洋芋片這樣的零食，現今仍擁有高人氣。

「沒錯……洋芋片可是從『飯店』誕生的……現在在這隱世的『旅館』也能做。呵呵。」

我一邊獨自喃喃念著，同時一股腦地把馬鈴薯薄切成片。

我取了其中一部分稍微進行調味。利用少許隱世的偏甜醬油與雞骨高湯粉加水調成醬汁，把馬鈴薯片浸泡於其中大約十分鐘。

這樣便完成了前置作業。

我把大釜鍋放在爐灶上點火，倒油熱鍋之後，小心翼翼地把馬鈴薯薄片下鍋油炸。

這就是我的釜鍋油炸洋芋片。

用烹飪筷不時攪拌鍋內，避免洋芋片重疊沾黏。等炸得酥脆焦黃之後，馬上起鍋擱置於紙上，吸乾多餘油分。

再來就重複同樣步驟，把剩下的薯片全部炸完。最後我在未調味的洋芋片上灑下少許鹽，拿起一片試吃。

……啪滋！

「嗯，這就是名符其實的洋芋片沒錯。現炸起鍋的實在太棒了。」

這股口感完全符合我的期待。雖然薄度不如市售的洋芋片，但也因此更能吃到馬鈴薯的原味，營造出更豐富的調味變化。

雖然最基本的薄鹽口味也令人難以割捨……

「在這裡就要拿出我的祕傳法寶——美乃滋與番茄醬……還有海苔粉。」

我打開保冷箱，取出這些瓶裝調味料。

將其分別倒入小碟後，再拿起洋芋片各沾一點，輪流嘗嘗看味道。

「嗯，美乃滋果然不可能不搭……這道絕對會打中阿涼的心，畢竟她就喜歡濃厚口味。番茄醬也是經典呢，拿來配炸薯條也很美味……這個靜奈也許會喜歡。不過我最喜歡的口味是……」

以雞骨高湯粉與偏甜醬油調和出的口味……

先調味過的這一批，成品顏色比未經調味直接炸的原味薯片來得更深，帶著微焦的金黃色。

我拿起其中一片，一口咬下。

「嗯～～令人無法抗拒的美味……味道也恰到好處，不會太重。」

在市面上也常看到標榜「什麼什麼醬油口味」的洋芋片或零食。

這些商品主要是使用各地釀造的醬油，以地區限定款的形式販售。

這次我所做的，就是九州當地確實存在的「九州醬油口味」洋芋片。畢竟隱世的醬油口味與九州最相近。鹹中帶著甘甜的濃醇醬油，跟零食也是絕佳拍檔。

「基本上洋芋片我都選薄鹽或海苔鹽口味……不過終究還是學會自己做這個醬油口味了呢。利用雞骨高湯與九州的醬油。」

手工製作的洋芋片，如果能讓高湯與醬油的調味均勻分布，那當然是最好。但即使每一片成品的入味程度不均，或許也算是一種手作感吧。

親手製作的雞湯醬油口味洋芋片，帶著微微的甜鹹滋味，是試作品中我最愛的一種。

「我想啊，洋芋片這東西應該也會受隱世妖怪的歡迎吧……」

尤其是薄鹽、海苔鹽味、醬油這些口味……

然後呢，老實說我做這道洋芋片的理由，是算計好磨碎之後也能做成文字燒的配料。

拿垃圾零食當成文字燒的配料這種事，在一般店面也常常能看到，主要都是使用點心麵類的零食，比較方便運用。

「就當成明太麻糬起司口味的祕密提味武器吧。」

把薄鹽口味的洋芋片搗碎，加進文字燒裡當配料，就能增添零食特有的酥脆口感與馬鈴薯的香味，頗美味的。

「姊姊，妳在幹嘛呀？」

「啊，太一。」

折尾屋的打雜小弟，夜雀太一正站在廚房的門口。

「剛才還想說料理長鶴童子先生他們在這裡……妳在做什麼可怕的食物？」

「什麼可怕！」

「因為我聞到一股詭異的油味……」

「這是洋芋片啦，你要不要也嘗看看？」

太一露出驚愕的表情，彷彿在說「那是什麼東西」。

我拿起一片放在旁邊的洋芋片一口咬下，故意吃給他看。

太一確確實實看得目不轉睛，吞了一下口水。

「這是在現世大受歡迎的點心喔。我做了幾種口味，想聽聽你的意見。」

「……可、可以嗎？我可以吃？」

「當然。雖然一人獨占洋芋片的美味也不賴，但每次吃完之後，空虛感就一口氣湧現……」

所以呢，我請太一進來，坐上剛才雙胞胎坐的位置，請他試吃各種口味的洋芋片。

「哇！這是什麼！太好吃了！」

「對吧？雖然吃太多對身體不好，但就是好吃得令人停不下來對吧～」

「好好吃！」

太一從咬下第一口後，便已成為洋芋片的俘虜。

他一口氣吃了所有口味，最喜歡的果然是醬油，再來是美乃滋、番茄醬口味，敬陪末座的則是薄鹽和海苔鹽口味。據他的評論是，相對來說缺乏了一些強烈的震撼感。

「哼，果然還是小毛頭……等你年紀越來越大，會越明白薄鹽的好的……」

「是這樣嗎？」

「是啊，有一種令人回味的後韻。」

「可是姊姊妳也還很年輕吧？」

「我因為祖父的關係，味覺比較偏老派啦。」

「好好吃～」

「完全沒在聽我說話了是吧。」

我聽說過洋芋片含有輕微的成癮性，可見這零食具有多難抵擋的魅力。真想趕快讓天神屋的大家也嘗嘗，看他們會有什麼反應……

「欸，姊姊，下次再做給我吃好不好。我想給我的兄弟姊妹們嘗嘗。」

「……兄弟姊妹？太一，你有家人嗎？」

「嗯，我姊跟弟弟妹妹就住在港口。我們沒有錢，也沒辦法在繁榮的內陸生活。」

太一邊晃著他的兩條腿，邊垂下雙眼喃喃自語。這段話似乎還有別的意義。

「該不會，你們家爸爸媽媽不在了？」

「嗯。老早以前就拋棄我們，不知跑哪去了。不過亂丸大人帶我回折尾屋工作，我上面的大哥也經由亂丸大人的推薦在旅館裡當船夫，駕駛空中飛船。我們一家就靠我跟哥哥賺錢餬口。」

「真了不起，像你還這麼小就出外打拚。」

「南方大地這裡很貧瘠，小孩子出來工作是理所當然的。」

我突然想起天神屋溫泉師靜奈說過的話。說起來她好像也提過，自己是在南方大地的窮鄉僻壤出生的。

「定居在這裡的妖怪數量，也比其他地區少得多了。而且這裡還常有暴風雨，未開發的土地也占了很高的比例。據說南方大地是在折尾屋開張後，才總算開始有所發展的，不過亂丸大人說過，這片土地還有諸多不足，他必須盡快讓這裡追上其他地區……」

「……原來是這樣啊。」

太一果然對亂丸抱持著深厚的敬意。

是因為對方給了自己一份能養家的工作吧？

聽太一說完之後，我心想他的職位應該算中下層，但亂丸還告訴他真多事情。還有那個紅毛妖怪似乎比我想像中還更重視這片南方大地……

這也是亂丸從未在我面前表現過的另外一面，真是難以想像。

雙鶴童子帶著文字燒派對所需的材料回到廚房，已經是日落時分的事了。

「啊，還真的是起司呢……」

沒錯，他們也順利把起司弄回來了。

裝在陶器裡頭的乳白起司。

雖然不清楚是哪一種起司，但從外觀可以確定就是乳酪類的東西沒錯。

試嘗了一點，發現味道接近卡門貝爾乳酪裡頭吃起來的感覺，口感則再偏硬一點，不過滋味還真是不錯。

「淀子小姐要在晚上八點開始用晚膳，必須早點準備好文字燒才行。」

「要是時間耽誤了，她就會大發雷霆。」

雙胞胎互相說著：「很可怕對吧～」看來早已體驗過了。

「可以在淀子小姐的客房內準備鐵板嗎？」

「當然。時彥先生說這方面由他準備好。」

「……時彥先生不是還有溫泉師的工作，無法過來嗎？」

「首席溫泉師負責監督男女湯溫泉泉質，立場比較像總監，大多時間都待在研究室。」

「是喔？所以不用隨時待在澡堂就是了。」

「他說了熱鐵板的工作就交給他。」

「畢竟他是不知火嘛！」

雙胞胎一如往常地輪流說明著，黑鶴先開口，再換白鶴講話。

該怎麼說呢，這對雙胞胎似乎很信任時彥先生。而且當初也是聽從時彥先生的建議，來找我商量……

「那麼就把三種文字燒的配料都做好吧。分別是海鮮、味噌豬肉以及明太麻糬起司。」

「「耶——」」

雙胞胎懶洋洋地舉高單手，隨後馬上投入料理作業。

不過話說回來……他們倆真不愧是折尾屋的料理長。

一進廚房，毫無幹勁的慵懶氛圍瞬間煙消雲散，取而代之的是充滿緊繃感的專注神情。

他們的動作也俐落幹練，尤其在處理海鮮類材料上，功力遠遠在我之上。千錘百鍊而成的刀工與手法，讓我看得目不轉睛。

我在一旁看著他們的技術邊做筆記，一邊製作著文字燒麵糊所需要用到的高湯。

麵糊分為鹽味、添加少許紅辣椒的辛味噌口味、以及最普遍的醬汁口味。

在這三盆麵糊裡，分別添加蔥花與高麗菜末，以及各自所需的配料。

當然也用了雙胞胎特地弄來的起司，從邊緣切下之後灑在最上方。

再來的步驟，則是把手工洋芋片放入紙袋中，用擀麵棍碾碎。

「……那是什麼？」

「是說，妳現在在幹嘛？」

這個動作勾起了雙胞胎的好奇心。

「我正在把洋芋片搗碎。這是薄鹽口味的。」

他們倆一臉認真的表情，異口同聲問我：「洋芋片是啥？」我回答待會兒再拿實品給他們嘗嘗，然後把碾碎的洋芋片裝入另一個小碗中，放在明太麻糬起司麵糊的旁邊。

準備完畢，現在就是上戰場的時刻！

我們各自端著大托盤，朝本館方向前進。

抵達的目的地是高級客房「綾錦」……的隔壁——比較小間的「小錦」。

由於要使用鐵板來料理，所以選在一旁的客房用餐。

聽說這間客房內有長形的挖空暖桌，所以在享用鐵板燒等料理時非常方便。

「啊，時彥先生，兩天不見了。」

「津場木葵……」

踏入小錦後，發現時彥先生早已在房內準備鐵板，長桌上一共併排著三塊。

他一發現我，便露出莫名尷尬的表情。

「之前承蒙妳的幫忙，卻讓妳遭遇這種狀況，實在抱歉。現在我正跟葉鳥一起向亂丸提出抗議。妳被帶回來這件事……實在出乎我預料之外。」

時彥先生正經八百地向我賠罪，我則愣愣地回答：

「嗯，的確是嚇了一跳，直到現在也無法理解狀況，不過這是兩碼子事啦。現在我比較掛念的是大小姐的文字燒。」

「……該怎麼說呢，妳的適應力實在很驚人。」

時彥先生的口氣聽起來非常佩服。

好了，煎文字燒的準備工作完成，時間來到八點整，也就是晚餐時間。

我與雙胞胎一起畢恭畢敬地探訪淀子小姐的客房，喊了一聲「打擾了」，然而……

「慢死了！」

看來淀子小姐已經很火大了。

「我肚子都快餓死了！快點給我準備好晚餐！」

雙胞胎被罵得說不出話，於是我站上前去，對大小姐喊了一聲：「那個……」

「今天準備的料理比較特別，所以在隔壁的客房『小錦』為您布置了餐席。」

「要我到別間房用餐？」

大小姐明顯露出一臉嫌麻煩的表情。我強調：「今天的晚餐很有趣唷！」強行拉著她出發。

「欸、等等！」

「這邊請。」

被帶來隔壁的「小錦」，她看見排在挖空長暖桌上的鐵板之後，大吃了一驚。

「這是什麼？」

「今日晚餐是『文字燒』。」

「文字燒？」

大小姐臉上的表情變得更驚訝了。她看了看擺放在桌上的文字燒材料，又看了看站在現場的我、雙胞胎還有時彥先生。

「淀子小姐有吃過文字燒嗎？」

「沒有。名稱我是聽過，那不是庶民的料理嗎？應該說是小孩子吃的廉價點心吧。妳的意思是要我吃那種不入流的東西？我可真沒什麼興致呢……妳是不是沒搞懂我的需求是什麼呢？」

「呃，這次要做的不是一般那種點心，而是使用了豪華食材，營造出現世風格的時尚文字燒。這是很正式的一餐喔，自己親手做也很有樂趣。」

要是沒挽回大小姐的興致，可就糟了……

慌張的我竭盡全力介紹，然而對方臉上的表情越來越疑惑，問著：「現世風格？」

「是說我打從剛才就想問，妳是誰啊？」

「咦？呃、哈哈哈……這個嘛，我是誰呢？」

我轉過頭去，朝著躲在我身後的雙胞胎問道。

「「津場木葵。」」

這兩個人大剌剌公布我的真實姓名，於是我也老實地自稱「我是津場木葵」。

這兩個身為料理長的傢伙，躲在助手後面，對大小姐退避三舍的模樣也真夠滑稽了。

「津場木葵……妳、該不會是那個津場木史郎的孫女？」

「……您認識我？」

「那當然！妖都週刊每星期最轟動的話題，就是那個來無影去無蹤的津場木史郎，妳是他的孫女！我是津場木史郎的死忠粉絲，剪報我珍藏到現在呢。」

「原、原來是這樣呀。」

大小姐的眼神突然一變。她一口氣湊到我面前，認真注視著我的臉。

「妳的報導我也是有稍微看過啦。我記得津場木葵是嫁給那間天神屋的大老闆耶。」

「不，那完全是空穴來風，我沒有嫁給他。」

「可是，報導上頭寫著妳在天神屋經營小食堂啊。」

「這倒是事實。」

「還說妳們店裡赤字連連。」

「……這、也算是事實沒錯。」

我一邊飄開了視線，一邊對於這種消息竟然如此自然地傳遍隱世感到害怕。不過大小姐的態度看起來有所轉變。

「嗯～～這樣啊……我對今晚的料理開始有點好奇了。」

「真、真的嗎？」

大小姐伸出手指抵上雙唇，露出似乎很愉悅的表情。

「畢竟報導上介紹妳是以現世風格的日式料理為主，而大受妖怪歡迎啊。我對現世的東西也不是毫無興趣。」

大小姐露出無畏的笑容，就這樣乖乖入座。

「所以，這塊鐵板是怎麼回事？」

「這就放在面前，用來自己煎文字燒。大小姐的需求是有趣的料理，所以我想說選擇這道能一邊動手做一邊品嘗的文字燒，應該是個不錯的點子。」

「……一定得自己做嗎？總覺得好麻煩。」

「那我先示範做一次給您看。如果您看完之後想試試看，請告訴我一聲囉。」

看她一聽見要自己動手做就露出抗拒的感覺，所以我決定先在她面前示範，直到她主動開口想挑戰為止。

我先在她面前捧起「海鮮文字燒」的材料盆，裡頭裝滿蝦子、花枝與貝類等豪華海味。

「現在我要運用這些食材製作海鮮文字燒。請好好看仔細囉。」

我把油倒在時彥先生預熱好的鐵板上，再把碗裡頭除了麵糊以外的配料放上，使用鏟子以切碎的動作拌炒均勻，堆高成甜甜圈狀的堤防。

接著把加入高湯調味過的麵糊，倒入甜甜圈中央的空洞……

「……哦？這種煎法挺奇特的呢。」

「嗯嗯，若不像這樣堆出一圈堤防，麵糊倒下去就會流出來了。」

淀子大小姐意外認真地看著我做這道做法有別於一般步驟的料理。

「等麵糊呈現黏稠狀後，就把堤防弄散，邊攪拌邊拌炒，最後再往外鋪成一張大薄片。」

我把混合了配料的麵糊，往鐵板四周均勻鋪開。
接著，文字燒也越來越成形了。
「……這、這味道真香。」
「對吧？這道海鮮文字燒的調味以鹽味為基底，最重要的是大量選用南方大地新鮮海產，打造出最豪華的版本。請看看，裡頭的用料多麼實在，有滿滿的蝦子、花枝、章魚、貝類……」
文字燒正在鐵板上發出滋滋聲響。就在我覺得差不多的時候，雙胞胎把小鏟子與小碟遞給淀子大小姐。
「請使用這些餐具，從最邊緣開始享用。」
「請從旁邊用刮的，一口一口品嘗。」
雙胞胎比手畫腳為大小姐介紹吃法，但她仍半信半疑地問：「這不是還半生不熟的嗎？」
「不是的，請別擔心，文字燒本來就長這樣。」
她聽完我的回答後，便提心吊膽地從鐵板上刮下海鮮文字燒，吃了一口。
「……嗯？」
第一口下肚，她一邊歪頭一邊發出疑惑聲。不過又接著吃了第二口。
「……嗯嗯？啊，花枝。」
第二口下肚，她頻頻點頭。隨後又吃了第三口。
「……這、這可新鮮了。」

她喃喃自語。那個高姿態的千金大小姐，竟然一點牢騷也沒發，只吐出了這一句。

得到大小姐的認可了！

「這、這是什麼……前所未有的感受。明明黏呼呼的，但又有香脆可口的部分，嗯，好好吃……文字燒果然很有趣。」

「麵糊表面雖然看起來是半熟狀態，但底下接觸鐵板的部分藏著鍋巴，邊刮下鍋巴邊吃，是最棒的享受對吧。」

我也露出得意的笑容。

「一開始雖然覺得這道料理莫名其妙，不過嘗過之後開始越來越期待了呢。有一部分也是因為吃法很奇特就是了。」

淀子小姐的雙頰染上紅暈，大口大口吃著文字燒，還喊了一聲「三成」，要那位在一旁待命的男隨從過來坐在她旁邊。

「總覺得一個人獨享越吃越空虛，你也一起吃啦。」

「謝、謝謝大小姐！」

這個叫做三成的隨從，外型特徵是那雙圓滾滾的眼睛，看起來很和善，配上側邊剃得短短的平頭髮型。

他剛才站在旁邊時，就對著文字燒露出一臉想吃到不行的表情。也表現得太明顯了。

「燙燙燙……好、好好吃！大小姐，這實在太美味了！簡直軟綿綿又入口即化、同時帶著香脆的美味三重奏。」

「我知道啦！我也吃了啊。搭配清爽的鹽味，能充分品嘗海鮮的鮮美這一點也很棒呢。」

「痛痛痛！大小姐，腳好痛啊大小姐！」

大小姐雖然在挖空的暖桌底下猛踹著三成，但還是替他留了半份文字燒……

「接下來換我來煎吧！」

結果，她馬上就想挑戰製作文字燒了。

「好的，那就在隔壁那塊鐵板煎吧。」

「那麼大小姐，請容我們為您綁上束袖帶。」

雙胞胎代替隨從的工作，勤快地替淀子小姐挽起和服的衣袖。

這樣一來就準備完成了。

「那下一道就煎豬肉文字燒吧。這次是採用辛味噌來調味。」

「知道了。這也一樣依照剛才的方法就行了嗎？」

「沒錯。首先把配料的部分……啊，對對對。盡量保留麵糊不下鍋……用切碎的動作來拌炒配料……」

神情嚴肅緊張的大小姐，按照我剛才所示範的步驟，認真地站在鐵板前。把所有配料擺上鐵板後，兩手拿著鏟子以縱切的動作來切碎。

「然後把配料堆成一圈堤防……再把麵糊倒入中間的空洞對吧？」

「嗯嗯，沒有錯。」

「啊！潰堤了啦！」

堤防崩塌這種事情，可說是煎文字燒時不意外的失誤。

堤防若有高度與厚度不足的地方，液態的麵糊就會從中流出來。此時就應該裝沒事，一邊把麵糊鏟回中央，一邊修補堤防。

等麵糊開始呈現黏稠狀，就把整團材料拌勻，鋪成一張大薄片後繼續煎一會兒。

「火侯是不是有點強了？」

「不會，文字燒煎完就是這種顏色喲，時彥先生。」

現在做的是辛味噌口味豬肉文字燒，所以是褐色的，比剛才的鹽味海鮮更深了一點。時彥先生很擔心是不是焦掉了，我便跟他說明這樣是沒問題的。

「味道真香耶。」

「──感覺很好吃……」

雙胞胎與大小姐都目不轉睛地盯著鐵板上的豬肉文字燒，看著它呈現美味的焦褐色，還飄散出味噌的香氣。

「好，差不多可以享用囉！大小姐。」

「嗯嗯！我好想快點開動，都要坐不住了。」

大小姐應該想趕快嘗嘗自己親手煎的文字燒會是什麼滋味吧。

她迫不及待地拿起一把新的小鏟子，從文字燒的邊緣刮了一口享用。
「嗯～～這味道我喜歡！」
大小姐不由自主緊緊閉起雙眼，被這道親手煎的文字燒之美味感動得全身打顫。
「好了！你們也吃啦！」
隨後她又拿起小鏟子，這次則是遞給雙胞胎與時彥先生，命令他們一起享用。
應該是想把這份美味分享給其他人吧。
雙胞胎異口同聲地說著「就等您這句話」，而正經八百的時彥先生對於吃客人的料理這種舉動，疑惑著：「這樣真的好嗎？」但還是跟雙胞胎一起從邊邊刮了豬肉文字燒入口。
「……」
經過一陣短暫的咀嚼與品味，他們面面相覷……
「雖然有點辣，不過有玉米的甘甜中和，這滋味很好。」
「豆腐營造出軟嫩的口感呢。這味道很刺激食欲。」
雙胞胎吃下一口後細細品味著，隨後針對這道料理窸窸窣窣地互相討論。
不愧是料理人，兩人的對話內容已經來到分析的領域了。
「……這味道對妖怪來說也很親切呢。」
「的確，裡頭還放了鴻喜菇，也許是因為配料都運用日常吃得到的食材吧。」
時彥先生質樸的感想令我點頭贊同。

比起上一道海鮮文字燒，豬肉文字燒的口味更加溫醇濃厚多了。

雖然放了少許紅辣椒，以麻辣的辛味噌做為調味基底，不過加上玉米與豬肉的鮮甜，還有豆腐的溫潤口感，讓辛辣得以中和，轉化為妖怪易於接受的溫和口味。

淀子小姐看起來對這道非常中意，屁股從剛才就沒離開過座位，一口接著一口享用著。

「欸，雙胞胎！從這裡到那裡都是我的份，可不要越界了喔！」

「啊啊，我們的陣地好小一塊。」

「還想再多吃一點啊。」

嘴上要雙胞胎一起過來吃，卻又給人家超小一塊，只許看不許吃……

雙胞胎開始發起了牢騷，早已忘記這本來就是客人的晚餐。

「那麼，接下來差不多該進行第三道了吧？」

「下一道是什麼口味？」

「明太麻糬起司！」

「……起司？起司是指，那個乳製品？」

「大小姐知道起司？」

「當然。庶民似乎不太吃得到，但我可是富豪人家的千金。起司這種東西好歹也嘗過。」

「……呃，原來如此。」

大小姐一副得意洋洋的樣子。

我把明太麻糬起司口味的材料盆，以及裝了祕密武器的小碗拿給大小姐看。

「既然您敢吃那就好辦了。畢竟起司味道重，有些人不能接受呢……然後這碗是我用來提味的祕密武器。」

「……這是什麼？看起來好像什麼油炸類點心搗成的碎屑。」

「完全正確，這是利用現世的一種零食『洋芋片』搗碎而成的。是薄鹽口味唷。」

「……洋芋片？」

大小姐的表情似乎唯獨對這三個字抱持著疑問。她抬高了單邊的柳葉眉，微微歪著頭。

「麵糊裡加入零食，能增添酥脆口感，會更好吃喔。」

「這道也可以讓我自己煎嗎？」

「當然！大小姐，妳加油！」

我回過神時才發現，自己已開始用與朋友聊天的普通語氣向對方搭話。

雖然此刻才驚覺對客人這副態度實在失禮，但大小姐卻看起來十分樂在其中，連連對我說著：「妳看妳看～」「欸～這邊要怎麼做呀？」我也就心想暫時先這樣沒關係吧。

總覺得面對這位正煎著文字燒的大小姐，也許用朋友般的對等口吻會比較好。

「這次沒有潰堤呢。」

「哼哼，我也越做越順手了對吧？」

大小姐用熟練的手法，把文字燒攪拌均勻後鋪成大薄片。

「啊，形狀也是完美的圓形。剛才第一次不知道該怎麼形容，感覺像個扭曲的陸塊似的。」

「不、許、多、嘴。」

大小姐難為情地露出賭氣表情，站在明太麻糬文字燒前面。因為這道未知的料理，她的眼神中散發出期待的光芒。

粒粒分明的明太子，加上濃稠的起司，以及遇熱後膨脹又凹下的麻糬……

「來，現在正是好吃的時候！」

我一發號施令，大小姐便拿起小鏟子往邊緣刮起。

朝鐵板面的部分有焦香酥脆的起司鍋巴，而麻糬與表面的起司則濃厚得牽絲。大小姐津津有味地看著這畫面，隨後一口放入嘴裡。

「……」

一開始她安靜地咀嚼著，不一會兒便舉起手拄著臉頰，露出一臉若有所思的表情。

「跟一開始吃到的海鮮文字燒還有剛才的味噌豬肉燒都不一樣……這又是充滿另一種新鮮感的有趣料理呢。重點就在於這起司！起司實在是畫龍點睛的主角。至今為止我都只把起司當成配酒的點心享用，沒想到放入文字燒裡，能營造出如此濃郁豐盈的口感，讓風味更有層次了耶。」

隨後大小姐仰頭望向我，說了一句：「妳也來吃！」

老實說，我一直看大家紛紛大快朵頤，實在忍得很痛苦。

文字燒就在眼前滋滋作響著，看起來真的很美味。我也一直很想吃啊。

「那……那我就恭敬不如從命了。」

我馬上拿起小鏟子，從鐵板上刮了一口文字燒。

剛好是底下有起司鍋巴的部分。

裡頭切成方丁的麻糬，搭配表層還柔軟的起司，牽起了濃稠的白絲。其中還包裹著一粒粒明太子，光看就是人間美味。

我大口吃下。

辣明太子的辛辣口味加上粒粒分明的口感，還有柔軟的麻糬搭配起司，一切的一切都太契合了。唔……這味道令人無法抗拒。

「啊，馬鈴薯。」

令我驚訝的是，洋芋片的馬鈴薯口感竟然還殘留著。

原因在於洋芋片是手工製作的，切得比較厚。

即使搗碎加入文字燒內，也保留了些許酥脆口感，還增添了一股類似薯泥特有的鬆軟。

說起來馬鈴薯這種東西，跟起司、明太子與麻糬，本來就沒有不搭的道理……

「加入洋芋片真是正確的決定呢……」

這道料理簡直是天作之合。

感覺若是少了其中任一項材料，都無法成就這樣的美味。

被吸引的雙胞胎緩緩晃過來，圍著明太麻糬起司文字燒，嘴裡念著：「我也要、我也要。」

「如何？我做的文字燒美味極了吧？」

被大小姐如此一問，原本誠惶誠恐的雙胞胎似乎也對她敞開了心防，紛紛回答：「當然。」

「因為大小姐您技巧非常好呀。」

「呵呵，我又多見識了一件新鮮事。真想在自家也準備鐵板，今後學著自己做來吃呢。」

「啊，那我把食譜寫在紙上給妳。做法很簡單，只要備齊食材，我想在家也能成功的。」

「……可以嗎？」

大小姐的表情有些許驚訝，直直凝視著我。

「妳是料理人吧？為什麼天神屋的鬼妻會出現在這裡，這問題也老早就讓我很在意了……現在還把食譜傳授給我，這樣不是自曝商業機密嗎？」

「呵呵，是這樣沒錯，不過反正夕顏也不是專賣文字燒的餐館，沒問題的。」

有些食譜是不能傳授他人的機密，有些食譜則是想推廣給大眾的美味。

文字燒這份食譜，若能讓大小姐做得開心，那我心甘情願送給她。

我把先前裝好洋芋片的紙袋拿了出來，在大家面前打開。

「最後就一起來開場洋芋片派對吧！」

大家好奇的視線全集中在洋芋片上，彷彿在問「這是什麼」。

然而薄鹽與雞骨醬油這兩種口味，瞬間就擄獲了在場所有人的心。

其他還有番茄醬、美乃滋與海苔粉這些調味料可搭配享用，所以我本來做了很多的手工洋芋片，瞬間就被一掃而空。

大家都一口接一口，狼吞虎嚥著垃圾零食。

「欸，津場木葵，妳不把這商品化嗎？我還想多吃一點耶！」

大小姐拿起最後一片對我說。

「咦？商品？呃……我還沒想到那邊耶。」

「我認為把這做成商品販售絕對是個好主意。這麼令人上癮的點心，我是第一次嘗到……」

對於有點年紀的時彥先生來說，淺嘗即止是最美味的，但也有人怎麼吃還嫌不夠。

主要指的就是大小姐跟她的隨從，還有鶴童子雙胞胎這群年輕一輩的妖怪們。

大家雙眼都泛著血光，像在對我發送執念：「我還想多吃一點……」有點令人害怕。

不過，原來如此……洋芋片這零食，也許對年輕一輩的隱世妖怪有著強烈的吸引力。畢竟薄鹽、雞骨醬油這些口味，本來就是妖怪的最愛。

「欸，津場木葵，這個名叫洋芋片的點心要怎麼做，也教教我們吧。」

「咦？這不行啦。」

「過分耶！妳剛才不是就願意教大小姐做文字燒！」

「洋芋片不行啦！我覺得這好像是一個不錯的商機……」

雙胞胎料理長對我來說也算是同業競爭對手，在他們面前我努力藏好洋芋片這道私房食譜。

已經深深染上商人氣息的我暗自打著算盤，要在夕顏推出這項商品。或者當作天神屋的土產來販售或許也不錯……？

啊啊，這種時候若能馬上向銀次先生提案，徵詢他的意見該有多好……

「……銀次先生。」

接著我自然而然開始想念起那再熟悉不過的夕顏，還有銀次先生。

即使現在正被身旁的大家拉著衣領猛晃，耳邊同時還傳來「洋芋片洋芋片洋芋片」的呼喚聲，讓我感到有點害怕。

在淀子小姐用餐告一段落之後，我將文字燒的做法寫在紙條上遞給她，然後跟雙胞胎還有時彥先生一同在小錦客房內收拾善後。

「喂！雙胞胎！偷走折尾屋祕藏起司的就是你們吧！」

突然之間，小錦的拉門猛然敞開，小老闆秀吉一股勁地衝了進來。

「呃。」「被發現了。」

雙胞胎面面相覷。

他們臉上的表情看起來並沒有太大的悔意，不過感覺有點尷尬。

嗯嗯？該、該不會……他說的起司是……

「那塊起司……你們不會是用偷的吧？」

我的臉色鐵青。

「才不是偷的呢。」

「我們有好好付錢。不是把錢擱在原處了嗎？相當於客房服務的費用。」

「混帳東西，問題不在於付不付錢！竟敢未經許可就擅自拿走！我大可去跟亂丸大人報告這件事，讓你們倆走路！」

「……這個嘛。」

「……就有點頭大了。」

「我看你們倆這副德性，一點都不頭大啊！」

面對態度絲毫不見反省的這對雙胞胎，秀吉漲紅著臉發飆中。

直到此刻，他終於發現在客房深處收拾鍋碗瓢盆的我，隨後環視了房內一圈，又露出不爽的表情。

「這是什麼情況？我是批准了綾錦的客人在這間房內用餐，但可沒聽說要開火料理啊！還有妳……為什麼津場木葵妳會在這裡！」

秀吉的敵意轉向我。

他邁開大步向我走近，於是時彥先生便急忙站在他面前，阻擋他行進。

「秀吉，好了，先冷靜點。原本我們差點又惹那反覆無常的淀子小姐生氣，多虧津場木葵的提議與料理，讓淀子小姐大大滿足。事情就只是如此而已，這次你就睜一隻眼閉一隻眼吧。亂丸那邊由我去稟報。」

「……時彥，你什麼時候胳臂往外彎，改替天神屋的鬼妻撐腰啦？你跟葉鳥、銀次那兩個傢伙一樣，打算背叛折尾屋……背叛亂丸大人，站在天神屋之妻那邊嗎！」

「……秀吉。」

秀吉似乎對於時彥先生袒護我感到非常不爽。看得出他對天神屋有多恨之入骨。他嘖了一聲後皺緊眉頭，露出一臉扭曲的不快表情。

時彥先生則輕輕搖了搖頭，告誡秀吉：「並不是這樣。」

「我至今仍留在折尾屋的理由，就是因為這地方對我而言很重要。折尾屋的存在意義不在於與天神屋競爭，而是要讓光臨此地的客人能得到心滿意足的服務才是。雙胞胎一聲不吭把起司拿過來，確實也有錯……但是你有點太不近人情了。」

「時彥，別以為你是老鳥就能擺出高姿態說這些話。明明連自己的徒弟都沒能管教好！」

「……」

這句話狠狠刺中了時彥先生，讓他變得有點低落。

秀吉還是一如往常地噴發著敵意，怒吼一聲：「給我好好收拾乾淨！」便離開房間。

時彥先生也跟在秀吉後頭離去。雖然他沒多說什麼，恐怕是去幫忙讓這次事件圓滿落幕吧。

謝謝你，時彥先生。然後各方面都實在抱歉了。

不愧是靜奈打從心底景仰的對象，你是個耿直又可靠的妖怪呢。

「好險～」

「真是好險好險～」

反觀雙胞胎，至今仍毫無任何危機意識。

「真沒想到你們竟然擅自把祕藏起司偷拿過來……」

我實在一個頭兩個大。該不會是我太為難他們倆了吧？

「不過，果然不能少了起司呢……」

「那樣就不是『頂級美味』的狀態了。」

「明明知道還能做到更好……」

「怎麼能提供給客人次級品呢。」

然而雙胞胎卻若無其事地大放厥詞。

這兩個人不為所動的態度之中，蘊藏著對料理單純又熱情的愛、為求美味而不擇手段的心與無懼危險的行動。這些我比誰都清楚了解到了，可是……

「對不起。是我沒謹慎思考過，就隨口說出希望能拿到起司這種話。要是有個差錯……也許會害你們因此受到嚴懲……」

責任都在於我。

這裡明明是敵方陣營，只因為這對雙胞太好說話，而讓我自以為他們能像銀次先生在夕顏時一樣，想方設法為我收集到材料。

「沒事的。」

「被炒魷魚也是命。」

然而這對雙胞胎果然出生時就缺了哪根螺絲，實在太沒有危機意識了。

「……你們果然跟折尾屋其他員工不一樣呢。該說你們對這間旅館沒有特別的執著嗎？」

「這也是沒錯啦。」

「畢竟我們只是來頂替被開除的前任料理長。」

「而且來這裡工作也才沒多久。」

「再說只要能做料理，地點在哪不重要。」

雙胞胎你一言我一語地輪流說著，隨後再次展開收拾作業。

兩人臉上帶著顯而易見的喜悅，說著：「今天見識了一道好菜呢。」

「喂，黑鶴、白鶴……過來。」

「……」

然而就在踏出小錦之時，雙胞胎被亂丸叫了過去，雙雙被帶走。亂丸身上散發出的氣息絕對不友善。

雖然我開口說要隨行，卻被他冷冷瞪了一眼：「外人給我閉嘴。」就此被一口回絕。

第四話 南方大地的祕密

我一個人把好幾份餐具與鐵板搬回舊館。當然，分了好幾趟。

因為這樣的大量運動，讓我徹底累癱了。雖然能讓大小姐充分享受文字燒的樂趣，結局是很圓滿沒錯，但最後的最後所發生的狀況讓我難以釋懷。

那對雙胞胎料理長不會有事吧？餐具跟鐵板都交給我來善後沒問題，只求他們能平安回來。

我提了個大水桶放在地板上，用鬃刷跟水刷掉鐵板上頑強的污垢。

然後又一邊抱著悶悶不樂的心情，一邊洗著小鏟子跟餐具。

「小姐呀。」

聽見廚房出入口傳來敲擊柱子的叩叩聲，我抬起頭。

是天狗葉鳥先生來到了這裡。

「葉鳥先生，這麼晚了突然跑來，嚇死我了。你不用忙大掌櫃的工作喔？」

「哼哼，我底下有很多優秀的人才。我現在呢……是休息時間！」

「又來了，假借休息之名，行翹班之實是吧。」

葉鳥先生一邊把尾端外翹的側髮勾往耳後，一邊說：「我聽說囉。」

「妳對鶴童子雙胞胎伸出援手是吧？」

「……呃，嗯。」

「怎麼啦，聽說你們搞定那位驕縱大小姐不是嗎？怎麼如此無精打采的。」

葉鳥先生走近正在洗碗的我，跟我一樣蹲下身子，幫忙洗著水桶裡的餐具。啊，沒想到他動作挺熟練的。

「葉鳥先生應該也聽說了吧？起司的事情。」

「算是囉。」

「那對雙胞胎……會怎麼樣？會被責備嗎？」

「這當然，打破規則被罵一頓也是正常的，不過也多虧時彥跟那位淀子小姐幫忙說好話，這次事件順利落幕，沒有特別下什麼懲處。」

「大小姐幫忙說好話？」

「是呀，然後她還答應了一個很重要的請求，關乎這次煙火大會的成敗。」

那是指……在煙火大會落幕前都必須放晴那件事？雙胞胎曾經說過。

「雙胞胎這次交出了好成績，所以也沒有被處罰的道理。亂丸是個結果論者。」

「原來是這樣，太好了。」

我不禁鬆了一口氣，順了順胸口。

「他們倆願意放下自尊求助於他人，是很令人敬佩沒錯，不過這次也是多虧有小姐妳的幫忙。還真不敢相信妳竟然願意為了折尾屋的客人出力啊。明明自己是被硬擄過來的立場。」

「嗯，畢竟遭受刻薄待遇已經是家常便飯了。不過除了料理以外，我也沒有其他方法能跟妖怪拉近距離了……所以眼前若有這樣一個機會，我沒有理由放過啊。」

我暫時停下清洗鐵板的動作，一邊用圍裙擦手，一邊苦笑說道。

葉鳥先生拋給我一個媚眼，隨後說：「妳還真是堅強耶。」

「話也不是這麼說。老實說我超級不安的。對於夕顏的狀況也很擔心，而且也沒什麼機會能見到銀次先生……」

「那是因為銀次正在執行一項被分派的重大任務。」

葉鳥先生說著。臉上表情並不如往常那樣輕佻，反而嚴肅許多。這也讓我感到一絲的不安。

「好啦，這種沉悶的事先別說了。今天我來這裡，是為了祝賀小姐妳立下大功的。妳看。」

葉鳥先生展開他帶來的大毛巾，取出裝著黃色液體的瓶子。

「哇～～這是什麼果汁？」

「小姐，這可是折尾屋的人氣特產，芒果汁。」

「咦！芒果？隱世原來也有芒果啊。」

我真的大吃一驚。隱世這地方從來不讓我覺得會有芒果的存在。

「有一種說法是遠古時期從『常世』那邊流傳過來的。芒果自古生於這片南方大地，是一種神聖的果實。」

「常世是指隱世與現世以外的異世界對吧？原來物種會跨界流傳過來？」

「是呀，畢竟這南方大地是『離常世最近的一片土地』啊。總之這是給妳的慰勞品。」

葉鳥先生一派自然地說著耐人尋味的話，隨後打開瓶蓋，遞給我一瓶果汁。

我老實地接了下來。

好濃豔的黃色……看起來是很濃郁的芒果汁。

「我……可以喝嗎？」

「當然，這是給小姐妳的獎勵。妳可是幫折尾屋徹底解決了一個難題呢，雖然妳可能沒什麼自覺就是了。」

葉鳥先生坐在架高的地板上，把他手中的瓶子傾向我這邊，喊了聲：「來。」

我坐在他身旁，輕輕把果汁瓶敲往他那邊。乾杯。

試喝了一口，這來自南方國度的果實甘甜，讓我緊緊瞇起雙眼。

就像把整顆果實榨成汁的濃郁果汁，不帶一絲苦澀味，也幾乎不酸。實在非常順口。

香氣高雅的芒果風味，直接沁入我的五臟六腑。

「好好喝……天神屋的櫻桃汁很讚，但這芒果汁也不容小覷呢。」

「隱世只有南方大地能栽種芒果，所以這裡芒果口味的當地商品自然很多。也有很多客人專程來這裡採購。」

「原來如此。芒果確實有很強大的吸引力呢，不論是芒果還是芒果口味的製品，在現世也很具人氣。我跟爺爺去宮崎旅行時也看到那邊有賣各式各樣芒果相關的土產。」

位於九州的宮崎是祖父特別偏愛的一個縣。那裡有漂亮的海景與美味海鮮，特別有名的土產就是熟透的芒果。啊，也許宮崎跟這南方大地在某些部分滿相似的。

「不過……聽你說隱世自古以來就有種植芒果，還是覺得有點奇妙呢。因為芒果給人的感覺是來自國外的外來種……」

「哦？從現世人類的角度來看，原來是這樣子想的啊。」

葉鳥先生發出苦笑聲，同時把芒果汁一飲而盡。

隨後，平時總是擺出輕率態度嬉鬧的他，現在卻一邊玩弄著手中的瓶子，一邊垂低了視線，彷彿若有所思。

一陣短暫的沉默蔓延。真不像平常的葉鳥先生。

「發生什麼事了嗎？」

「吶，小姐。妳對目前的狀況有什麼感想？不覺得很不可思議嗎？」

葉鳥先生抬起頭，認真地問我。

「……你是指關於儀式的事情？」

「妳也知道儀式的事？」

「也不是完全清楚……只聽說煙火大會是個幌子，幕後的主角是一場儀式。」

「……這樣啊。」

葉鳥先生又沉默了一會兒，然後「啪」的一聲拍響自己的膝蓋。

「雖然亂丸跟銀次都要我在小姐妳面前閉嘴，但是……我總覺得妳在今後會是一個關鍵人物。那位黃金童子大人刻意把妳帶來這裡，我怎麼想都認為……不是沒有原因的。」

「什麼意思？」

「我是說，那個儀式啦。妳還不清楚詳細內容對吧？」

「……該不會，你願意跟我說明？」

至今為止，我多少有感受到折尾屋內部人員對這件事所抱持的緊張感。

誰也不願意對我詳細說明，但我一直以來很掛心那場儀式。

「聽到妳把淀子大小姐服侍得服服貼貼之後，我就更加確信了。我的直覺在這種時候特別敏銳。我不像亂丸視妳如仇敵，也不像銀次對妳過度保護，正是因為我站在中立立場，才好開口。

雖然這番發言某方面來說很不負責就是了……」

「好，拜託了。告訴我吧，葉鳥先生。」

「……小姐。」

葉鳥先生的臉上浮現苦笑，隨後輕輕點了頭。

「首先，小姐妳對於這片南方大地，有什麼了解？」

「幾乎一無所知耶。我只知道氣候很暖和，大海很美，還有……有點鄉下的感覺吧。」

「正是這樣。這裡是八葉之中開發最落後的一塊土地。」

「還有……聽有些人說……這裡是被詛咒之地。」

「這也沒錯。」

葉鳥先生將果汁瓶擱在一旁，斜眼瞥了我一眼，隨後十指交叉撐著下巴繼續說道。

「還記得我剛才說過，南方大地是距離常世最近的一塊土地嗎？」

「嗯嗯。」

「一般來說，要通往異界都得經由八塊大地上的境界石門，但石門說穿了只是一種確保安全的穿越裝置，並不是只有石門才能與異界相連接。有些純粹『距離上比較相近』的地方，也是互通的灰色地帶。」

「……距離異界比較近？」

「比方說，像這塊南方大地就是如此。傳說南方大海的另一端，是從遠古時代就與常世相連的地區。為什麼自古以來就有這種傳聞，是因為有些源自常世的物種，會流傳過來南方大地的關係。像這芒果，還有棲息於南方大海的魚類之中，有些是來自常世的品種。而有些流傳過來的東西，會被視作聖物來祭祀，所以這一帶才會充滿古老的神社與充滿異國感的文化。也因為這樣，南方大地在隱世中屬於瀰漫著異樣氣息的一塊土地。」

「我的確……曾經覺得這裡有好多奇怪的雕像。」

但是這些跟「詛咒」又有什麼關連？

葉鳥先生似乎察覺到我的疑問。他繼續說：「這個嘛……」

「詛咒是跨海而來的。」

「……」

「南方大海的盡頭有個巨大妖怪，每隔百年會跨海來到這裡。」

「巨大妖怪？」

「我們稱之『海坊主』，在常世似乎叫他『海巨人』。他是詛咒的化身，既漆黑又巨大，沒有人知道他的真實身分。連算不算妖怪都無法確定。他是海上的魔物，穿梭於隱世與常世之間。」

我瞪大了雙眼。

我是有聽過海坊主這種妖怪的名字，但從未親眼見過。

對於隱世妖怪而言，那究竟是個什麼樣的存在呢？

「那個叫海坊主的，來南方大地幹嘛？會進行什麼攻擊嗎？比如說發射雷射光束之類的？還是把土地化為一片火海？」

「呃、不……我是不清楚小姐妳把他想像成什麼駭人怪物了，其實海坊主是非常溫和穩重的妖怪，只不過他的到來都伴隨著『天災』。」

「天災？」

「南方大地本來就是天災頻傳的地區。龍捲風、颱風、海嘯、沙塵暴……這裡至今仍受這些災難所深深危害。南方大地氣候溫暖，土壤又肥沃，卻一直停滯於未開發狀態的原因，也就在於天災太常發生了。」

我屏息聽葉鳥先生的說明。

「這些天災據說都是海坊主跨海時挾帶而來的。不過就在亂丸前一任的八葉還在位時，找出了避免這些災害的對策。」

「該不會就是……那場儀式？」

「沒錯。前任南方八葉徹底調查眾多文獻與民俗，嘗試與海坊主進行對話，並舉辦盛宴取悅他——這就是所謂的儀式。據說只要儀式順利舉行，接下來百年內南方大地便能國泰民安到不可思議的程度，天災也全沒了。」

「好厲害……這的確很像自古以來會有的儀式耶。」

這種驅邪避災的儀式與淨化除厄等習俗，也存在於現世。他所說的儀式聽起來有類似的感覺，不過恐怕規模更加盛大隆重吧。

「最後南方八葉在這裡建造了神社，作為舉辦儀式的據點，並確立了百年一度的例行體制。我記得這約莫是……一千年前的事情吧。」

「一、一千年……」

實在也太古早了。也就是這地方受天災所苦而舉行儀式來迴避，已經有這麼久的歷史了吧……

「只不過這個儀式成立的前提，必須先湊齊幾個珍貴的供品。」

葉鳥先生這段話點醒了我。大老闆也曾說過類似的事呢……

「我聽說……要湊齊那些東西是很難的。」

葉鳥先生頻頻點了好幾下頭，聳起肩膀。

「妳說得沒錯。而且啊，確切的品項大約要到海坊主來臨的兩週前才會揭曉。必須透過任職於妖都宮中的知名妖術師觀測這陣子的星象，才能推算出海坊主覺醒的時間與渴望的東西。」

「這樣的話，也就無法提前花時間準備好囉？」

「對。所以這個每百年必須舉行一次的儀式是非常棘手的，成功率又很低。畢竟時間太倉促，有些時候來不及準備所需的寶物啊。就會像……三百年前那一次一樣了。」

「……三百年前，發生過什麼嗎？」

葉鳥先生面對我的提問，保持低垂的視線繼續說道。

「三百年前的儀式是一次大失敗。需要的寶物直到最後一刻還是沒湊齊，原本寄予厚望的人背叛了大家的期待，結果海坊主因而大怒。在儀式失敗約莫一個月之後，南方大地這裡遭到龍捲風侵襲。據聞前任八葉為了盡可能縮小受災規模，賭命救援的結果就是賠上自己的性命。」

「……」

「不過嘛，天災這種東西說起來本來就不少見，又無法迴避，可是儀式有沒有成功，對於南方大地接下來百年的影響可說是非常明顯。」

這些事完全超乎我的想像範圍。

不過，一定是非常嚴重的事態吧。連綿於南方大地海岸線的松林、深居內陸的繁華市區，這塊土地上為什麼瀰漫著無以言表的寂靜，原因我好像多少明白了一點。

「前任八葉辭世之後，位居宮中要位的黃金童子大人便在這片土地上創立了折尾屋，並將這裡定為八葉其中一角，作為定期舉辦例行重大儀式的據點。黃金童子大人也當了一陣子的代理八葉，不過……」

「現在的八葉是亂丸？」

「沒錯。不過呢，亂丸過去的身分其實是侍奉前任八葉的神獸。他擁有舉行儀式的力量。而銀次也一樣。」

「銀次先生也……意思是說……他也曾經負責侍奉前任八葉？」

「就是這麼回事。所以亂丸跟銀次他們某方面來說是類似兄弟的關係。就像神社的守護獸一般，是成雙成對的。妳想想，神社不都有狛犬跟狐狸這些神使嗎？他們的身分就類似那樣。」

「……」

我吃驚地眨了眨眼睛。不過聽到這，各種疑問的答案總算串連起來了。

銀次先生對亂丸的態度，以及他非得回來這裡的理由。

還有大老闆願意目送銀次先生離開的理由……

現在才明白，折尾屋這間旅館，還有這片南方大地，對於那兩個妖怪來說是多深的牽絆……

「欸，葉鳥先生。銀次先生他們……正在找尋進行儀式必需的寶物嗎？」

「嗯，是呀。」

「所以是些什麼東西？」

「妳、妳先冷靜點，小姐。」

葉鳥先生為了阻止我一連串的逼問，將食指放在自己的雙唇之間，回答我：「聽好了。」

「再透露更多我這位子可就不保啦，不過我也感受到天意要我把這些事情告訴妳。」

那就說出來啊——我用眼神如此訴說。葉鳥先生直視著我，點了點頭。

「在對外宣稱舉辦煙火大會的當日，儀式會在南方大海另一端的孤島舉行。其中最重要的一項活動，也就是儀式的重心——『夜神樂』（註5）。能舉行夜神樂的，只有南方大地上正統的神獸，也就是亂丸與銀次兩人。而幫助儀式順利進行所需的五種寶物，是『虹結雨傘』、『天狗祕酒』、『人魚鱗片』、『蓬萊玉枝』……最後是宴席料理『海寶珍饈』。」

葉鳥先生用強調的口吻，將寶物一一唱名。

「這消息是在幾天前才剛得知的，有幾樣跟上次相同，也有新東西。」

我將這五項名稱記在心底。雖然對於這些東西究竟長什麼樣子連一點頭緒都沒有。

「虹結雨傘是淀子大小姐所持有的寶物。由於希望煙火大會可以放晴不下雨，所以老實說這一項是最重要的。而這次多虧有妳提供了讓她心滿意足的服務，讓我們順利借到了傘。大小姐說是『看在津場木葵給我文字燒食譜的份上』，才答應了這筆交易。」

「……原來是因為食譜啊。」

我把文字燒作法交給她時並沒有想這麼多，真沒想到竟然關乎如此重要的事情。讓我有點驚訝。不，是非常。

葉鳥先生露出難為情的表情笑了。

「托妳的福，這一項總算過關了。不過老實說，這次儀式的供品幾乎湊不到。雖然知道方向，但全都難以入手。得一件一件想辦法弄到才行……亂丸跟銀次兩人為此都處於緊繃狀態。」

「原來是這樣啊。」

南方大地的命運就賭在這間名為折尾屋的旅館上。

這應該是相當沉重的壓力吧，不管是對於亂丸、銀次還是館內員工而言。

「不過呢，妳也別露出那麼凝重的表情啦，小姐。我會讓儀式順利結束的，絕對。妳也很快就能回到天神屋了。」

「可是……」

「還是說，妳想留在這裡繼續做下去？」

「……」

葉鳥先生的眼神十分迫切，彷彿在懇求我給予肯定的答案。

我抬起臉注視著他的那對眼眸。

「如果妳願意，在妳回去天神屋前的這段時間裡，妳可以隨心所欲待在這，跟館內的員工與客人交流，拜託了。我知道妳只是受牽連而來到這裡，還這樣勉強妳，但……」

註5：神社祭祀神明時，於夜晚進行的一種音樂或神舞。

葉鳥先生發出乾笑聲，手扶上額頭，似乎對於自己提出這種請求感到既吃驚又無可救藥。

「朱門山的松葉大人……沒錯，就是我父親那邊的天狗祕酒，也必須請他獻出來才行。」

「就是儀式所需的供品之一？所以松葉大人才被你們叫來這裡嗎？」

「不，他原本只是單純來度假的，只是剛好跟神諭開示的日期撞到了。妳還記得我在天神屋時，有一次遞了封信給銀次嗎？」

「……咦！嗯嗯。」

原來那時候葉鳥先生早就發現我在場嗎……

「儀式的日期、時辰還有需要準備齊全的寶物，就是在那一天開示的。我一大早就收到信啦，所以才想盡辦法在隔天把銀次帶回來。」

葉鳥先生大言不慚地自曝罪行。隨後他又板起臉，交叉雙臂說道：

「眼前最重要的就是湊齊這五大寶物。包含天狗祕酒在內……想盡辦法都要弄到手。只不過天狗祕酒是朱門山天狗的至寶。老頭子他應該不太情願交出來，況且我的請求他才不會聽。畢竟我會被逐出家門的理由，本來也跟那祕酒有關。」

葉鳥先生露出相當鬱鬱寡歡的表情嘆了一口氣。

「不過……現在這種狀況……總不可能再繼續逃避老頭子了吧。」

回想起松葉大人之前盛怒的模樣，我想這兩人的關係要改善，應該還有很長的一段路要走。

不過此時此刻的折尾屋與葉鳥先生，似乎都沒有僵持下去的餘力了。

「我差不多該走了。再怎麼說我還是這裡的大掌櫃呀，翹班時間結束。」

「大掌櫃還翹班才是問題癥結所在吧……」

「啊，這一點不能這麼直接地吐嘈啊，小姐。」

葉鳥先生回復以往的輕佻狀態，站起身後朝我眨了眨眼。

「啊，對了。葉鳥先生，我有一點事情想拜託你……」

「什麼？雖然我的媚眼好像對妳完全無效，不過既然妳開口，任何請求我都不會拒絕的。」

葉鳥先生換上一臉帥氣的表情，手扠著腰彎下身，湊到我面前。

「那我就恭敬不如從命了。我……想要一點小雞腿。」

「啥？」

然而就在聽完我的請求之後，帥氣的表情瞬間蕩然無存。我很認真的耶。

「就是雞的腿翅啦。雖然雞翅也可以啦，不過我想用來準備明天要給松葉大人的料理。有沒有辦法幫我弄到呀？」

「……原來如此。難怪妳們那大老闆如此拿妳沒轍。」

我的請求被葉鳥先生擱在一旁，他現在忙著同情明明不在現場的大老闆還一邊用食指揉著眉間。

「什麼啦，我很認真提出懇求耶。」

「呃，這我知道啦。交給我吧。我去拜託那對剛被臭罵一頓的雙胞胎，請他們給我一點吧……如果沒有，我就自己去雞舍找一下雞，然後……」

葉鳥先生一邊碎碎呢喃著，一邊颯爽地打算離開這間廚房。

「那個，葉鳥先生。」

「……嗯？」

「謝謝你……告訴我這麼多。比起繼續一無所知，了解狀況還是好多了。」

「哈哈！小姐妳真是個率直的好姑娘。不過對他人還是多少有點戒心比較好。也許我只是打算利用妳也說不定喔？」

「就算是這樣也無妨。」

「……」

葉鳥先生臉上又露出情緒有點複雜的笑容，說了句「小雞腿就等等吧」，便展開羽翼往本館方向飛去。

「……儀式……嗎？」

我把剛才收到的芒果汁一飲而盡，振作起精神。

剛才得知了不該知道的事情，那麼在這塊受到詛咒的離奇土地上，我究竟能做些什麼呢？

「啊……必須繼續把碗洗完才行。」

要思考的課題堆積如山，不過總之先從眼前的工作著手吧。

沒過多久，葉鳥先生便真的帶了小雞腿回來。

一袋袋堆得滿滿的，看起來是冷凍保存的。

第五話 內海悠閒片刻

隔天一大早，我在本館的那座地牢中醒來。

「啊……腳已經不痛了。」

試著拆掉固定在腳上的繃帶，發現扭傷的腳踝已經完全消腫，疼痛感也徹底消失了。竟然能在一天之內康復，大老闆帶來的藥還真厲害耶。

我洗臉之後整裝完畢，走在松林中布滿沙礫的通道上，朝著老地方——舊館的廚房前進。手鞠河童小不點坐在我的肩頭上。

「小不點，你平常都跑去哪裡啦？每次都回過神來才發現你不見了。」

「我在大海裡游泳。我跟珊瑚還有小丑魚成為朋友，還在海底尋找沉睡滴大寶藏。我正在未知土地上展開我滴冒險～」

小不點動著他小小的身軀，比手畫腳地大談自己的冒險。

「像你這麼小的小不點，一個浪就把你打去遠方啦。至少也待在淺灘玩吧。」

「才不要。我是游泳健將，完全沒問題滴。」

小不點在我的肩上練習乘風破浪。由於我是斜肩，他就這樣一路滾落下來。

「我出發去惹！」

隨後他輕盈地在松林小徑上蹦蹦跳跳，一邊嘶吼著：「大海正在呼喚著我！」一邊往對面那片海灘前進。

「那小傢伙真的沒問題嗎……」

小不點還真是活潑又好動耶……

按照慣例來到舊館的廚房後，我開始著手料理松葉大人的餐點。

首先進行海瓜子味噌湯的前置準備。

在鍋內倒入水以及洗淨並吐砂完畢的海瓜子加熱，徹底撈除雜質。等湯頭煮出鮮味之後，把味噌溶入鍋內就完成了。

接下來要做烤茄子。把當季盛產的茄子切掉蒂頭，在表皮劃上淺淺的切痕，用竹籤在茄子屁股上開一個洞。

接著把茄子擺在生好火的炭爐烤網上，徹底烤乾。火星啪滋啪滋的彈跳聲與帶著焦香的鮮甜氣味瀰漫整間廚房。

不知怎麼地，有時會覺得這股香氣充滿令人懷念的風雅。烤茄子是我跟祖父最愛的料理。記得以前夏天，夕陽西下時我們會把炭爐搬到院子去烤茄子……

「這烤茄子的香味實在讓人心癢難耐耶……」

對於二十歲的女大學生來說，這也太老派了……不過此話不假。我喜歡茄子燒烤的香氣，也喜歡炸茄子。簡單來說，茄子怎樣我都愛。

我一邊用烹飪筷翻面，一邊把茄子烤到外皮焦黑。用筷子輕壓來確認中心是否有烤得軟透，等觸感軟軟的，就把茄子從烤網上拿起，沿著刀痕剝去外皮。

「燙燙燙！」

沒錯，剝皮的同時要小心別燙傷了。

接著切成方便入口的大小後裝盤，灑上滿滿的柴魚片就完成了。

依照個人喜好搭配醬油、柑橘醋、碎芝麻與薑末等調味料與佐料來享用即可。

「接下來……就是主菜哩。」

材料有昨天葉鳥先生帶來的冷凍小雞腿，已經先解凍了。另外還有白蘿蔔，切成一・五公分厚的半圓片之後先燙過備用。

雞蛋也先全數下鍋水煮，通通做成水煮蛋。

問我現在究竟在做什麼料理，那就是結合小雞腿、水煮蛋還有白蘿蔔，用醋、醬油加上砂糖燉煮而成的家常料理——「糖醋醬燉小雞腿」。

「每到夏天就是會懷念起這道料理的清爽醋味呢。好……接著只要煮到收乾就行了。」

我看著在鍋內加熱的食材漸漸入味。此時——

「唷，葵。」

「咦……大老闆？」

突然現身的大老闆，並不是從出入口進來，而是打開室內走廊的拉門登場。

我被嚇得魂飛魄散，連手裡的湯杓都差點掉到地上。

大老闆果然還是一身魚鋪小伙子的裝扮，似乎對於吃驚的我感到很滿意。

「我在入口那邊沒看到載貨馬車的蹤影，還以為你不會過來！」

「馬車我停在松林之中。因為今天我想帶妳去個地方。」

大老闆用一貫難以捉摸的語氣說著這種不可能的事，讓我歪頭不解。

「想帶我去個地方？哪裡？」

「港口。直直穿越這片松林，盡頭處有個小小的漁港。」

「我不能踏出這旅館啦。負責監視我的孩子也快過來了，要是我溜出去，亂丸會氣個半死吧。他大概會在我眼前把髮簪扔到海裡……」

「沒問題，我有妙計。」

大老闆朝我走近，一副理所當然到不行的態度摸上我的頸子。

「咦！」

我不由自主大叫出聲。這、這、這個鬼男到底在幹嘛……

就在我的少女情懷湧現之前，大老闆喊了一聲「找到了找到了」，把我頸間掛著的項鍊從衣服底下拉了上來。

是那個玻璃珠墜子，裡頭封了大老闆的綠炎。

「不知道妳發現沒，這綠炎是吸收葵的靈力長大的。本來力量已經消耗殆盡，結果又恢復鬼火原有的力量。現在已是妳的眷屬了。」

「眷屬？這、這是怎麼一回事？我完全不知情耶。」

「昨天我灌注了少許力量進去促使其覺醒。經過了一晚，我想現在應該沒問題了。妳只要對它下令就行了，像這樣——『幻化成我，津場木葵的外型。』」

「……你剛才說的那些，我完全有聽沒有懂。」

「嗯，我想也是啦。不過妳就當作被騙一次也好，試著對裡頭的火焰下令吧。因為它隨時待在妳身邊，最清楚妳的一舉一動了。只要記好方法，今後應該有很多派上用場的機會吧。」

大老闆說的話果然還是令我不明所以。

不過這次就信他一次，我拎起胸前的墜子如此下令——

「化為津場木葵的外型。」

結果綠炎發出微微亮光，飄散出新葉的香氣，一陣煙霧瀰漫後，變成了我的外貌。

我雙眼瞪得老大，連眨都不敢眨一下。

因為眼前這個外型模仿「津場木葵」的東西，露出比我還天真無邪的笑容。

「很吃驚嗎？鬼火……或者說妖火，雖然是非常虛無脆弱的妖怪，但其中一部分能透過某些契機獲得強大力量，得到化為人形的能力。就像那位不知火時彥殿下，也是經由這樣的過程成為高等大妖怪的。我的鬼火被妳救起，得到妳的靈力，透過這樣特殊的經歷而使它擁有幻化的能力。」

「……」

「嚇到無言以對了呢。」

我整個人僵住，無法動彈。

而且那位跟我同一個模子刻出來的鬼火，直喊著「大老闆大老闆」，往原本的主人大老闆身上撲過去，瘋狂地獻殷勤，讓我鐵青著臉大喊：「離遠一點啦！」

「哈哈哈。被長得跟葵一樣的鬼火抱住，真有點心動呢。」

「你是在開心個什麼勁啦。」

變成我的鬼火在一旁笑咪咪的，這次又突然喊著「葵大人葵大人」向我撲了過來。

雖然心智似乎像個孩子，但外表卻長得跟我一樣，讓我各方面陷入錯亂……

「她就跟初生的嬰孩沒兩樣。首先幫她取個名字吧，葵。」

「……突然叫我取名，哪有辦法想得出來。」

手鞠河童小不點也是，不知不覺這樣喊著喊著，最後就順其自然變成名字了。我對於取名這種事真的不太擅長耶。

「不過若沒個稱呼又的確很可憐呢。叫葵二號又有點……大老闆你有沒有什麼好點子？」

「那麼，既然她是我倆首次愛的結晶，就……」

「不要講得好像是我們的小孩好嗎？」

「『愛』怎麼樣呢？」

大老闆豎起食指，自信滿滿地如此提議。

「你只是從『葵』裡頭抽掉一個音而已（註6）……大老闆的命名品味跟我也是半斤八兩耶。」

「不覺得很有少女的感覺，很可愛嗎？」

「嗯，也不錯啦。叫起來也簡單順口，我喜歡。那就叫妳小愛囉。」

我輕拍站在旁邊的小愛的肩膀，告訴她：「妳的名字就叫做『愛』唷。」

小愛又抱緊了我。

直率又可愛的她，就好像有著一張天真無邪的笑容，如孩子般撒嬌的「葵」。這畫面令我感到不可思議……

畢竟我年幼時的家境比較特殊，就連面對爺爺，也從沒這麼坦率地撒嬌過啊。

「在未來，愛也會找到屬於自己的樣貌吧。隨著化為人形，與他人交流的過程之中，她也會發現自己獨有的面貌的。」

「哦？這我倒有點期待呢。屬於小愛自己的樣貌嗎……」

註6：日語中「愛」的羅馬拼音為Ai，「葵」則為Aoi。

「好好養育她喔。既然是妳的眷屬，也等同於我的孩子了。」
「……你的孩子……」
此時鍋內傳來煮沸並滿溢而出的聲響。我急急忙忙取下鍋蓋，裡頭是剛才在燉煮的小雞腿。
一陣香味傾瀉而出，醋與醬油把小雞腿燉得入味，散發酸甜的香氣……
水煮蛋跟蘿蔔也染上美味的茶色。
「真棒的香味……」
「大老闆要不要試吃一塊？剛起鍋的最美味喔。我加了醋燉煮而成的，肉質很嫩的喔。」
「一大早就偷吃嗎？真開心呢。」
我們倆並肩站著，各自用雙手拿起一根小雞腿，大口咬下。
酸甜卻又順口的這道燉煮雞肉料理，輕輕咬下就立刻骨肉分離，皮與肉質都軟嫩可口，而且煮得濃郁入味。
小愛看起來也十分感興趣，於是我分了一隻小雞腿給她。教她怎麼吃之後，她模仿我的動作滿面笑容地大啖著。那模樣實在令人忍不住微笑。
「不過，本來只打算偷吃一口的……」
「現在更開胃了。吃完小雞腿，還想嘗嘗鍋裡頭大塊大塊的白蘿蔔跟水煮蛋。」
「對呀，好想搭白飯一起吃。」
「也想嘗嘗擱在一旁的海瓜子味噌湯跟烤茄子。」

「不是擱在一旁，只是照順序先做好罷了。」

總之我先把要端去給松葉大人的餐點先準備好。今天是糖醋醬燉小雞腿，搭配海瓜子味噌湯與小菜烤茄子。再附上白飯、醃梅干與佃煮海苔這些必備配菜，今天的菜色也搭配得很完美。

「我先把料理端去給松葉大人享用，然後再一起吃早飯吧。在我回來以前，大老闆就在裡頭的房間乖乖待著喔。小愛就交給你照料了！」

糖醋醬燉小雞腿這道菜，似乎很合松葉大人的胃口。

他說好久沒能吃到海鮮以外的家常樸實味，所以很高興。

雞肉料理似乎本來就是他的最愛，當他興奮地大口大口吞下肚而差點被骨頭噎到時，真把我嚇出一身冷汗。

在那之後，我收掉高腳餐盤折返舊館廚房，途中發現亂丸正在走廊上替某人帶路。

「……？」

是客人嗎？那個亂丸竟然如此彬彬有禮地接待，看來是大有來頭的人物。

我躲在走廊的轉角處，觀察那邊的動靜。

被引導的客人是一位男性，有一頭深色金髮，穿著典雅的裝扮搭配豪奢的金飾。他那長長的金髮在身後綁成馬尾，而飄逸的長瀏海遮住了他的眼睛。

「？」

然而我卻感受到一股銳利如蛇的目光從長瀏海的縫隙之間竄出，往我身上投過來，令我雙腳僵直無法動彈。

剛才，他是不是有一瞬間往我這裡看了……？

我不由自主地馬上縮回頭。不用說，我當然感受到一股深深的恐懼。

那雙眼神，跟我所害怕的東西很像。

「雷獸大人，有什麼問題嗎？」

「哈哈哈！沒有啦……只是想這裡怎麼有這麼新鮮的玩意兒。你能弄到手還真厲害啊。」

「……」

這男人的口吻帶著難以捉摸的輕佻，嗓音卻非常低沉又帶有威嚴。

雷獸……？

我二話不說，先端著高腳餐盤逃離現場。

雖然不知道那男的是什麼來頭，但我想若是正面碰到，被那雙眼睛直接俯視一定很可怕。

「唷，葵，回來了嗎。」

回到舊館廚房隔壁的後房，大老闆正待在裡頭偷懶。

房內還有不知何時回來的手鞠河童小不點，以及依然維持與我相同外貌的小愛，三人正在用貝殼鬥著玩……

「……大老闆。」

「怎麼了？葵，妳一臉慘白喔。」

大老闆馬上就察覺到我不對勁。

「沒有，也沒發生什麼事啦……我也不太清楚是怎麼回事……」

連我都覺得自己語無倫次。

直到現在，我的身子仍因為那股無法言喻的恐懼而僵直著。大老闆往我身邊走近，將手放上我的肩膀。

「原來如此……」

隨後他馬上瞇起眼睛，視線掃往本館的方向，不知道在找尋什麼。

他身上散發出充滿警戒的靈力，然而只說了這麼一句，又輕輕拍了拍我的肩膀。

「原來那傢伙來到這了嗎？那正好。折尾屋那群人光要招待那位享樂主義者就忙不過來了，想必不會在意舊館這裡的動靜吧。所以呢，葵，我們趕緊來吃早飯吧。早飯吃得飽飽的，然後溜去外頭吧。畢竟在這種陰沉的地方待久了，妳的心情也很沉悶吧。」

「……應該不會一轉眼就被你騙回天神屋吧？」

「以我的立場來說，當然很想盡快把妳帶回去，但這樣妳無法服氣吧？」

「……」

「既然如此，我就在不對妳造成危害的前提下，喬裝成賣魚的偷偷出沒，如此而已……所以呢，吃早飯了，早飯。」

大老闆似乎已經迫不及待享用早餐。

我們把剩下的糖醋醬小雞腿重新加熱，同時也準備烤茄子當小菜，配上味噌湯，大家一起圍在和室矮圓桌前，把桌上的食物掃光。

「小愛，那接下來就麻煩妳頂替我囉。」

小愛響亮地回了一聲「是！」然後對我比著敬禮的手勢，不知道從哪學來的。

「小不點，你要好好保護小愛喔。」

小不點一如往常，懶散地隨便回了我一聲：「好滴～」

我就這樣被大老闆拉著手，穿過舊館的走廊後，從盡頭處的窗口逃了出去。

雖然內心一邊擔心著要是被亂丸他們發現該怎麼辦，我還是躲進了停在松林中央的載貨馬車，被魚舖的大老闆帶了出去。

馬車前進的路線並不是業者專用的松原大道，而是穿越了靠內陸的後門小徑，通往港口。這裡的路面還沒鋪完成，載貨的車廂駛在石礫地上顛簸搖晃著。

可能因為是條隱密小徑的關係，一路上非常幽靜，沒有遇到其他車輛交錯而過。

「……嗯？」

我從載貨車廂內稍稍探出了頭，眺望著外頭的景色。

在松林另一端，距離折尾屋有一點距離的地方，我發現了類似古老鳥居的建築物。是老神社嗎？鳥居跟石牆都已破舊不堪，老早就毀壞的遺跡就這樣在原地放著生青苔。

總覺得很令人在意啊……我稍稍回想起昨晚葉鳥先生告訴我的話。

這條小徑的終點與寧靜的松原大道不一樣，最後抵達的目的地是近郊的市集，規模雖然不大但頗為熱鬧。

「把這戴在頭上吧。」

大老闆把我從載貨車廂放下來，幫我戴上市女笠（註7）。

市女笠的帽緣垂掛著一圈長長的薄紗，完整籠罩我的臉與身軀。

「這斗笠用帶有我的靈力的香焚過了，能讓妳隱藏人類的身分。這樣一來，就算在市集裡遇見折尾屋的人也不會穿幫，這裡的妖怪也不會發現妳是人類。葵，妳可以自在地逛這裡喲。」

「哇～～大老闆，你看你看，這蝦子竟然這麼大一尾耶！」

註7：原本為市女（於市集經商的女子）所戴的高頂寬沿斗笠，在平安時代中期以後則主要為上流女子外出所戴的帽具，帽沿可掛上長版薄紗以達掩面與防塵目的。

「……呃，看來已經完全樂在其中了呢。」

來到這裡，我怎麼能不興奮嘛。

雖然規模並不如東方大地的市集，整體也還欠缺整頓，不過這裡給人的感覺就像自古沿襲至今的傳統市集，擺滿新鮮的海鮮、蔬果，最純粹的食材讓人看得目不暇給。

這裡的人潮也沒有東方大地多，感覺能悠閒地慢慢逛自己想看的東西。

我的目光已被四處的商品所吸引，而大老闆則緊緊跟在我身後。

他還一邊叨念著我有走失的前科，所以害他特別操心什麼的，完全像個過度保護的家長。

「啊，大老闆你看，這邊有竹筴魚乾耶。唔哇~好像很美味……」

這次我則是站在乾貨店前面，仰頭看著懸掛在半空中的竹筴魚乾。

魚乾的等級分為特上、上上、上、中、小，價格以品質跟尺寸來決定。

而且超便宜的！就算是特上，一條也才一百七十蓮耶。小的則只要五十蓮。

「南方大地的物價是八方之中最低的。這裡的物美價廉也成為折尾屋的武器，成功利用低廉價格提供高質感的服務，站穩了沿海度假旅館的位置。而且竹筴魚現在正值產季，魚身飽含高品質的油脂，現捕的烤來吃也美味，曬成高級魚乾也是人氣伴手禮。畢竟隱世妖怪都喜歡吃魚，就連在距海遙遠的內陸地區，也能輕鬆吃到魚乾。」

「也許真如你所說耶，夕顏的早膳也是魚類最受歡迎……」

店裡一直以來都提供我自己醃的味醂鯖魚乾，不過我有在思考，是時候該充實早膳的菜單選項了。會來吃早餐的都是館內員工，不然就是熟客，菜單沒有變化應該也會膩吧……

「欸，大老闆……等我回夕顏之後會還你錢的，可不可以……」

「嗯？妳的意思是想買這魚乾嗎？」

大老闆早已單手拿好裝錢的口金包，準備就緒。

「別說這麼見外的話，讓我為新婚妻子結帳吧。若是妳喜歡，以後也可以從夕顏直接叫貨就行了。我們旅館固定跟東方大地的漁港往來，很少有機會從南方大地這邊調漁貨。要是沒有這次的機會，可能也很難親自見識到這麼道地的東西吧。」

大老闆如此說著，一邊已經掃了快十條魚乾結帳。

「欸，等等，你也買太多……」

「就用在松葉大人的早餐上吧。況且妳應該也很想嘗嘗吧？我也是。然後加上愛跟那小不點河童的份，另外可能也有機會做給銀次與葉鳥吃。還有那隻小夜雀，照妳的個性，絕對有可能做飯招待人家吧。」

「大、大老闆……看來你好像已經能讀出我一部分行動了耶。」

「那當然，畢竟是我的新婚妻子啊。」

「大老闆，最近你不叫我新娘，而改稱妻子了是吧……感覺好像不知不覺被升等了。以我的立場來說，實在是充滿吐嘈點耶。」

說起來我從頭到尾都沒有要嫁人好嗎……

「啊，是砂糖。」

而我也真的無藥可救，注意力馬上就被隔壁賣調味料的店鋪吸引過去了。

這裡以秤重或袋裝的方式計價，販售各式各樣的調味料，而最吸引我的就是「黑砂糖」。

「欸欸，葵，別像個孩子一樣亂跑。」

「大老闆你看，這是用甘蔗製成的高級黑糖耶。」

「喔喔……黑糖也是這裡的特產呢。南方大地這裡盛行種植甘蔗，鬼門大地的特產金平糖，原料也是利用這裡的甘蔗所製成的砂糖喔。」

大老闆拎起放在眼前的袋裝黑砂糖，仔細確認原料與產地。

「黑砂糖在南方大地是很普遍的調味料，但在其他地方可沒這麼好入手。先買一點回去吧？」

「的確呢……嗯。」

嗯嗯。我確實挺想要黑糖的。

大老闆一臉得意，彷彿在說「我早就知道了」，替我買了大包裝的高級黑砂糖。

「啊！啊啊啊啊！大老闆你看！有在賣柚子胡椒耶！」

正當大老闆把錢付給店主時，我提高音量對他大喊。聲音大得簡直像發現了什麼珍奇寶物。

因為除了黑糖以外，這間調味料專賣店裡還有其他吸引我的商品。

那就是「柚子胡椒」。

「哦？這也很稀奇呢。」

「我在隱世這裡幾乎都找不到耶。不過原來這裡有啊……」

柚子胡椒。這是一種據說發祥自九州地區的調味料，也是我的最愛。由於原料是青辣椒加上柚子所製成，香氣非常強烈，加入鍋類料理或是湯品中，能營造出微微麻辣的刺激風味。這佐料在各種日式料理上也能廣泛運用，被稱為萬用調味料。

「好，這個也買了吧！畢竟這在鬼門大地實在沒有管道購入啊。」

「大老闆，總覺得各方面都要謝謝你耶……」

身無分文的我，只能這樣拜託大老闆買東買西的……

他溫柔地回答：「如果妳下次願意用這些材料為我下廚，那我就滿足啦。」

接下來，我也因為「南方大地獨有特產」、「超難買到」這些勸敗的話語，讓大老闆買了一些南國水果與醃漬物什麼的。我這個人實在是……

「啊！是折尾屋的船。」

就在我四處張望時，發現漁港停了一艘折尾屋的小船，是為了載房客來這裡觀光用。我膽戰心驚地用市女笠掩住臉，雖然明明沒看見任何認識的面孔。

不過話說回來，難怪這麼小的漁港之中，穿金戴銀的客人這麼多。

折尾屋的成功，某方面來說也讓這港口市集有所受惠吧。

「……」

老實說，我從剛才就一直有點在意某件事。

在這人聲鼎沸的市集邊緣穿插著細窄巷弄，巷裡坐著一些年幼的孩子與年邁老人，一臉饑渴地望著這裡的喧囂。

「給我站住——這些臭小鬼！」

時不時還會在路上遇到在市集內行竊而被老闆追著跑的成群孩童，擋住了我們前進的腳步。這裡的治安看起來是有點差。

「大老闆，那是……」

大老闆循著我的視線一望，隨後瞇起了眼睛。

「南方大地經濟貧困，雖然氣候溫暖、土地肥沃、有豐富的漁獲與美味的水果，但多次遭天災侵襲，不是安穩之地。尤其沿海地區特別危險，除了漁夫與折尾屋員工，幾乎沒什麼居民。」

「……」

「這裡不適合長久定居，也難以找到一份能糊口維生的工作。大多生意人都是看準好時機過來撈一筆，然後馬上走人。這種人通常把孩子也丟下，因此這裡孤兒棄子的數量難以估計。」

「……原來……是這樣子嗎？」

我覺得自己似乎終於開始有點能理解，夜雀太一以前對我說的那番話，究竟是什麼意思了。這塊貧瘠的土地，需要發展與改善的空間還有太多太多了。

原來隱世也有這種城鄉差距。

「噢噢！這不是新來的菜鳥陣八嗎？」

就在此時，突然出現的三位男性看見一身魚舖小伙子造型的大老闆，便把他叫住。

他們全跟大老闆做相同的打扮。

話說，「陣八」是……？大老闆現在用陣八當假名嗎？

還是說，該不會這就是他的……本名？

「不，我不叫這個名字啦。」

大老闆察覺到我的疑惑，低聲呢喃道。

什麼嘛……我還以為總算能知道他的真實姓名了。

不過大老闆原來是隱藏身分來到這裡啊，雖然這也是理所當然的。

「欸欸欸，竟然帶著女人，這是怎麼啦？」

這群男子對於站在大老闆身旁的我非常感興趣。他們全身長滿魚鱗，看起來很粗獷。

「哈哈，這是我內人啦。今天總算從妖都過來了。本來我是一個人先搬來這南方大地的。」

大老闆摟緊我的肩膀，笑咪咪地用敬語回答。

我雖然很想一如往常否認「我才不是這個人的妻子」，但眼前這情況，實在還是先配合他的說法比較安全，因此把這句話一口氣吞回肚子裡。

「哦？原來你已經娶老婆啦。」

「也是，畢竟這麼有男子氣概呀～怎麼會想來這種鄉下地方賣魚呢？」

「我們家老婆一聽到有俊美的菜鳥加入，也興奮得不得了～」

這群男人你一句我一句地聊著。

大老闆真是的，沒事變一張那麼俊俏的臉蛋幹嘛，根本超級引人注目啊……

「我剛剛才把新鮮的養殖鰤魚送去大廚那邊。」

「赤間水產的養殖鰤魚，夏天最肥美，正好吃呢。」

聽著這群男人的對話，讓我不經意地插嘴回了一句：「鰤魚的季節不是冬天嗎？」話說出口之後，我才回過神來掩住了自己的嘴。我明明很清楚現世許多常識在這隱世裡是不通用的啊。

那群男子起初愣了一下，隨後馬上「哈哈哈」地笑了起來，用很得意的口吻為我說明。

「一般來說夏天是鰤魚的產卵季，確實不好吃，但這是指野生的。」

「養殖鰤魚刻意把最肥美的時期調整在夏季。因為這段時間野生鰤魚不會出現在市面上，才能賣到比較好的價錢。所以才說夏天的最好吃。」

「哇！好厲害！原來連這點都有顧慮到喔。」

我合起雙掌，又不小心讓內心話脫口而出。

魚舖的那群男子不知為何又再度大笑了起來。

「尤其是我們赤間水產的養殖鰤魚，在隱世號稱最高品質。陣八，讓你那位可愛的美嬌娘嘗嘗我們家的鰤魚啦。現在大廚正在殺魚吧。」

「這可真期待呢，畢竟我們家內人最喜歡吃了。」

大老闆裝成未經世事的年輕小伙子，臉上保持著天真的笑容轉向我問了一聲：「對不對？」

尋求我的認同。這個嘛，如果能吃到美味的鰤魚……我當然樂得很。

「那我們出發吧，葵。」

「咦？嗯嗯……」

大老闆就這樣摟著我的肩，朝著未知的方向前進。

我只能任憑他把我帶走。而那群一無所知的魚舖大叔們則笑而不語地目送我們離開。

「赤間水產」指的是緊鄰這座漁港的一間氣派魚舖。

大招牌的正中央寫著大大一個「魚」字，與大老闆圍裙上的設計一模一樣。而身為店名的「赤間水產」倒是小小的低調字體。不過這樣也能一目瞭然這裡是賣魚的就是了。

看來大老闆來南方大地的期間，都待在赤間水產打擾人家。

「葵，往這邊喔。」

不過他卻沒有從大門口進店，反而繞往旁邊小巷內的後門入口。

這巷子實在太窄了，我頭上的市女笠被卡得難以前進，大老闆便幫我摘了下來。

「赤間水產呢，從以前就很照顧我。」

「可是大老闆你不是說過，跟南方大地這裡的漁港沒什麼往來嗎？」

「在海產的採購上是這樣沒錯……不過赤間水產的前身是南方大地老牌旅館『赤間屋』。後起的折尾屋規模大大擴張之後把客源吸了過去，所以他們後來才不開旅館改賣魚。」

「……原來是這樣。」

我們繞到赤間水產的後門，入口處的確充滿旅館的氣派感，還有雅緻的庭園。據大老闆所言，這裡似乎才是以前的正門，在改建成魚舖之後才以靠市場的另一側為正門，因為那一側買魚的客人比較多。

「哎呀，您回來了呀！大老闆。」

出來迎接我們的是一位中年女性，身穿日式圍裙，頭上綁著三角頭巾。

她的肌膚白裡透青，臉蛋兩側沒有耳朵，而是長著魚鰭。

該不會是人魚……？我如此想著。但看了看她的下半身，確實有長腳。不過很清楚她跟剛才那群全身長滿魚鱗的魚舖大叔一樣，都屬於魚類的妖怪。

「噢！這位就是傳說中的鬼妻嗎？」

「是啊，這是我的未婚妻，津場木葵。葵，這位是赤間水產的女掌櫃，三江女士。」

「您、您好，初次見面……」

我已經沒空否認什麼鬼妻還是新婚妻子，快速地低頭跟對方行了禮。三江女士正面直盯著我瞧，用長有蹼的手輕輕拍了拍我的臉。

「這是我頭一遭親眼見到人類姑娘呢。肌膚果然滑嫩又漂亮耶，哪像我們這種磯女(註8)，全身長滿魚鱗。不過我們家那口子說就是喜歡我這點啦。」

「呃、嗯……」

「好了，這邊請。今天店裡有美味的鰤魚，我幫妳做個生醃鰤魚片丼喔。」

這個關鍵字讓我眉毛一抖，雙眼眨也沒眨一下，轉頭直看著身旁的大老闆。

大老闆則回我：「葵，妳這樣很可怕喔。」——是哪裡可怕啦……

在女掌櫃的催促之下，我們被帶往玄關……不，是位於一旁的長屋，似乎做為倉庫使用。昏暗的屋內擺滿打魚用的漁網與魚叉，還有一些看不出來做何用途的工具。啊，還放著用舊的白色能面。原來真的如大家所說，白色能面在這片土地上是再平凡不過的面具。我仔細打量著這些東西，結果被大老闆緊緊握住肩膀，推著我往前方前進。

「唔哇～」

穿越長屋之後，映入眼簾的是一片小小的內海。

眼前是一望無際的美麗碧海，海風強勁。

漁港似乎位於內海的另一端，能看見好幾艘船隻往來其上。

而且我看見一個熟悉的少年身影，就坐在長屋前鋪著的蓆子上。

他正忙著敲開貝類的外殼並取出貝肉，一看見我出現，便不假思索站起身子，對我大喊：

註8：日本九州地區所流傳的妖怪。普遍形象為全身濡濕的長髮女子，上半身為美麗的女人，下半身則如幽靈一般。經常出現於海邊沿岸。

「葵殿下！」

「該不會是佐助吧？」

「葵殿下，您安然無恙嗎！」

「佐助你也是，怎麼會出現在這！話說你為何一身魚舖店員的打扮啊？」

「葵殿下才是，怎麼過來了？」

我們奔向對方，握著彼此的手慌張失措。大老闆見我們兩個的對話完全牛頭不對馬嘴，便輕輕拍著我們的頭，說：「你們先冷靜點。」

「是我請佐助隨行的，因為他特別能幹，所以順道請他幫忙這裡的工作。」

「原、原來是這樣。」

天神屋的王牌庭園師，竟然在這地方敲了這麼久的貝殼……

「而葵是我帶出來的，雖然還得把她送回折尾屋。」

「這是為何！就這樣帶著葵殿下回天神屋方為上策。以前曾覬覦葵殿下性命的分子，也許就在折尾屋之中啊！」

「啊，這麼說起來，確實有過這件事呢。」

佐助一臉嚴肅地如此強調，而站在他身後的我回想起那次的事件。

差點忘了……那一次就是佐助救了我一命呢。

「好了，佐助你先冷靜。我這位新婚妻子似乎無論如何都不願丟下銀次，想留在折尾屋，伺機帶他一起回來。以我個人而言，要說完全不吃味是不可能的……嗯～～不過也莫可奈何。畢竟眼看折尾屋陷入棘手狀況，也不能就這樣坐視不管，況且我也希望銀次能回來我們這。」

「但、但是對方可是三番兩次跟我們天神屋作對的折尾屋是也！」

佐助似乎無法認同，平常總是冷酷奉命行事的他，難得如此激動地對大老闆主張意見……

由此可知，折尾屋跟天神屋之間的恩怨究竟有多深。

只是我一直以來都沒發現罷了。

「很抱歉打擾各位談話，不過奉勸一聲，家務事還是別這樣大聲嚷嚷吧。海風會把八卦散播出去的。」

從長屋裡頭走出來一位中年男子，手裡捧著一個大碗。他的側臉上也長著魚鰭，額頭上布滿皺紋，一身肌膚白得發青。臉頰有一道傷痕，表情看起來是個硬漢。

男子看到我，也只說了一句「吃飯了。」

「葵，這位是赤間水產的大廚，舟木殿下。」

「您好，我是津場木葵。」

「……」

舟木先生維持著臭臉，沒任何特別回應。

隨後剛才那位三江女士也現身，帶著裝滿白飯的飯桶與大碗公走了過來，於是我便慌慌張張站起身，接過她手上的飯桶。

「哎呀，多謝妳了。不愧是開食堂的，真是機靈呢。」

「呃，哈哈哈……果然您也知道我的事情呢。」

我的新聞到底傳多遠了啊。人言可畏……

把飯桶、大碗公、茶杯與茶壺通通端過來之後，三江女士叫我「可以好好休息了」，於是我便乖乖去草蓆上，坐在大老闆旁邊的位置。這並沒有什麼特別的意義。

三江女士在大碗公裡添了剛煮好的白飯，再由舟木先生擺上滿滿的生魚片。

「！」

這、這是……鰤魚。醃漬過的鰤魚。

用醬汁醃漬入味的鰤魚閃爍著油亮光澤，放在熱騰騰的白飯上。一旁還附上色澤新鮮的芥末。

「……唔哇！」

不小心發出讚嘆聲的，正是我跟佐助。

畢竟這光看就知道，一定超好吃的啊……一定的是也！

「這就是那個沒錯吧？生醃鰤魚片丼……琉球丼！」

各地雖有不同的稱呼，不過總之就是把鰤魚片用醬汁醃漬入味來享用的料理。

我記得依照現世的說法，這是琉球漁夫所發明的一種船上伙食，流傳至今。

據說是在船上殺魚後，為了讓剩餘的鰤魚片能多保存幾天，所以用醬汁醃過之類的。也是大分縣著名的地方特色料理呢。

「我們家的鰤魚是養在海上的。現在可以看到我們的船正往那邊開吧。」

舟木先生的眼神望向海的那一端，上頭駛著往遠洋前進的漁船。

「南方大地這裡的海上男兒，全都是吃鰤魚長大的。這是我們最驕傲的鰤魚，口味不輸給野生的，你們也多吃點。」

擔任大廚的舟木先生用冷淡的口吻如此說完，粗魯地把大碗公遞給我。

「咦，第一碗給我，這樣好嗎？……」

「那邊那位鬼神，一直吵著說要讓被擄到折尾屋的妻子嘗嘗這料理，所以就由我本人做給妳吃啦。」

「咦，大老闆這麼說？」

我仰頭看著隔壁的大老闆。他溫柔地推薦我：「嘗嘗看。」

這……必須認真品嘗才行了。

「那麼我開動了。」

我吞了一口口水，一股作氣捧起大碗公，接著夾起一片鰤魚片，毫不猶豫地大口放入嘴裡。

「……」

好新鮮的生魚片，鰤魚獨特的帶勁口感在嘴裡彈跳，不帶一絲腥味。

啊啊，好鮮甜。鰤魚濃郁的油脂，散發出令人難以招架的甘醇……

鰤魚肥美的油脂也融入了以醬油、味醂與酒調成的醬汁裡，合奏出格外香濃的滋味。

與鰤魚一同醃漬的芝麻與紫蘇末，更營造出絕佳的香氣。

特別是紫蘇末，為口味容易顯得油膩厚重的這道醃鰤魚，增添了些許清爽。

接下來我挖起鋪在碗公底下的白飯，擺上一塊鰤魚片，大口放入嘴巴裡。

「……這、這是……」

熱騰騰的白飯搭配微涼的醃鰤魚。

雖然單吃鰤魚片也很美味，但配上白米飯之後，感覺更能襯托出鰤魚的甘甜與醬汁的鮮味。

另外我又沾了一點芥末吃，結果又是令人無法抗拒的嗆鼻快感……

「所以這裡的漁夫，每天都能吃這麼棒的東西嗎？」

我服了，實在令人吃不消。

這份過頭的美味，讓我感受到一股莫名的挫敗感而顫慄。

大老闆則在一旁笑而不語……坐在他隔壁的佐助則大口大口嗑著鰤魚丼，超大一碗的。那麼瘦小的身體，到底哪來的胃袋裝得下……

「做成茶泡飯後，又是一種全新的滋味喲。」

三江女士幫忙端了茶壺過來，然後在我的碗公裡加了蔥花與海苔，再倒入滾燙的熱茶。

鰤魚生魚片開始微微變色，魚肉因為熱茶的高溫而緊縮了起來。

稍微燙過的鰤魚開始由透明轉白，我搭配著魚片把茶泡飯呼嚕呼嚕掃進嘴裡。一番咀嚼過後、嚥下喉頭的瞬間，我吐了一口氣。

這股滋味與剛才濃厚帶勁的醃鰤魚丼有些不同，是一種溫和的味道。尤其是用熱茶燙過的魚片，味道沖淡之後剩下Q彈的口感，吃起來很美味。

而醬汁本身就吃進了鰤魚的鮮甜，所以即使沖茶做成泡飯，依然不減美味，甚至能融入茶湯中，與白飯譜出另一種清爽的滋味。這就是為醃鰤魚丼畫下句點的醍醐味。

「葵，如何？妳吃得默不吭聲耶……」

「我跟你說，我是吃得太陶醉，所以喪失語言能力了。」

「我了解。我一吃這裡的醃鰤魚丼也會如此。」

「對吧。這真的太太太美味了！」

我的這番話讓舟木先生露出得意洋洋的笑容。大老闆也看起來很開心的樣子。

只是一碗丼飯，然後變成茶泡飯，換個吃法竟然就能體驗到兩種美味。丼飯料理常常吃到一半就膩了，所以這種雙重吃法也讓人覺得更划算呢……

加上在這個能同時眺望海景、感受海風的地方享受美食，更讓人覺得充滿海潮味了。

內海的浪潮聲、漁船的汽笛音……還有身上帶著不同色彩，在空中交錯紛飛的海鷗們。

有別於日常的體驗，讓我情緒高漲。

「像鰻魚飯三吃也是口味多變化的料理，這些菜如果能在夕顏推出……」

「等妳回來天神屋，可以再慢慢思考不是嗎？」

「……嗯，也對呢。」

到底何時才能回去呢……

這個問題就先不深入思考了，我只想把在這裡得到的感動與啟發好好封存在腦海中，讓這趟旅程不要白費。

「在下想要再來一碗。」

「鐮鼬小弟……自從你來到這裡，我們的米就消耗得特別快耶。」

「在下想要再來一碗是也。」

「……你這小子，待會兒給我好好敲貝殼幹活啊。」

舟木先生一邊對毫不客氣要求續碗的佐助頤指氣使，一邊還是幫他把碗公添得滿滿的。這大叔雖然外表挺嚇人，但也許為人意外地溫柔。

大老闆也說著：「佐助正處於發育期嘛。」表情看起來莫名開心。

「……」

我感到十分安心與放鬆。

待在折尾屋的時間，即使再怎麼逞強，身在敵營的我還是一直處於緊繃狀態。

一想到大老闆與佐助就近在身邊……心裡果然踏實多了。

原來我已經把他們視為令人安心的存在了。

我與大老闆一起走在內海的海岸線上。

我們往漁港的反方向走去，來到最前線，重新眺望一次這片廣闊的南方大海。

來到這塊土地時我就一直想去海灘看看，但這幾天雞飛狗跳的狀況，讓我完全忘了這件事。

「嗯……感覺充分解放了。海邊果然是個好地方呢。」

我不假思索地張開雙臂伸個懶腰。雖然這也不是什麼來到海灘應該做的動作。

「葵，說到這，妳的腳已經沒事了嗎？」

「嗯嗯。如你所見，已經完全康復了。」

為了讓大老闆看看我痊癒的腳，我脫下木屐走在溫暖的沙灘上，一邊讓拍打上岸的沁涼白浪浸泡我的裸足。

「隱世的膏藥真厲害耶，竟然一下就見效。」

「那是用我們旅館的藥泉所製成的，是以靜奈為首的溫泉師們精心研發之下誕生的特殊藥膏，當然有效。」

「這樣啊……原來是這樣做出來的喔。」

靜奈，天神屋的女溫泉師。她為了替師傅——折尾屋的溫泉師時彥先生尋找療傷的辦法，而一心專注於藥泉的研究上。

進入日暮時分，內海一片風平浪靜。

耳邊只剩下安穩的海浪聲拍打著。

「啊，大老闆你看，是海星耶。」

「喔喔，真的呢。這個星形很美呢。」

「……不知道海星這東西能不能吃……」

「葵，不要一看到生物就想當作食材入菜。然後海星是可以吃沒錯。」

「是喔？要怎麼吃？是什麼味道？」

「嗯……我試過的方法是放在烤網上火烤，剖開之後取出裡頭的肉來吃……外觀跟味道都很像海膽……不過我比較偏好海膽就是了。」

「是喔～～真讓人好奇耶。」

我一邊從上方湊近觀察著淺灘上的海星，一邊探討著滋味如何這種可怕的話題。

不曉得是不是錯覺，原本一身橙色的海星，看起來變得有點慘白。是覺得性命不保了嗎……

「噢，那是……」

大老闆似乎發現了什麼，從淺灘處直接走進海中，絲毫不在意身上魚舖裝扮的褲襬被弄濕。

「欸、欸欸，大老闆！你在做什麼呀！」

「葵，妳看，好美的虹櫻貝！」

大老闆從海裡拈起來的，是一枚帶著淡淡櫻花粉的貝殼。他朝著我走回岸上，把貝殼放在他那大大的手心，攤在我面前。

「哇～好美。」

我不由自主發出讚嘆聲。那並不只是單純的淡粉色，而是像蛋白石一樣，隨不同角度折射出各色光輝。表面光滑得毫無瑕疵，真的是一枚很美的貝殼。

「這可算稀奇的了，只有在南方大地能找到這種貝類。傳說中這是來自遙遠彼端的異界，常世所產的貝殼……」

「……常世。」

「葵，妳看那座島。」

大老闆伸手指向海洋彼端上若隱若現的平坦島嶼。

「那裡被稱為『常島』，是神聖之地，一般閒雜人等是不允許進入的。妳知道為什麼嗎？」

「不知道。」

「因為那座島正是例行儀式舉行的場所。在過去尚未確立異界之間往來的交通手段時，那座島被認為是常世居民降臨之地。從這一點就能知道這裡離常世有多近。」

「常世……這名字我以前也聽過好幾次了，是怎麼樣的一個地方啊？跟現世還有隱世都不太一樣對吧？」

我的發問讓大老闆回了一聲：「是呀，這個嘛……」他思考了一會兒便繼續說下去。

「硬要說的話，所謂常世就是一個非常複雜的世界，曾有過人類統治的時期，也有過妖魔掌權的時代。這裡說的『妖魔』妳可以想作是妖怪。那邊的文化中並沒有『妖怪』這種說法，不過本質上是一樣的。現世與隱世從未經歷過異族統治的時代，所以妳應該就明白常世是個多麼特殊的異世界了吧？」

「……」

大老闆淡淡地為我說明常世，眼神僅是望向海面遙遠的另一端。

對於圍繞在這個世界與另一個世界的事情，我完全無法理解。

還在現世時的我，就連對隱世這個異界也毫無概念，然而來到這裡之後，又會聽見關於其他世界的事，真是把我搞得更糊塗了……

「好了，煩人的瑣事就到此為止，必須送妳回去了。老實說我真想就這樣把妳帶走，但妳的打算應該依然沒變吧？」

「……嗯。我要回去折尾屋。雖然進展並不快，但我確實有些眉目了。」

「這樣啊。那我就暗中當妳的後援吧。偶爾替野心勃勃的妻子在背後撐腰也不錯。」

「什麼野心啦。」

正當我想吐嘈他「講話真難聽」之時，我嚇了一跳。

因為大老闆正抓著我的手，把虹櫻貝放在我的手心。

「送妳吧。雖然這沒有任何靈力，就當作護身符。」

「……大老闆。」

「不過像葵這麼堅強的姑娘，應該也不需要這種一時的精神寄託吧。哈哈。」

我抬頭望向大老闆的臉龐，那張坦然的爽朗笑容令我感到心跳快了一些，不由得壓低視線。

這……都是因為他現在幻化成年輕魚舖小伙子的關係吧？

明明平常只覺得他形跡可疑、不值得信任、完全摸不透想法，全是些負面評價……

「嗯？葵，怎麼了？」

「沒、沒事……果然你喬裝成這樣太犯規了啦。」

我沒來由地擺出不開心的表情。

大老闆明明什麼都不知情。不，他不知道也好。

我老實地收下了那枚虹櫻貝。畢竟很美，光是看著就覺得能讓心情感到平靜，下次用塊漂亮的布料做個小袋子裝起來珍藏好了。

怎麼說呢，總覺得自己總是從大老闆那裡得到許多……

「！」

一陣破壞般的巨響突然襲來，打破了黃昏時分無風的寧靜。

我心想發生什麼事了，沿著內海的海岸線前進，窺探另一端由松林連綿而成的漫長海岸，結果看到的是裊裊上升的煙霧——似乎是折尾屋的方向。

「大老闆，那是……」

「是折尾屋吧，不知道發生了什麼事。」

我與大老闆面面相覷，皺起了眉頭。

我感受到一陣充滿硝煙味的危險氣息，乘著再次吹起的海風，往我們這邊飄了過來。

第六話

天狗父子（上）

大老闆雖然以目前狀況不明為由，阻止我回去，不過我還是決定回一趟折尾屋的舊館。畢竟我怎麼可能待得住。

我拜託佐助偷偷帶我潛回，不過來到舊館附近時沒發現什麼異狀，看來問題出在本館。

順帶一提，小愛跟手鞠河童小不點兩人，依照我的吩咐把舊館玻璃擦乾淨，走廊也打掃完了，現在正準備用鍋爐煮晚餐要用的白飯。

在我享受美味的鰤魚丼時，這兩位稱職的眷屬正默默地幹活……

據小愛所說，她總是看著我做這些事，自己也很想動手嘗試看看。

「啊……在葵小姐出門之後，折尾屋滴小狗先生有過來這裡喲。」

「咦？小狗？信長嗎？」

「不是。是更大隻滴紅毛小狗先生。」

小不點若無其事的報告，讓我心頭一驚。

「該、該不會是……亂丸？」

「對滴。他好像有事找您。不過小狗先生看到小愛小姐之後，變得一臉扭曲。因為小愛小姐撲上去抱住葸他。」

「咿、咦咦咦咦咦咦咦咦！」

我不禁發出詭異的慘叫聲。天真無邪的小愛笑咪咪地對我用力點著頭，但這、實在、有點、不太好……應該說超不妙吧。

「我、我明白了。總之妳先回去墜子裡。」

「是～」

小愛化為一小簇綠炎，咻咻咻地縮回我胸前的墜鍊中。

「？」

折尾屋本館的方向又再度傳來騷動聲。

小不點以一臉有所覺悟的表情呢喃著：「看來大事不妙葸呢……」

就連他都感覺到了，那狀況真的很嚴重了。我邊冒著冷汗，邊二話不說先往本館前進。

「……」

我第一時間的感想是——這狀況真眼熟耶。

會這樣說，是因為我看見折尾屋的大廳有一群在鬧事的天狗。

喔喔，原來如此。騷動的根源就是……松葉大人啊。

「欸！這是怎麼一回事？」

我找到了在一旁用旁觀者眼神看著這齣鬧劇的雙鶴童子，向他們詢問原因。

「喔喔，津場木葵。」

「那是大掌櫃葉鳥先生跟松葉大人之間的戰爭。天狗的內戰。」

「葉鳥先生終於向松葉大人開口，提出關於『天狗祕酒』的請求了。」

「啊，這不是不能洩漏的機密情報嗎？算了，先不管啦。」

「……」

雙胞胎還是一樣活得很鬆散。雖然我是假裝自己不知道這些機密啦。

多虧他們的說明，讓我迅速掌握了現場情況。恐怕就是松葉大人聽見斷絕關係的兒子提出這種請求，因而怒火一口氣爆發了吧。

在大廳發狂作亂這樣的狀況，跟天神屋那次的騷動在我腦海中互相重疊。

「這麼說起來，以前好像聽說過爺爺也曾把大廳弄得半毀。」

這時我想起了祖父過去的惡行惡狀。一想到櫃台原來這麼常被破壞，就覺得被託付管理這地方的大掌櫃還真難做人。應該說很容易精神衰弱吧……

「呃，現在可不是感嘆這些的時候啦。快看，葉鳥先生已經無處可逃，現在快被包圍，要被吊起來打了！」

而且折尾屋的員工們沒有一個人打算伸出援手！

而松葉大人則是一臉通紅得就像隻天狗，手上握著嚇人的大太刀！實在很危險！

「葉鳥你這兔崽子！一錯再錯不知悔改，現在還覬覦我族的祕酒！像你這種丟盡天狗顏面的不肖子，拿我的愛刀斬你都嫌會生鏽！」

「等等等、等一下，松葉大人！」

我慌慌張張走進騷動的人群之中，站在渾身狼狽的葉鳥先生面前。

我張開雙臂，像是在袒護著他。

「松葉大人，請先冷靜點！在這種地方不能揮舞那種危險物品啦！雖然在隱世這裡隨身攜帶刀械似乎沒有法律問題，但要是一時衝動斬了兒子，會後悔一世的！」

「小姐……」

「葵、葵……」

松葉大人因為我的出現，而按捺著怒意放下了刀。

「抱歉，葵……一見到葉鳥，我就怎麼樣也無法克制這股怒氣……」

松葉大人變回平時在我面前的坦率老爺爺，將刀收入刀鞘後推給一旁的年輕天狗隨從。

年輕天狗眾紛紛竊竊私語著：「明明每天都在生氣。」「就是啊。」

「老爸，對於那次的事，我也是有在反省的。求你了，把祕酒分給我吧！」

葉鳥先生匍匐在地，從我身旁探出頭，對著松葉大人深深低頭懇求。

我記得曾聽說葉鳥先生因為破壞了天狗的門規而被逐出朱門山……不過詳細內容並不清楚。

但葉鳥先生為了折尾屋的儀式，這次說什麼也要把天狗祕酒弄到手。

「給我閉嘴！誰要聽你這不肖子的請求！祕酒我是不會交給你的！」

然而松葉大人就是松葉大人，頑固的個性絲毫不為所動。

我、我該怎麼做才好……

突然之間我感受到一股視線傳來——是亂丸跟秀吉。位於挑高二樓的他們，正以一臉事不關己的表情冷冷俯視著這裡。

銀次先生呢……？

沒看見他的蹤影。換作天神屋，每逢這種時候，第一個率先前來的一定是銀次先生，負責向客人賠罪並且打圓場。

我抬頭瞪向亂丸。

同時用眼神告訴他：「不要在上面看好戲了，快點下來。」

不知是我無聲的訊息成功傳過去了，還是他本來就如此打算，亂丸帶著秀吉走下樓梯前來。

「松葉大人，我們家大掌櫃對您無禮了。請別介意一片狼藉的客房，我們另外為您準備了最高級的豪華客房，請盡情放鬆享受。房內設有露天溫泉，能一覽夕陽沒入海平面的美景唷。」

亂丸露出不安好心的笑容。松葉大人的表情變得更嚴峻了，他質問起亂丸。

「喂，犬神。果然你的目標是天狗祕酒吧。我是不知道你有何居心，但我不會交給你的。哼！今天我會繼續住一晚，明天立刻打道回朱門山！」

「……」

「天狗們，走了！」

松葉大人的語氣聽起來有一點沮喪，真不像平常的他。我有點在意，卻也無法開口叫住他。

同樣地，一屁股坐在旁邊的葉鳥先生，也將雙肩垂得低低的，臉色陰沉。

「你們，快點把大廳收拾乾淨。還有別忘了對客人說明事由。」

亂丸大聲對呆愣在一旁的員工們發號施令，大家為之一震，隨後慌慌張張地紛紛動作。

「葉鳥，你過來……津場木葵，妳也過來。」

亂丸把葉鳥先生叫了過去，順便要我也一起。

「在館內上演父子爭執可讓我傷腦筋了，葉鳥。我就是知道狀況會演變成這樣，才命令你不要干涉這件事的。不要跟我說你不記得。」

葉鳥先生待在亂丸的房內，首先被訓斥了一頓。

看來事情經過應該是亂丸怕節外生枝，要葉鳥先生不要插手，但葉鳥先生違背了命令，直接去找松葉大人談判。

「亂丸……抱歉，這次是我的疏失。」

葉鳥先生似乎明白錯在自己，老實地道了歉。

沒想到平常那樣的他，現在竟然會露出如此灰暗的表情。總覺得看了好不忍心。

「真是敗給你了。這件事我本來以為交給那個能討松葉大人歡心的人類丫頭就可以順利解決的。誰知道那個關鍵人物竟然耍低級招數，拿眷屬充當替身，自己不知道逃去哪裡了……辦事不力的廢物。」

「我才不是逃跑哩！是因為每天都被你使喚待在那間舊館打掃，才想出去採買些東西而已。」

呃、看來果然被亂丸發現了吧……

嗯？不過他是打算命令我解決這件事，所以才跑去舊館找我？

這也讓人莫名生氣耶……

「還有，葉鳥。這陣子不許你出現在松葉大人面前。你一在場，事情就會變得更麻煩。也許你是想伺機修補你們倆的父子關係，不過現在已經沒空管你們的家務事了。用拐用騙的都好，用盡任何辦法……都得把東西弄到手。錢不是問題。」

「……」

葉鳥先生已經徹底陷入無語。

雖然不清楚全盤狀況，但我無法對這件事坐視不管。

因為我知道，在這種情況下要讓那松葉大人乖乖聽話的方法，只有一個。

「我明白了。」

雖然沒人命令我，不過我自己開了口。

「松葉大人那邊，就由我嘗試溝通。」

「啥？妳知道現在是什麼狀況嗎？」

從剛才就保持沉默的秀吉，忍不住開口嗆我。

「天狗祕酒不是嗎？儀式需要這件寶物對吧……？」

我的表情不為所動，反問了他。

亂丸抖了一下眉，而他身旁的秀吉也驚訝地說：「妳怎麼知道……」

「不只天狗祕酒，還有虹結雨傘、人魚鱗片、蓬萊玉枝跟海寶珍饈……舉行儀式需要湊齊這些供品對吧？折尾屋現在就是為了這些而採取行動。」

亂丸壓低雙眉，定睛看了我一會兒，隨後似乎馬上就知道洩密者是誰，轉而瞪著葉鳥先生。

葉鳥先生冷汗流不停，一邊渾身顫抖。

「哼。我就當作不知道是誰對妳透露這些吧，不過事實就跟妳說的差不多。所以說，這跟妳又有何關係？妳的意思是打算插手干涉嗎？」

「什麼插手干涉，分明是你想利用我吧……亂丸。」

這是我第一次在他本人面前直呼名諱。

亂丸一臉目中無人的表情，唯有秀吉一如往常地怒吼：「妳這傢伙，我說過多少遍，給我尊稱亂丸大人！」葉鳥先生則是緊張得要命。

然而我感覺到自己終於脫離了不明所以便被擄來這裡的人質身分，正撲向折尾屋裡的重大問題核心。

「既然如此，我就如你所願乖乖被利用吧。就讓我……去嘗試說服松葉大人。不過，我需要借助葉鳥先生的力量。」

「小姐……？」

原本垂頭喪氣的葉鳥先生抬起臉。

「我並不打算拐彎抹角，或是用拐用騙的。我又不是折尾屋的員工，可沒打算幫你們談交易。我就只是以個人身分拜託他，如此罷了……」

亂丸聽我說完後，帶著滿滿諷刺意味「哈」地嗤笑一聲。

應該是覺得這話聽起來蠢斃了吧。

他往我面前走了過來，用那雙鮮明的海藍色眼珠冷冷俯視著我。

「不過，妳真以為會這麼簡單？這件事是絕對機密。隱藏在煙火大會背後的儀式……只有折尾屋裡一部分的幹部，以及妖都宮內的高層才知情……沒錯，這是少數人掌握的機密。就算是八葉，也不能輕易洩漏給他們，以防讓他們抓住南方大地的要害。」

那雙眼神訴說著不信任。從他的眼神中，我感受到的是不通情理憑結果斷定一切的精神。

「你就是這樣不相信任何人，企圖靠著算計或金錢解決一切……所以才會事與願違啦。」

「妳可真敢講啊……津場木葵。就讓我看看妳要用什麼辦法，從松葉大人手中拿到天狗祕酒。用妳那高超的廚藝？哈哈……以為做一桌子佳餚就能解決問題，我們早就試過了。要比廚藝，我們旅館的大廚可勝過妳這種外行人。」

「也許是這樣沒錯，不過……問題並不在這。」

啪滋啪滋啪滋──我跟亂丸互瞪的眼神之中簡直聽得見火花聲。

面對他那股狂暴的妖氣，我的頭都快痛起來了。

不過可不能在這裡臨陣退縮。再怎麼說，對方可是我的熟客松葉大人，還有願意對我吐出實情的葉鳥先生，我不能棄他們於不顧。

「葉鳥先生，我們出發吧。好了，振作起來！不然松葉大人要打道回府了喔！」

「知、知道了……我知道啦小姐。」

我猛力敲了敲垂頭喪氣的葉鳥先生的後背，他馬上挺直背脊。

「一起加油吧。」

「喔、喔！」

隨後我把他拖回我的地盤，也就是舊館。

回到熟悉的廚房，我在架高的地板上放好坐墊，讓葉鳥先生坐在那。

端了冷泡的麥茶出來招待他之後，我終於開口問道。

「是說葉鳥先生，你明知會跟松葉大人發生衝突，為什麼還要自己跑去找他談判？這件事不是最應該拜託我出面嗎……畢竟我每天都會見到他啊。」

昨晚還語重心長地說什麼自己也許在利用我，結果卻是這樣。

我想亂丸一定也是這樣打算的。

畢竟我的立場是最有可能跟松葉大人進行對話的。

「嗯……拜託妳出面以避開衝突，應該是最可行的辦法沒錯，但這樣等於我又繼續逃避面對父親了。雖然我明白現在不是說這些的時候啦……」

「你跟松葉大人起爭執的原因是什麼？不是老早以前的事了嗎？」

「呃、嗯……」

葉鳥先生小口小口啜飲著送上來的麥茶。

隨後他看似難為情地伸手把側髮勾往耳後，清了清喉嚨。

「知道了，我會老實招來的，不過我也需要整理一下記憶……啊～肚子餓了呢。」

咕嚕咕嚕的聲音從葉鳥先生的肚子傳了出來。在講這種正經事的時候卻……

「總之我希望能先打起精神。吃小姐妳做的飯會讓我元氣滿滿，所以幫我做點什麼吧～」

他合起雙掌拜託我，雙眼還水亮亮的。

手鞠河童小不點不知道從哪裡跑了過來，說了句：「天狗先生刻意賣萌的功力完全不輸我呢～」的確是這樣……

「我知道了啦……你都說到這份上了，我就幫你做點什麼吧。」

「妳真是意外地好應付呢。」
「夠囉。你趁我做飯時先整理一下思緒，吃完飯好好告訴我喔。」
「那當然！」
葉鳥先生彈響了手指，然後從懷裡掏出筆跟塗鴉本。
為什麼會把塗鴉本收在懷裡啊……
「要做什麼好呢。」
我翻找著存放食材的箱子尋找材料。
能簡單上桌又美味……啊，既然有白蘿蔔、韭菜跟雞蛋，就做個韭菜蛋花湯吧。
還有今天大老闆買給我的魚乾——剖好曬乾的竹筴魚。
我馬上用炭爐生火，準備好剛買到的竹筴魚乾，這是最高等級的。
「哦！竹筴魚乾！這是南方大地的名產呢，我最愛了。」
「今天我去港口那邊買回來的。不過因為擅自外出被臭罵一頓就是了。」
「妳還真敢偷溜出去耶，好佩服小姐妳的行動力。」
「哈哈。」
是多虧大老闆的幫忙——這句話還是暫時保密吧。
「再配一道韭菜蛋花湯好嗎？放入滿滿的蘿蔔泥，喝起來滑順得像羹湯。」
菜色就這麼定案。正在想像料理滋味的葉鳥先生回答：「噢噢，好像很不錯～」

「說到這……以前雖然做過咖哩飯給你吃，不過你本來喜歡哪些料理呀？有特別偏好什麼口味嗎？」

「這個嘛，基本上喜歡簡單純樸的家常菜吧。燉小芋頭啦、紅燒魚啦、豬肉味噌湯還有燉蔬菜之類的……調味也最喜歡偏甜的清淡口味。雖然有時候也會想來點重口味的……不過今天這種菜色才是我的最愛。」

「哦～我還在猜會不會跟松葉大人很像，結果還真的一樣。」

「畢竟這本來就是一般妖怪最偏好的口味啊。而且老媽的味道也是這樣子。」

「……」

老媽……葉鳥先生的母親嗎？也就是說，原來松葉大人有太太啊。

「葉鳥先生的媽媽也是妖怪嗎？」

「是啊。天狗幾乎生男不生女，我媽是嫁進來的鷺妖。她長得很美喔。個性柔弱怯懦又愛瞎操心……然後又體弱多病呢，好久以前就去世了。」

「……這樣啊。」

葉鳥先生一邊說著，一邊拿著塗鴉本不知道在畫些什麼……

雖然很好奇，不過我現在要先負責上菜。

我用炭爐烤起了竹筴魚乾，先烤沒有皮的那一面。

趁火烤的時候先把白蘿蔔磨成泥、雞蛋打散，這樣就準備萬全了。

鍋內倒入水跟高湯，加熱之後把白蘿蔔泥下鍋，先煮沸一遍。

然後再放入韭菜、太白粉水與蛋汁，稍微攪拌一下。等蛋花變得蓬鬆軟嫩之後，灑入少許鹽調味就大功告成。這道料理很簡單，三兩下就輕鬆完成。

加了大量白蘿蔔泥的羹湯就像灑上滿滿的雪花，還有散發強烈香氣的韭菜與軟綿綿的蛋花……將湯盛入碗中，灑上芝麻之後便能上桌。

接著，把魚乾翻面，從中滲出的油脂響起了「滋滋……」的美味聲響。

接下來的工作，只剩把帶皮的另一面烤好就行了。油脂滴進炭火之中，發出啪滋啪滋的火花聲。由於開始冒起煙，我便拿出圓扇開始搧呀搧的。

「欸，葉鳥先生，差不多可以開飯囉！」

「唔噢！還真快耶～」

「因為我挑的都是能快速上桌的菜啊。」

我隨即把白飯添入碗內，跟韭菜蛋花湯與剛烤好的竹筴魚乾一起擺在高腳餐盤上。順道也附上之前做好的常備小菜金平蓮藕紅蘿蔔。

「這看起來真好吃……感覺還很養生。」

熱騰騰的飯菜就在眼前，葉鳥先生放下手邊作業，馬上拿起筷子。

「我開動了！」

他率先品嘗的是韭菜蛋花湯。

「燙燙燙！」

「啊，你小心點，湯裡有勾芡所以沒那麼快放涼。」

他重新緩緩啜飲著融入大量白蘿蔔泥的羹湯，用筷子撈起軟嫩的蛋花與韭菜入口。

「啊啊……這調味也很合我胃口，鹽放得並不多。真是溫和的家常味啊。」

「葉鳥先生的媽媽以前都做些什麼料理啊？」

「這個嘛……她是有錢人家的千金小姐，廚藝本來並不算好，不過似乎靠著人類祖母所留下的食譜，開始獨自鑽研人類世界的料理以及妖怪所喜愛的口味。動機也是為了我家那固執又任性的老頭子吧？她是為了迎合老爸的口味才苦心研究的。」

「這樣啊，真佩服耶！松葉大人真是的，原來有這麼一個愛他的太太。」

我單純的感想讓葉鳥先生發出了一聲諷刺的笑。

「只不過，我老爸以前的願望是娶人類女性為妻。」

「……咦？」

「畢竟我祖母是人類，而且不是說妖怪若娶人類姑娘為妻，有助於地位的提升嗎？他一直如此嚮往著吧。實際上也曾有看對眼的對象沒錯……不過那場戀情未果，他才礙於政治因素心不甘情不願地娶我老媽。畢竟他也是朱門山這裡的天狗首領。」

「……」

「我想老媽是怕他厭倦自己才這麼拚命。她似乎一直覺得自己得不到丈夫的心……」

我非常震驚。我還以為松葉大人跟夫人是對感情和睦的佳侶，他對待自己的太太一定會像對我一樣親切溫柔。

「該不會，你們父子吵架的原因跟這有關？」

從他的說法聽來，我開始有了這樣的揣測。

葉鳥先生原本伸向竹筴魚乾的手猛然靜止不動。

「算是吧……不過這件事晚點再談吧，難得做好熱騰騰的飯菜可不能放涼了。」

而他只回了這麼一句，便繼續享用料理。

我也開始準備起自己的份。小不點一邊喊著：「吃飯惹吃飯惹。」一邊在我腳踝邊頻頻拍著我的腳，於是我也幫他做一份迷你版的韭菜蛋花丼，旁邊還附上切得碎碎的金平蓮藕紅蘿蔔。

呼……總算能開飯了。馬上來享用以炭爐烤好的竹莢魚乾……

「嗯……這竹筴魚乾太美味了～」

用炭火烤過之後，肉質變得更緊緻了。

「不愧是道地的美味呢。魚肉大片，肉質卻Q彈得很，鮮味整個濃縮在裡頭呢……」

「對吧？南方大地的竹筴魚乾物美價廉，搭配小姐做的料理簡直是最強組合。」

葉鳥先生淘氣地拋了個媚眼，隨後又大口大口把白飯掃入口中。

他似乎回復以往的樣子了，讓我不禁輕輕笑出聲。

「像這樣跟小姐兩人獨處，吃著簡單的一頓飯，簡直就像一對感情和睦的夫妻耶！」

「……這形容……我個人倒是希望免了。」

「咦！為什麼？」

然而我的一句話卻讓葉鳥先生稍微受了點打擊。

畢竟阿涼也說過，葉鳥先生這種人退一百萬步也稱不上是個好老公啊……

「論男子氣概的話，是也不差啦～」

「是不是！不過算了，一個不小心，我可能會被大老闆折翼，整隻做成烤天狗啊。」

「你在說什麼啦，葉鳥先生你這人講話真的很逗趣耶。」

能言善道，待人又和藹的葉鳥先生，總能讓人話匣子停不下來。我們度過了一段愉悅的用餐時光，喝著熱茶暖暖身子。

「那麼，差不多可以繼續剛才的話題了吧？」

「也是呢。」

葉鳥先生翻開擺在一旁的塗鴉本，總算準備開口向我說明自己與松葉大人爭執的起因。我把餐盤全撤下去，在葉鳥先生面前正襟危坐。

「所以說呢，我跟老爸吵架的理由……不對，這齣故事應該稱為『葉鳥大盜高價轉售天狗祕酒』。好戲開演囉，開演囉～」

「咦！這紙話劇（註9）的主題也太黑暗了吧！」

葉鳥先生剛才在畫的原來就是這玩意兒。奇怪線條的圖像不知道該說畫得好還是差，總之是畫風非常奔放有張力的紙話劇。

隨後葉鳥先生拿起不知從哪裡生出來的木響板，敲出「匡匡匡」的聲響。

從前從前，在一座由天狗統治的山上，有一位名叫松葉的大人物。

松葉是隻地位崇高的天狗，不過態度傲慢跋扈，性情暴躁，酒品又很差。

他對一位現世的人類姑娘一見傾心，打算追求對方卻未果，最後則改娶了美麗的鷺妖姑娘進家門。

那位鷺妖姑娘的名字就叫做笹良，是位好人家的千金小姐。

松葉與笹良兩人共產下六個兒子。

「這裡頭的三男就是我啦。」

故事說到一半，葉鳥先生突然從塗鴉本後方探頭而出，如此說道。不用說我也知道啦……

他又打響木響板，繼續說下去。

松葉是個非常傳統的大男人。

註9：一邊展示圖畫一邊說故事的一種戲劇表演，主要以小孩為對象。

他對於沒有感情基礎而硬被撮合的妻子笹良非常嚴苛，就連對方做的飯，也因為手藝比不上自己的人類母親那麼好，而常常氣得翻桌。

而笹良總是主動道歉，把翻倒的餐盤與料理收拾乾淨，一句怨言也沒有。

三男葉鳥每次看到母親這樣的處境，總覺得非常不快。

某一天，是兩人的結婚紀念日，笹良特地從松葉的人類母親留下的食譜裡，學做了一桌松葉最喜歡吃的菜。

結果松葉卻大發脾氣地吼她：「味道一點都不像！」

松葉當天喝得爛醉如泥，加上妻子擅自模仿母親的料理，而為此大動肝火。

從來沒有流過一滴淚的笹良，今天卻忍不住嚎啕大哭。

體恤母親的三男葉鳥，便為此頂撞父親，最後演變成父子互毆的激烈衝突。

三男葉鳥後來甚至從酒窖偷走「天狗祕酒」，偷偷轉賣給需要這項寶物的南方大地八葉。

這樣荒誕的行為，破壞了天狗的門規。

因為天狗祕酒是珍藏寶物，除非緊要關頭，否則絕對不會拿出家門外。

三男葉鳥被逐出家門，離開了天狗山，此後堅強地一個人過活。

也因為無法回山上，他最後沒能見到臥病在床的母親笹良臨終最後一面。

「鏘鏘☆」

葉鳥先生敲響木響板，一派輕鬆地為故事畫下句點。

然而這齣無奈的故事卻讓我有一點點想哭的念頭。

「這算什麼嘛……雖然圖畫各方面都奇怪得好笑……但我聽完之後唯一明白的，就是笹良太太很可憐啊。」

松葉大人真是的，個性也太自我中心了吧……雖然他可能也有很多苦衷。

葉鳥先生也真不愧是葉鳥先生，竟然把天狗的寶物偷去轉賣……也因為這樣，錯過了目送母親離開的機會……

「不過呢，再怎麼說我跟老爸果然還是流著一樣的血啊。不懂得瞻前顧後，衝動又感情用事的個性總是讓老媽一個頭兩個大。」

「就現在的葉鳥先生看來……我不覺得有特別感情用事啊。」

「那是因為我下山之後一個人打拚，看透了世間百態啊。天狗老是能擺出一副臭屁樣，是因為他們蝸居在山上，根本是群井底之蛙。他們之所以能安居度日，也是多虧有八葉這樣的體制給予庇護，卻毫不自知。」

葉鳥先生數落了一番，隨後站起身子伸懶腰。

「老爸他站在保護天狗祕酒的立場，絕對不會原諒輕易轉賣掉寶物的我。他怎麼樣也不可能願意把酒讓給之前收購我贓物的折尾屋吧。」

「……是這樣嗎？」

對我而言，光憑葉鳥先生的說詞，無法理解松葉大人為何會氣得那麼誇張。

「欸，那個，松葉大人的媽媽……也就是你的祖母沒錯吧？她留下的食譜裡記錄了什麼樣的料理啊？笹良太太模仿的又是哪道菜？」

「我想想～是什麼來著？記得好像是什錦麵疙瘩、醬油雞肉炊飯之類的，全是些古早流傳至今的現世地方料理。主要引起爭執的那一道，我記得應該是……雞肉燉菜吧。」

「咦……雞肉燉菜喔。那你的祖母應該是出身自九州吧？」

雞肉燉菜也被稱為「筑前煮」，是日本人很熟悉的家常燉煮料理。

筑前煮也如同其名稱，是發源自九州北部的地方料理（註10），將雞肉、牛蒡、紅蘿蔔、蓮藕、香菇與蒟蒻等食材拌炒後燉煮入味。據說因為當地人的餐桌上幾乎每天都少不了這道雞肉燉菜，所以福岡與大分縣的雞肉食用量在全國名列前茅……

「奶奶好像是大分縣那邊的人吧。結果呢，老爸就為了『味道一點都不像』那種幼稚的理由，對老媽做的雞肉燉菜大發脾氣。老媽明明為他盡心盡力做料理，那傢伙卻掀桌！」

葉鳥先生示範了一次翻桌的動作之後，忿忿不平地哼了一聲，盤腿一坐。那副模樣果然跟松葉大人有幾分神似。

原來是這樣啊。每個家庭的雞肉燉菜口味的確各有千秋，這是理所當然的啊。

可是……該不會……

對於松葉大人那句「味道一點都不像」，我有了些眉目。

「我……去找松葉大人問一下事情好了。」

「那妳最好趁早出發比較好喔，老爸他在妖怪中算是挺早睡的。」

「我做個什麼甜點端過去好了。松葉大人他喜歡吃甜的吧？」

「……算是喜歡沒錯啦。」

「啊，說到這個……」

記得大老闆帶來的行李裡頭，好像有鬆餅粉來著？

「用鬆餅粉做個黑糖口味的炸甜甜圈之類好了。做成一口大小……麵糰內混入豆腐泥，營造軟Q的和風口味，應該很好吃吧……」

果然我的甜點少不了豆腐這項材料。今天才剛跟大老闆一起採購了黑糖回來，選做這道的話能馬上完成。

就決定來做個丸子狀的炸麵球，模仿沖繩當地知名的甜點「炸甜甜圈球」。

「葉鳥先生，你來幫我一下。」

「小姐，妳又要料理什麼呀？」

「我要做點甜的過去賄賂松葉大人啊……如果你願意幫忙，應該馬上就能完成囉。」

我把鬆餅粉、牛奶少許、黑糖、雞蛋與一整塊豆腐豪邁地丟入研磨缽中，朝著葉鳥先生說了

註10：筑前為日本古代令制國之一，位置約等同於現今的福岡縣西部。

聲「來」，將碗連同研磨棒一起遞給了他。

「把這些全部均勻搗碎。」

「咦～～」

「現在這時代，男生一起幫忙做家事是天經地義。」

葉鳥先生依照我的吩咐，捧著研磨缽一屁股坐在架高的地板上，一邊大喊著「看我的！」一邊猛力攪拌著。同時間我把炸油倒入鍋內開始加熱。

「完成囉～」

葉鳥先生端著混合了豆腐與黑砂糖的鬆餅麵糊過來。

「這要下鍋油炸嗎？」

「對啊，做法就像肉丸或魚丸一樣，用兩根湯匙塑形成圓球狀……」

我靈活地操控著兩隻湯匙，一邊把麵糊弄成丸子狀，推入低溫的油鍋內。麵糰下鍋後一度沉入鍋底，隨後又漸漸往上浮起。葉鳥先生看著油炸的過程，發出了「噢噢～」的讚嘆聲。

由於麵糰裡放了黑糖，所以炸熟後的顏色比一般甜甜圈還深了點，一起鍋便散發出黑糖獨有的甜美香氣，明明才剛吃飽的我，裝甜點用的另一個胃卻開始蠢蠢欲動。

「看起來真好吃耶……油炸的點心為什麼如此吸引人呢……」

「這一點我同意。明知油炸物吃多了有害身體健康，但還是無法抵擋這股魅力呢……」

把甜甜圈球的多餘油分瀝乾後排列好，表面灑上滿滿的黑砂糖——沖繩風炸甜甜圈球便大功告成。這道點心非常適合這片南國大地呢。

「來，葉鳥先生，嘴巴張開。」

「啊～～」

我拈了一顆放進葉鳥先生大大打開的嘴裡。他狼吞虎嚥地咀嚼著。

隨後我順便也拿了一顆給敲著我腳踝的小不點。他也大口大口吃得津津有味。

「啊～太好吃啦～是因為放了豆腐嗎？口感軟綿綿又帶著嚼勁耶。而且一想到小姐直接親手餵給我，更覺得真是無價的美味……」

「後面那句就不用加上了，你不要想些有的沒的。」

一臉感動的葉鳥先生，一個接著一個吃著甜甜圈球。

我也試吃了一個，令人幾乎上癮的黑糖香氣與甘甜滋味，大大滿足了我的胃。

畢竟是黑糖做的，果然比普通白砂糖來得香醇濃郁嘛。

加上炸甜甜圈這點心本身就讓人欲罷不能，害我忍不住頻頻伸手。

「呃，不對。這是要帶去賄賂松葉大人的啦。」

雖然我跟葉鳥先生巴不得吃得一乾二淨，不過先暫時忍耐一下吧。

「那我就去松葉大人那邊收集一下情報再回來。葉鳥先生你就先待在這幫我洗碗吧。」

「呃，好……小姐被稱為鬼妻還真是名不虛傳耶。」

葉鳥先生最後好像碎念了什麼，不過我假裝沒聽見，馬上把炸甜甜圈球裝盒，朝本館出發。

正當我走在黑漆漆的松林小徑上，胸前的綠炎突然化作一團小火球，砰一聲跳了出來，在我的身旁搖曳著，為我照亮前方的路。我對她說了聲：「小愛，謝謝妳。」化為火球的小愛便很開心似地彈跳著。真可愛。有幫這團鬼火取名真是太好了……

「……嗯？」

一陣強風突然襲來，我將視線移往天上。

我大吃一驚——我看見一隻銀獸從夜空奔馳而去，宛若一道流星劃過。

「銀次……先生？」

我覺得那就是銀次先生。雖然我從未見過那隻身形氣派的猛獸，但直覺告訴我那應該就是他沒錯。

那道銀色光芒已經遠去，消失在天際。

銀次先生要去哪裡？這幾天來一直沒能見到他呢。

我來到松葉大人所下榻的客房前，年輕的天狗們一看見我便群起騷動。

「葵大姊，您怎麼跑來這裡了？」

「我是來找松葉大人的。剛才狀況很驚險，我想來看看他是否無恙。」

「松葉大人他也真是的，從剛才就一個人關在房裡不肯出來。無論我們怎麼喊，他也只會怒吼叫我們閉嘴。我想他現在正在氣頭上，脾氣非常差喔。」

「……那我也只好見機行事啦。我有帶了好料過來賄賂他，應該沒問題的。」

我穿越替我擔心的年輕天狗們，拉開了拉門。

「松葉大人，我要進來囉。」

我一踏入房裡便嚇了一跳。榻榻米地板上滿是傾倒的清酒瓶，松葉大人也倒在地上。

「松、松葉大人！」

我急忙衝向松葉大人身旁。

確認了他的狀態，看起來似乎只是滿臉通紅地睡著了……

「松葉大人，要睡覺的話好好鋪床蓋被啊……」

「唔……笹良……」

「……松葉大人？」

「對不起……總是讓妳吃苦……」

松葉大人喃喃說著夢話。我沉默了一會兒，然而松葉大人沒再發出任何聲音了。

「不過……他剛才的確喊了『笹良』沒錯吧？是他太太的名字……」

我抱起松葉大人，把他帶往鋪好床被的隔壁房。

一把他放在舒適的床上，他又呢喃了一句：「對不起……笹良……葉鳥……」

插曲【一】

我是人稱朱門山天狗大老的松葉，此生有一大懊悔。

那就是我曾徹底傷透我唯一的妻子——笹良的心。

「相公……我們是一家人，即使孩子們獨立長大，展翅高飛，至少彼此的心必須是相繫的。畢竟不管吵得多兇，最後到頭來能打從心底依賴的，只有家人了。」

「笹良……」

「所以，假如說……葉鳥那孩子有一天對你有事相求，到了那時候……請你對他伸出援手……要相信那孩子。」

笹良如此說完之後，便含淚辭世了。

因為她直到最後都沒能見到心愛的兒子之一，葉鳥，就這樣帶著遺憾離開。

以妖怪來說，她的生命實在過於短暫。

笹良一直認為葉鳥會被放逐山下，都是因為自己的錯。

六兄弟之中就屬葉鳥特別親近母親，雖然那捉摸不定的吊兒郎當性格沒有天狗該有的樣子，但身為三子的他確實才氣洋溢。當時由於他遠離朱門山，在外地工作，因此在母親命危之時沒有回來的意思。

不，也許他心裡想回來，但也回不來吧……畢竟是我將他逐出家門的。

與葉鳥發生爭執的起因只是些小事，但我不是不能理解那兔崽子為何會氣成那樣。

因為我把笹良做的一桌飯菜給掀了。

她總是忍耐著我的任性，然而唯獨那一天，再也無法忍受的她第一次哭了。因為她特別為我燉了美味的雞肉燉菜，卻被我一句「味道根本不一樣」而翻了一地。

我的母親是人類女子，笹良卻用心偷偷學習婆婆的味道，努力為我做了一桌菜。即使嘗起來跟母親的味道不同，我也應該認同她的口味，告訴她「很好吃」才對……

因為對於膝下的六個孩子來說，那才是真正的「母親的滋味」。

「父親大人你這蠢蛋！光顧著喝酒擺出一副臭屁樣，只會惹哭母親大人。母親大人是希望討你歡心，才拚了命學做祖母的料理耶。」

六兄弟中大發脾氣的只有三男葉鳥一個人。長子自幼就被培養成典型的天狗性格，所以認為父親對母親這樣的態度再正常也不過；而次子的個性怯懦，不敢多說任何一句；四男則是正值發育期，只顧著吃；五男當時嚇了一跳，哭了出來；六男那時還在襁褓中，所以正在睡覺。

葉鳥在天狗之中算是有點特殊的。還有，容貌比起我，與笹良更相似幾分。

雖然武藝稱不上過人，個性機靈狡猾又活得隨心所欲，但是對重視的人有情有義，絕不會背叛對方。

也因為這種性格的關係，葉鳥在與我大吵一架之後，想出了一個天狗最開不得的玩笑來惡作劇——利用源自朱門山山頂小山泉，一年僅湧出一次的祕酒，來幹一些勾當。

這酒泉一年就只湧出這麼一點，滋味美妙得簡直超越現實，喝一口就彷彿攀上雲霄。只有天狗首領一家在重大場合上才能品嘗這祕酒，而葉鳥那小子卻從酒窖裡把這傳家寶偷了出來，帶出朱門山外高價轉售。

此舉也打破了天狗一族的門規，讓他不再被承認是朱門山的天狗之一。

被逐出家門的他此後消聲匿跡，我也打算當作沒生過他這個兒子。

雖然心裡某處同時也抱持著一股充滿歉疚的懊悔……

笹良對於葉鳥被逐出朱門山一事感到非常難過，在那之後久病不癒，只能臥床度日。因為她始終認為是自己的料理害得家族分崩離析，而非常懊悔……

在我安慰著這樣的笹良，體諒她的同時，終於對她產生夫妻之愛，讓我們心意得以相通。如果我打一開始就這麼做，我們的家庭也許能有更好的相處模式，笹良也不會這麼早辭世吧。

葉鳥也就不會犯下那樣的罪行，而必須離開這座山了吧……

每當我見到葉鳥，心中的這番糾葛就被喚醒一次。

明知如此，至今每一次見面，我還是拉不下臉，執意重翻那次爭執的舊帳。腦袋充血的我，總是忍不住不分青紅皀白地大發脾氣。

我斥責他為何在笹良病危時，不趕回母親的身邊陪她最後一程。

我質問他難道工作真有這麼重要，勝過母親……

逐他出門的分明是我，卻說出如此任性的話。

甚至還在葉鳥自食其力所找到的這個棲身之地鬧事，給他添了麻煩。

真痛恨自己這個固執又任性的老糊塗。葉鳥大概已經不願原諒我了吧。

我彷彿能看見笹良對這樣的我露出失望透頂的表情。

……對不起，笹良，直到現在還讓妳如此操心。

第七話　天狗父子（下）

「……」

「松葉大人，你醒了？」

此刻時間剛過午夜十二點，熟睡的松葉大人醒了過來。

我在他醒來之前一直陪在他身旁。

「……葵……？」

「沒錯，是我啦。」

松葉大人一臉不可置信，直盯著我瞧。剛剛在睡夢中還頻頻喊著太太的名字。

「你……剛才做夢了吧？」

松葉大人被我一問，便躺著回答：「是呀。」他的聲音裡充滿滄桑。

躺在我面前的他，已沒有剛才在大廳發狂的氣勢，感覺真的只是個穩重的老爺爺。

「我夢見……我的妻子。她臨終前留下的遺言，至今仍讓我無法忘懷。」

「她說了什麼？」

「說一家人……必須同心……」

「……」

家人。這兩個字從松葉大人的口中冒出，讓我心頭震了一下。

「松葉大人，要喝水嗎？」

「……嗯。」

我扶他坐起身子，把裝了水的玻璃杯遞了過去。他緩緩喝完冰水之後，苦笑著說：「之前也上演過一樣的狀況呢。」

「是在我剛去天神屋那時的事對吧？那一次松葉大人也在大廳裡大發脾氣呢。呵呵……當時還從空中飛船上掉了下來，在我們那間別館前的柳樹下呼呼大睡。」

「別說了……我每次事後都有好好反省。」

「哦？原來松葉大人也知道自己不對呀。」

我還以為身為天狗的他，翹高鼻子臭屁地任性妄為是理所當然的。不過此刻的松葉大人看起來真的很消沉，而精神又似乎還處於半夢半醒之間，表情也心不在焉似的。

然後他的肚子還發出了咕……的聲音。

「松葉大人，要吃點點心嗎？雖然這東西不怎麼適合剛睡醒吃就是了。」

「點心？」

「嗯嗯，油炸的點心。不過裡頭加了豆腐跟黑糖，也算是有兼顧到健康喔。」

我打開放在一旁的盒子，把裡頭排列整齊的炸黑糖甜甜圈球給他看。一顆顆圓滾滾的就像丸子一樣。

「嗯……不過時間都這麼晚了，明天再吃也許比較好……」

「給我一個。」

松葉大人從盒裡拈起一顆，緩緩地大口塞進嘴裡。

我在一旁幫他倒茶，一邊看著他吃點心的模樣。

「來，熱茶。雖然只是房裡現成的。」

「謝謝妳……葵。這個炸點心充滿樸實的香甜與口感，實在很美味。」

松葉大人又吃了一個。他肚子是不是餓了？

「松葉大人也真是的，現在這副模樣完全無法想像你剛才還在大廳發飆。如果在葉鳥先生面前也能像這樣平心靜氣，也不會引發那種衝突了吧。」

「……是葉鳥要妳來找我的？」

「不是。與其說葉鳥先生，正確來說應該是受折尾屋之託。」

「天狗祕酒……是吧。」

松葉大人聽我老實招出來意之後，並沒有特別生氣或是責備我。

只是小聲吐出那特別的酒名。

「就算是心愛的葵提出請求，我也無法把天狗祕酒交給折尾屋，更遑論用賣的。這是天狗首領代代守護至今的傳家寶，不可落入外人手中，更不能公諸於世……要拿這來招待煙火大會宴席上的賓客，萬萬不可。」

「……松葉大人。」

看來松葉大人以為天狗祕酒是要拿來招待煙火大會的賓客。果然他不知道儀式的事情。

「我並不是來強求松葉大人的。如果你這麼認為，那還是別把天狗祕酒交出來比較好吧。」

「抱歉，葵。我們天狗明天午後就會離開折尾屋，回去朱門山了吧。」

「……不會，不需要道歉啦。我又不是折尾屋的員工。」

「……」

「不過，這不代表我不關心葉鳥先生喔。我是個多管閒事的女生，對於葉鳥先生與松葉大人之間的關係，倒是擔心得不得了啊。」

延續至今的父子爭執。明明已經是古早的往事了，卻遲遲找不到和好的契機，而持續惡化到現在——即使最初爭執的開端，最重要的那位家人，都已不在了。

真讓人掛心……我實在無法坐視不管。

「笹良女士……是叫這名字對吧？松葉大人的太太。」

松葉大人聽見那個名字便立刻抬起頭——就在他吃完半盒黑糖甜甜圈球的時候。

「葉鳥先生把你們吵架的原因告訴我了。我在那時得知太太的名字。他還說笹良女士是容貌非常美麗的鷺妖，為松葉大人努力做了雞肉燉菜。」

「……是呀。然而我卻把那一桌飯菜給掀了。」

「而且還惹笹良女士哭了對吧？真是無可救藥的大男人耶。」

「……啊，是啊……實在無言以對。她明明是個賢妻，同時也是個好媽媽。」

松葉大人整個人縮得小小的，繞著兩手手指反省中，好可愛。

個性隨著年紀增長而越趨圓融的現象，在我祖父身上就可以看到，不過松葉大人昨天還在發飆鬧事，很難說呢。

「既然笹良女士是個賢妻良母，那看見松葉大人與葉鳥先生父子倆彼此疏遠的狀況，想必心裡一定難過得不得了吧。」

「……」

「我並不打算輕易說出『你們兩個趕快和好不就得了』……這種多事又不負責的發言。畢竟換作是我，如果生母突然出現在面前，然後不清楚內情的周遭人士跳出來要我跟她好好相處，我想我也辦不到……因為就算血濃於水，有些已經破碎的關係是無法重新拼湊起來的……」

「……葵？」

「……」

這番話無意識地脫口而出。說完之後我才回過神來，驚訝地掩住了嘴。

我……剛才在說些什麼？我說了媽媽的事情……？

「總……總之，就這樣啦。嗯，松葉大人你明天就要回去了對吧？那就這樣吧。」

「嗯哼……」

松葉大人皺起眉頭，對我的態度感到疑惑。

「不過呢，在我看來，並不覺得你跟葉鳥先生的關係無法修復喲……」

雖然他們都很氣彼此，但同時也在尋找能道歉的機會。

如果有機會，希望能挽回這段關係——我從這兩人的話語中感受到這樣的心情。

而能繫起雙方的心的契機，果然還是身為太太，同時也身為母親的笹良女士滿懷愛情親手做的菜吧。

「……葵。」

松葉大人握起我的雙手，輕輕拍了拍。

仔細一看，才發現自己的手從剛才就顫抖個不停。松葉大人的手傳來的溫度，總算止住我的顫慄。

恐怕松葉大人完全不明白我到底是怎麼了吧。

我也被自己剛才那股無法擺脫的慌亂而感到吃驚。

「謝謝你……松葉大人。」

我緩緩站起身，對松葉大人說了句晚安後，便離開這間客房。關上拉門後我轉過身背對房內，獨自陷入一陣沉思。

母親親手做的菜啊……

那是我再怎麼渴求也得不到的東西，是孤獨與苦痛的代名詞。

「葵大姊……」

年輕的隨行天狗們站在不遠處屏息，用眼神關心著我。

我發現他們之後，馬上換上笑容回答：「沒事唷。」

「松葉大人說他明天還是要回朱門山。不過，我有個小小的計畫……欸，你們願意幫忙嗎？」

我召集年輕天狗們過來圍成一圈，然後說明了明天的計畫。

他們興高采烈地答應幫忙，而我則馬上回到舊館廚房進行所需的準備。

葉鳥先生早已把碗盤全洗好了，回去大掌櫃的崗位上工作。小不點則玩弄著葉鳥先生身上掉落的黑色天狗羽毛，在地上滾來滾去的。

「那麼接下來……我得盡自己的一份力呢。」

以平常作息來說，現在已經是我的睡覺時間了，不過我繼續把明天計畫所需要的東西準備好，並確認各種必要的食材。

「哦……？」

葉鳥先生真是的，把塗鴉本丟在這沒帶走。

我撿起本子，打算重頭看一次他畫的紙話劇。

「嗯?裡頭夾著什麼東西耶。」

塗鴉本的最後一頁，夾著一張舊照片。

畫面中是一群不受控制，各玩各的天狗六兄弟，還有一臉臭屁站在正中間的年輕版松葉大人，以及懷裡抱著嬰孩的夢幻美人……這是一張黑白全家福。

當時的葉鳥先生臉上還保留著稚氣，不過一身修行僧的裝扮很有天狗的架勢。

雖然整個人的感覺跟往常不太一樣，但那爽朗的笑容與直盯著鏡頭的眼神，果然是葉鳥先生的作風……

「這位美女就是笹良女士吧。松葉大人也真夠好命的，娶到了這麼楚楚動人的美嬌娘，還對人家挑三揀四的。」

照片上的女子將一頭淡色長髮綁成後馬尾，五官十分清秀，連笑容都婉約動人，完全符合紅顏薄命四個字。

重新看了一遍紙話劇，發現葉鳥先生筆下所畫的家人，確實都掌握各自的神韻與特徵。

我想是因為他平時就常常注視著這張照片吧。

親生母親的照片我連一張也沒有，也從來不想要。

就連那個人的五官是什麼模樣，我都想不太起來了……

隔日，我一大清早就醒來，去了一趟大廳。

「哇……好厲害，已經恢復原樣了。」

昨天還一片狼藉的大廳，只不過經過一晚的時間就完全還原……不太可能吧，天花板還是破了一個洞。不過除此之外沒有什麼大問題，已經能正常運作。

「啊，葉鳥先生。」

葉鳥先生已經起床上工，一個人站在櫃檯前。

明明是個妖怪還真早起耶。還是說，他其實徹夜未眠呢……

「哦哦，早安～小姐。」

「該不會是你負責善後？」

「算是囉。畢竟他再怎樣還是我老爸。親人所闖下的大禍，我不負責收拾怎麼行。」

葉鳥先生發出了「呼啊～」一聲，打了個呵欠。然而他隨後馬上綻開笑容對我說：「不過昨天吃完小姐的一頓飯，我也正有精神就是了。」

「欸，葉鳥先生，今天松葉大人在退房之後就要回朱門山去了。」

「……我有接到通知了。這次即使請小姐妳出面，要說服他實在是不可能的任務啊。」

「不，現在放棄還太早啦。我有個計畫。我還是希望由葉鳥先生你出面，再次跟松葉大人好好談談，然後親自拜託他提供天狗祕酒。」

「……咦？」

葉鳥先生一臉鐵青。

「要是幹那種事，老頭子一定又會大發脾氣四處砸場啦，小姐。折尾屋可不能再被他拆一次了……」

「你放心啦，要是他真發飆，我也自有對策……你聽我說喔。」

我在葉鳥先生耳邊說悄悄話。隨後葉鳥先生看著一臉奸詐，彷彿打著壞主意的我，吃驚地說：「咦咦～小姐還真大膽耶～」

「那葉鳥先生，萬事拜託啦。可不要逃避喔，乖乖過來吧。」

「呃……喔，嗯……」

葉鳥先生給了曖昧的回答，於是我用眼神再次跟他進行了一次確認。

隨後我快步在走廊上前進，打算返回舊館。

「啊，津場木葵，妳這傢伙！」

然而前方等著我的是麻煩人物——折尾屋的小老闆，秀吉。

「你還是老樣子，明明是妖怪卻這麼早起啊……」

「還不是因為妳這種莫名其妙的傢伙一大早出沒在旅館裡，鬼鬼祟祟的在幹嘛。折尾屋就交給我來守護。啊，說到這，妳這丫頭！最後那幫天狗今晚就要坐船離開了！妳主動開口說什麼要想辦法解決，講得那麼好聽，結果根本一點忙都沒幫上啊！」

「沒、沒問題啦，我有對策，交、交給我、吧……」

「喂，妳這語氣真的能交給妳嗎？」

秀吉最後還是擔憂了起來。

「啊，對了，秀吉！」

「幹嘛，妳這傢伙現在連對我都不用敬稱了啊。」

「我有點事情想先知會你，可以嗎？」

「啥？」

「你們想弄到天狗祕酒對吧？亂丸也說過，為此願意付出任何代價沒錯吧？」

「話是這麼說……沒錯啦。不，是亂丸『大人』啦！給我加上尊稱……嗯？」

我湊在發牢騷的秀吉耳邊竊竊私語。結果他再次大喊：「啥～～」整張臉都扭曲了。

「妳這丫頭，應該不是打好算盤，想趁『那時候』逃跑吧！」

「我要是想逃跑，才不會為了折尾屋做這種麻煩事哩。況且髮簪跟銀次先生都還在亂丸手上，我想逃也無法。」

我如此反駁，以抵抗質疑我的秀吉所發出的熊熊氣勢。秀吉則一句話也不說。

於是我留下一句「那就拜託你囉！」便快步離開現場，不給他任何機會拉住我。

回到舊館的廚房時，大老闆已經在裡頭等著我。

「啊，大老闆你來找我實在太好了，我好想你！」

「咦、這樣啊……我也是喔，葵。」

一身魚鋪小伙子造型的大老闆，莫名露出了感動萬分的表情。

「那我有點急事想馬上拜託你，可以嗎？」

我連跟他道聲早的空檔都沒有，馬上在懷裡翻找一番，取出了便條本。

「當然行……接受妻子的請託也是身為人夫的工作……我真是個能幹的老公……」

「大老闆你在喃喃自語些什麼？來，這些。我想要買雞肉……如果肉質能像食火雞一樣鮮甜的，那就最好不過了……我分別需要帶骨的、去骨的，要胸要腿還要翅膀喔。」

「簡單來說就是一整隻全雞是吧。」

「沒錯，算是吧……今晚松葉大人就要回朱門山了。所以在那之前，我想讓他跟葉鳥先生一起吃道料理。」

「原來如此。既然這樣那沒問題，我知道南方大地有家肉鋪，每天從鬼門大地進貨新鮮的雞肉販售。我先請他們送去赤間水產，再讓佐助幫忙送過來給妳吧。畢竟論腳程跟隱匿度，他可是天神屋第一。」

大老闆馬上從懷裡掏出神社造型的手帳，也就是專用的信使，利用這個來訂購了食火雞。

「其他還需要什麼嗎？」

「我想想……因為要做的份量有點多，可能需要『人手』吧。」

「『人手』？葵……妳果然還是……為了料理不擇手段嗎……」

「不是人的手啦！啊，欸大老闆，你沒事的話可以一起來幫我做飯嗎？」

「……咦？」

在我斬釘截鐵地否定他想像的「人手」之後，若無其事地迸出這麼一句請求，結果讓大老闆愣住了。我心想：「啊，糟了。」

就算他現在一身輕便裝扮，見面的頻率也比以往高了許多，但再怎麼說，要求天神屋的大老闆來幫忙我做菜，實在有點……這個請求是不是太過頭啦？

如果曉現在在場，我絕對會被他狠狠念一頓！

「……真、真的可以嗎？」

然而大老闆卻雙頰通紅地往前傾，如此問著我。奇怪？他怎麼看起來開心到不行？

「咦，這是我的臺詞才對吧。大老闆，真的可以嗎？」

「可以，當然可以。我一直好想當當看葵的助手。看銀次那傢伙每天在你身旁打轉，幫妳做這做那的……有點羨慕啊。」

「是喔……」

我怎麼有點高興。大老闆真是，原來個性也有這麼可愛的地方嘛。

以前明明還散發出有點難以接近的氣息……

「在天神屋這麼做實在有點有失身分，不過現在在這裡就沒關係了……這次喬裝成魚舖小伙子真是值得了。」

「啊，不過要小心避開折尾屋員工的耳目喔。雖然那群傢伙現在也忙得昏天暗地，沒什麼餘力管我就是了……不過那個負責監視我的孩子偶爾還是會過來。」

「我明白。妳把我當成什麼了？我可是天神屋的鬼神，敵人的動靜我馬上就能察覺。況且……」

「……嗯？」

「不……沒什麼。」

大老闆突然把視線瞥向一旁，露出一瞬帶著從容與諷刺的微笑。那恐怕是笑給折尾屋看的。那耐人尋味的表情果然是鬼會擺出來的。他心裡究竟在想些什麼呢？

「你剛才那是什麼意思？」

「沒事……我只是稍微思考了一下關於折尾屋那位老闆的事情罷了。」

亂丸？大老闆真是的，最近才剛開始覺得他是個心直口快的鬼男，在緊要關頭時果然還是讓人摸不透……

好了，接下來要開始準備今天計畫端上桌的料理——復古風的懷舊家鄉菜。

主菜不用說，當然是造成松葉大人與葉鳥先生鬧翻的導火線——雞肉燉菜。

「大老闆，你本來就知道葉鳥先生跟父親爭執的原因嗎？」

「算是吧。葉鳥他雖然那副樣子，但口風可緊的，我在多方刺探之下才套出他的話。」

「這、這樣子啊……」

雖然很好奇他到底用了什麼誘導式提問，不過這件事先暫時擱一旁吧。

我馬上跟大老闆說明了預定要做的三道菜。

・雞肉海苔錦絲三色炊飯
・柚子胡椒什錦麵疙瘩
・雙重風味雞肉燉菜
「基本上都是九州的地方料理呢。也許比較偏向雞肉料理多的大分縣吧。那麼……大老闆，來搬行李吧。」
「嗯？不是在這裡做嗎？」
「不是啦，其實我……跟天狗們借了空中飛船的廚房來料理。」
「飛船裡的廚房？哈哈……葵，真有妳的。」
這是個祕密計畫。多管閒事到極點，同時近乎整人大作戰的驚喜。
松葉大人應該會按照原訂行程，搭乘天狗們的大飛船打道回府吧。於是我取得了年輕天狗隨從們的協助，得以潛入飛船的廚房，為松葉大人準備午餐。
然後再把葉鳥先生也帶進來，讓兩人在無處可逃的狀況下面對面吃頓飯。
要爭執也好，演變成互毆的激烈衝突也罷，反正在自家的飛船上怎樣都無妨。
假設又把一桌料理給掀了也沒關係，就輪到我發飆了。
「不過要是真有個萬一，大老闆要出面幫忙喔。」
「那當然，如果演變成墜船事故，我也會捨身救葵的。」
「……」

真是烏鴉嘴……不過松葉大人抓狂起來的確也有這個可能。

「唷～～大姊來了～～」

此時，依照約定來接我的年輕天狗們抵達現場，來了三位左右。

他們發現大老闆，卻沒察覺到他就是天神屋的那位大老闆，而用頗為隨便的語氣問著：「魚舖的小伙子，你在這幹嘛啊？」

「啊，對了。這位魚舖來的小哥今天擔任我的助手，我想帶他一起上船。不過他這樣一身打扮很可疑吧？方便的話可以借他一套天狗的修行服嗎？」

「葵大姊提出的要求，我們絕對一口答應。」

其中一位天狗隨即起飛，又馬上帶著一套衣服飛了回來。好快……不愧是天狗。

我幫忙大老闆換裝，結果他又得意忘形地亂說什麼：「我們這樣簡直就像夫婦一般。」於是我用盡全力緊緊把他的腰帶勒上。

「好，完成了。哇，只差沒有翅膀，不然完全是真正的天狗了。」

大老闆換上修行服後很有天狗的樣子，看起來絲毫不奇怪。

「適合我嗎？」

「嗯，也許還算挺帥的。」

真沒想到來到折尾屋後，能看見喬裝成魚舖小哥以及天狗的大老闆。兩套造型都他都能完美駕馭，真令人不甘心。

「不過大老闆，既然要做菜，你那雙鬼氣逼人的尖銳指甲也得剪掉才行。」

「咦……」

「好啦，過來。」

「不、葵、可是……這可是身為鬼的象徵，從這點來說就萬萬剪不得……」

不知所措的大老闆被我緊緊抓住雙手，銳利的指甲被我從醫藥箱裡拿出來的指甲刀一一剪掉。大老闆的反應比我想像中鎮靜許多。

「怎麼了？我還以為你會更激動掙扎的耶。」

「我是小貓小狗嗎？再說讓葵幫我剪指甲，感覺似乎也不差。反正指甲這種東西沒多久又能長回來了……」

「不過話說回來，這指甲還真是該剪了耶。」

在我喀嚓喀嚓剪著他指甲時，手依然緊緊握著他那骨骼明顯的大手。

那雙手既強壯又充滿男子氣概。想當然，跟我小巧的手完全不一樣。

雖然單純只是為了剪指甲，不過一想到自己握著的是雙男人的手，莫名有點難為情了起來。

喀嚓……喀嚓……兩人之間僅剩下剪指甲的聲響……

「大老闆，在下把食火雞帶來了。」

「哇！佐助。」

正好在我幫大老闆剪完指甲時，佐助無聲無息地一個翻身，就降落在我身旁。應該說他似乎是看好了時機才登場……他究竟從哪裡開始偷看的？

我不假思索地放開大老闆的手，臉上泛起微微的紅。

佐助一臉淡定，簡直對這件事毫不在意。他提著一個大袋子，想必裡頭裝的就是雞肉，看起來份量頗多。

「真不愧是佐助，動作真快。」

「這裡是您吩咐的東西……還有，大老闆，關於那件事的動靜……」

佐助冷冷地放下袋子，隨後湊往大老闆身邊耳語。兩人表情都十分嚴肅，我想應該是在談什麼要緊事吧。

佐助不打算在這裡久留，朝我深深一鞠躬之後便轉眼消失無蹤，匆忙得宛如有什麼要務在身一樣。

行李就交給年輕天狗們幫忙搬過去，我跟大老闆則背著竹簍，跟隨他們一行人偷偷摸摸穿越了松林。

停泊在折尾屋的這艘飛船非常氣派，外觀漆成朱紅色。

「這艘『朱星丸』是朱門山天狗自豪的飛船之一，是天狗大老專屬的交通工具。」

自豪的年輕天狗引導我們前進，來到朱星丸裡的廚房。

這間廚房主要負責提供船隻航行時的餐飲，空間頗寬敞，隱世最先進的設備也一應俱全。這裡……看起來比舊館的廚房來得好用多了。

「請利用這個空間來料理。如果有需要的東西請儘管吩咐。」

「我們會用這對天狗翅膀馬上飛去買回來的！」

天狗們莫名地興致勃勃，一直打算幫忙。

後來聽大老闆說明才知道，天狗這種生物真的幾乎生男不生女，所以尚未娶妻成家的年輕一輩，大多沒有機會與年輕女性接觸。

還有就是基本上他們很愛人類姑娘。

即使對方是天神屋大老闆的未婚妻我本人，他們仍然一直裝熟搭話，專注於表現自己。

「嗯，不過……我已經有助手了。」

我仰頭看向大老闆，問了一聲：「對吧？」尋求他的同意。結果大老闆露出前所未有的得意表情。臉上彷彿寫著：「既然葵都這麼說了，那也沒辦法……」看起來很開心似的。

只不過有些食材確實不夠用，加上我打算連同年輕天狗的份一起做，所以決定拜託他們去追加食材。

廚房裡現在只剩我跟大老闆兩人。這樣一來就不必小心翼翼，能直接稱他「大老闆」。

「那首先呢，從醬油炊飯開始準備吧。」

「醬油炊飯啊，是指那種加了雞肉的炊飯？」

「我也很猶豫要不要做那種，不過這次就挑戰以聞名北九州的『炊飯便當』為雛型。」

醬油炊飯種類五花八門，除了雞肉炊飯以外，還有雞肉加上蔬菜與牛蒡，燉煮得甜甜鹹鹹再拌入煮好的白飯裡的方式。而我這次要做的又是另一種——發祥自北九州的火車便當炊飯。

這種炊飯是用碎如雞鬆的雞肉末加上蛋絲、海苔絲共三種食材，分別鋪在加高湯煮好的白飯上，形成漂亮的三色造型。褐色、黃色加上黑色的搭配鮮明有趣，再加上一點紅薑更添美味。

「昨天我用剩下的冷凍小雞腿熬了高湯，加上醬油和水來煮米。大老闆來幫我淘米。」

「知道了。」

被分派任務的大老闆幹勁十足地幫我淘米。同時間我量好高湯、醬油與清水的份量，倒入大老闆淘完米的土鍋內，並且開火加熱。

「接下來要使用佐助送來的食火雞，取腿肉部分做成雞肉末。首先隨意切成大塊，下鍋把兩面確實煎熟。這步驟也交給大老闆行嗎……」

「如果只要放著煎，我也辦得到。應該說用鬼火的話一瞬間就能搞定。」

「不，你好好使用平底鍋。」

我滿臉笑容地拒絕。大老闆沮喪地熄掉手心上自豪的鬼火。

雞腿肉灑上鹽跟酒，放進平底鍋內煎到呈現出明顯的焦黃色為止。

這個步驟我交給大老闆，我則負責把蛋液調味成略甜的口味。

「啊啊，雞蛋啊……真不錯呢，感覺可以煎個雞蛋捲呢。葵做的這道便當菜很美味。」

「這次不是要做雞蛋捲耶。是要煎成薄蛋皮再切成細細的錦絲喔。」

把平底鍋充分預熱後，我將適量的蛋液倒入鍋中。

薄薄的蛋液在鍋底發出滋滋聲，染上了美麗的金黃色。等蛋皮確實凝固至不會隨著傾斜的鍋面四處流動之後，用筷子夾起一整片。

重複同樣步驟製作出好幾張相同的薄蛋皮，一一疊起再一口氣切成細絲。

「葵，雞肉煎好囉。」

「噢，大老闆很拿手嘛。接下來要把那個放進調理機，絞成粗末喲。」

大老闆把起鍋的雞肉塊放入金魚缸形狀的調理機，並將模式設定至粗末。

結果一轉眼的時間，雞肉馬上切得碎碎的。

「再來把絞碎的雞肉末加上酒、黑砂糖、醬油跟薑汁來燉煮入味。」

「哦哦……原來黑砂糖要用在這裡啊。」

「對啊，這裡改用黑糖，可以為雞肉末更添美味，顏色也更好看。大老闆買的東西有好好派上用場呢。」

把所有調味料倒入平底鍋內，將雞肉末徹底燉煮到收乾。黑糖濃郁香醇的甘甜風味與醬油完美融合，還飄散出薑汁強烈的香氣。

燉煮得入味的雞肉末已經染上漂亮的醬油色……色澤看起來實在很美味。大老闆也直盯著鍋裡瞧。

「好，完成了。再來等飯煮好，再把配料美美地鋪在上頭就大功告成了。」

「嗯……看起來真不錯，好想嘗嘗味道。」

「等其他配菜做好，我就幫大老闆做個雞肉炊飯便當。畢竟這本來就是為了帶便當而誕生的料理，而且你也不知道為何特別偏愛便當。」

「這主意好，太棒了。」

大老闆看起來期待得坐立難安。老實說我現在也好想馬上開始吃……

「好了，可不能停下動作。接下來得趕緊接著做什錦麵疙瘩。」

「這道料理是？」

「這也是大分的名產喔。感覺就像味噌口味的鍋物料理吧？湯裡放了形狀類似寬麵條或丸子狀的麵糰。首先得從麵糰開始做起呢。」

這件工作我也交給大老闆來進行。

做法就是在調理盆內放入麵粉、水跟鹽然後均勻揉成麵糰。

「揉完之後幫我分別切成細長的小段狀喔。這就是麵疙瘩的材料，要耐心地好好揉喲。」

大老闆喊著「被賦予重任了！」一邊一臉高興地和著麵糰。小不點不知何時坐上了大老闆的肩膀，專注地盯著他的動作瞧。看起來真愉快啊……

同一時間我則把蔬菜等配料切好。白菜隨意切成大片，紅白蘿蔔則切成四分之一圓片。

「大老闆，你那邊好了嗎？那接下來就馬上丟進鍋裡煮囉。」

把高湯與水倒入鍋內，配料從根莖類開始依序下鍋煮入味。等白菜葉跟香菇都下鍋之後，再放入切成薄片的豬肉，最後再加入主角麵疙瘩。

「現在要把大老闆剛才幫忙分好的麵糰，一一擀平之後陸續下鍋。」
「哦哦，原來如此。我默默努力完成的麵糰，現在正是出場的時候！」
「是我一路以來看著它長大滴麵糰～」
「還真的只動眼不動手呢……小不點。」
我把這步驟與顧火的工作都交付給大老闆以及只負責在旁邊看的小不點，自己開始著手進行最後一道料理。
「好……來做雞肉燉菜囉。」
這是今天這一餐最重要的主菜。
「大老闆……折尾屋的退房時間差不多到了吧？」
「是呀。過不了多久，松葉大人應該就會搭上這艘船，啟程前往朱門山。」
「不知道葉鳥先生願不願意乖乖過來。」
是有點擔心這點，不過我選擇相信他，繼續進行料理。
雞肉燉菜這道菜，一次煮一大鍋最美味。這次分別使用帶骨的大塊雞肉跟去骨的柔軟腿肉兩種下去煮，份量多到讓人覺得有點誇張。畢竟還包含了隨行的年輕天狗們的份嘛。
希望這能讓松葉大人與葉鳥先生，回想起記憶中難忘的兩種滋味……
「以前爺爺常做雞肉燉菜給我吃，所以對我而言是充滿回憶的味道……呢。」
「我也很喜歡喔。我聽說雞肉燉菜的做法不同於一般燉煮料理，會先把配料下鍋炒一遍。」

「哇～～沒想到大老闆還懂得這種料理小知識。的確如你所說的沒錯，雞肉燉菜最大的特色就在於『先炒後煮』。」

準備好的材料主要有雞肉、蓮藕、紅蘿蔔、牛蒡、小芋頭、蒟蒻還有香菇。豌豆莢則是最後出場的點綴。

我馬上開始切材料。雞肉、香菇跟蒟蒻都切成好入口的一口大小；紅蘿蔔、小芋頭還有蓮藕則切成滾刀塊；牛蒡則先把外皮刮除再切成斜片狀。

總共要煮兩大鍋，所以份量頗多的。

「葵，麵疙瘩全都浮上水面囉！」

大老闆的呼喊聲聽起來就像發現了什麼稀世珍寶一樣。

「很好，再來只要把味噌調開放入鍋裡燉煮入味，什錦麵疙瘩就完成囉。」

我暫時停下把雞肉燉菜所需食材切塊的動作，過去幫大老闆負責看顧的什錦麵疙瘩調味。把味噌調開之後下鍋，這道豬肉味噌湯風格的麵疙瘩鍋物料理便大功告成。

「這看起來也很美味……」

「到這邊算完成囉。再來就是開動前加上大老闆幫忙買的柚子胡椒來提味。」

「原來如此，也就是說葵的什錦麵疙瘩多了畫龍點睛的這一味呢。」

就在此時，空中飛船突然一陣搖晃。原來是松葉大人終於回到船上了。

「……出航了，要加快腳步完成雞肉燉菜才行。」

我又請現在沒事可做的大老闆來幫我一起切完雞肉燉菜的材料。

他似乎對於削牛蒡皮特別有自信，還有把蒟蒻切丁的工作……雖然動作不如銀次先生那般細心又快速，但意外地挺熟練。只要好好說明，他都能確實學會，這點倒是讓我頗意外。

順帶一提，至於小不點呢，現在正在威嚇掉落在我腳邊的小芋頭外皮：「真是沒分寸滴皮呢！」他到底在跟誰對峙呀……

將大鍋放上爐子，開火熱油之後總算進入炒配料的步驟。由於要把頗具份量的配料倒進大鍋子裡拌炒，所以我站上腳踏台進行這份需要體力的粗活。

首先從雞肉末開始下鍋炒至表面呈現焦黃色之後，再把其他配料通通下鍋拌炒。等鍋內食材均勻吃上油脂，就倒入昨天預先準備好的柴魚高湯，滾沸後加入酒、砂糖。

再來蓋上內鍋蓋燉煮一會兒，直到入味。在享受飄蕩於空氣中的鮮甜氣味同時，也別忘了撈除鍋面上的浮沫。

大約煮個十分鐘之後，倒入醬油與味醂繼續燉煮。這次換成甜甜的醬油味與味醂的香醇風味陣陣襲來，刺激著我處於忍耐狀態的空腹，不知為什麼開始感到一陣懊悔。

「唔唔……好想吃。」

「再忍一會兒就好，加油啊葵。」

最後竟然落得被身旁的大老闆鼓勵。

等雞肉燉菜的湯汁開始收乾，配料也煮得軟爛入味之後，就可以上桌了。

我分別燉了一鍋帶骨雞肉、一鍋無骨雞肉，最後在無骨那一鍋加上豌豆莢點綴，方便辨識。

「葵大姊！」

再來就只剩裝盤……此時，年輕的隨行天狗們衝進廚房裡。

「大事不好啦！」

「少爺他、少爺他被抓住了！」

「……嗯嗯？」

現在是什麼狀況？——一問之下才知道，葉鳥先生似乎已經上船，結果被松葉大人逮個正著，用繩索五花大綁之後吊在甲板上的樣子。

「松、松葉大人真是的……一看見葉鳥先生就馬上激動起來……」

「葵大姊，還請您快點救救少爺～」

年輕天狗們懇求著我。我與大老闆面面相覷，隨後深深點了頭。

「葉鳥你這兔崽子！在船上鬼鬼祟祟的，是打算偷走祕酒嗎！這個蠢才！」

「我就說了事情不是這樣啦，老爸！這個臭老禿子！」

「啊，你這傢伙，竟然直接對父親提起這種敏感的話題！」

我把料理端往甲板，目睹到的畫面是葉鳥先生整個人連同雙翼被綁得緊緊地，懸吊在半空中。松葉大人則揮舞著手中的拐杖，腳下的高跟鐵木屐狠狠踏在地上，兩人正在激烈地爭執中。

「好了，你們兩個，吵夠了吧！」

我對他們大聲喊道。結果父子倆都嚇了一跳，轉頭望向我。

松葉大人一臉打從心底感到不可思議的震驚表情，喃喃問我：「葵，妳怎麼會在這？」

「……葵。」

「抱歉，松葉大人。無論如何我都希望你能跟葉鳥先生再好好談一次，所以……」

「是我請葉鳥先生過來的。請把他放下來吧。」

我凝視著松葉大人懇求著，結果他立刻下令放人。被吊在半空中的葉鳥先生總算重獲自由。

「葵，這到底是怎麼回事？」

隨後松葉大人板起一張嚴肅的臉質問我，完全不像平常那位溫柔的老爺爺。

「我希望你能給我一點時間……松葉大人。我做了一些料理想請你們倆嘗嘗。」

「……料理？」

出現在我身後的隨行天狗們，端著剛才完成的菜餚。

他們快速把蓆子與和室矮圓桌搬來甲板，並擺上坐墊，打造了簡便的客廳。

「來，你們兩個都請坐。」

「……」

「來！」

松葉大人與葉鳥先生被我的氣勢所懾服，心不甘情不願地面對面坐下。
矮桌上擺滿了剛剛才起鍋的料理。
三色雞肉炊飯、雞肉燉菜還有什錦麵疙瘩。每一道都是葉鳥先生祖母留下來的食譜上能見到的料理……想當然，這兩人吃驚得瞪大雙眼，直盯著菜餚。
「這是……」
「我並不打算說『這是為了讓你們回味祖母與母親的味道』，這樣太強人所難了。因為我根本不可能重現出一模一樣的滋味……只是，希望你們能品嘗看看。」
「……」
連我都覺得自己說到最後越來越無力。
松葉大人與葉鳥先生在我面前互相偷瞥著對方，隨後又垂下視線，看著眼前的料理。他們的肚子同時發出叫聲。
兩人坐在甲板正中央的矮圓桌前，旁邊圍繞著眾多天狗投以關心的眼神，這幅光景……以旁觀者的角度看來應該超詭異吧。
「小、小姐都特別費心製作了，我當然要開動。老爸，現在暫時休戰，你要是敢翻桌，我可不會留情的喔。」
「說什麼蠢話！我可愛的葵做的料理，誰翻得下去！」
「……老媽做的一桌菜你就翻了啊，還有臉說。」

「你說什麼！」

松葉大人馬上被葉鳥先生一句話點燃怒火，猛力拍著桌面站起身。我看見炊飯上的雞肉末也因為這力道灑出來了一點，便冷冷地喊了一句：「松葉大人。」

松葉大人馬上一屁股坐下，把散落的肉末一點一點歸回原位。

「哦哦，這個什錦麵疙瘩真不錯！總覺得跟平常吃的有點不同……這是怎麼回事？該說是風味變得更強烈帶勁了嗎……」

葉鳥先生啜飲了一口什錦麵疙瘩的湯，察覺到口味上的變化。

「呵呵，我加了柚子胡椒來提味喔。」

「噢噢，原來這味道是柚子胡椒啊。什錦麵疙瘩和柚子胡椒原來這麼搭啊……」

「柚子的清爽香氣與青辣椒的麻辣融入味噌湯頭之中，跟嚼勁十足的麵疙瘩很合吧？我每次只要吃這道料理，絕對少不了柚子胡椒。」

最經典樸實的味噌原味也不錯，不過加上柚子胡椒，風味又更上一層樓了。柚子胡椒的魅力就在於能帶來前所未有的新刺激，而這也是一種具有成癮性的調味料，讓人無法自拔。

「我、我也……」

松葉大人看見葉鳥先生開動，便端起造型類似便當盒的四方形盒子，裡頭裝滿雞肉炊飯。

「這……真的是雞肉炊飯？看起來跟我所知道的不太一樣耶。簡直就像散壽司。」

「這是現世九州的風格，在當地是很有名的一款便當，就叫做雞肉炊飯便當。把三種配料攪散，搭配用高湯煮好的炊飯一起混著吃。」

「……」

「松葉大人的母親所做的雞肉炊飯，是直接把雞肉跟米一起煮成炊飯嗎？」

「……是呀，賣相沒有如此繽紛多彩，就只是褐色的飯。」

他的表情看起來在懷念著什麼。然而眼前我做的雞肉炊飯，卻不是他記憶中的模樣。松葉大人把雞蛋錦絲、雞肉末與海苔絲和入高湯炊飯中，品嘗了一口。

「……噢噢！」

結果他的嘴巴驚訝得縮成O字型，眼睛眨呀眨的。

「我被這外觀給騙了，一入口之後才發現這確實有我懷念的滋味……雖然跟我吃過的雞肉炊飯不一樣，但這樣的味道也很棒。」

「呵呵，對吧？加了薑汁燉煮入味的碎雞肉，跟米飯怎麼可能不搭呢。這道料理有點接近雞鬆飯，不過比完全呈現碎末狀的雞鬆多保留了一點雞肉的形狀，吃起來也比較有口感，這就是雞肉炊飯的特色。光是這雞肉就夠下飯吧？」

在我說明時，松葉大人跟葉鳥先生仍然大快朵頤著，手上的筷子一刻也沒停過。不過也是啦，雞肉炊飯對我來說也是無法克制的美味……

「咳咳。你們兩個先暫停……桌上還有雞肉燉菜，也嘗嘗那道啊。」

「……」

「……」

面對這道糾葛的料理，兩人從剛才就一直刻意視而不見。

這對父子嘴邊還沾著雞肉炊飯的海苔渣，就這樣偷瞥著矮圓桌正中央的雞肉燉菜，上頭還冒著熱騰騰的白煙。

「話說……小姐啊，為什麼有兩盤？」

「各有什麼千秋嗎？」

桌上出現兩大盤看起來一樣的料理，果然讓人摸不著頭緒。

「一邊是帶骨雞肉的雞肉燉菜，另一邊則是去骨雞肉。實際嘗嘗看有什麼差別吧？」

「……帶骨？去骨？」

兩個人彷彿鴨子聽雷。這對父子倆的表情真好懂耶。

我拿起小碟，首先裝了點帶骨的雞肉雞肉燉菜，遞給葉鳥先生與松葉大人。

「來，吃吃看。」

他們倆大眼瞪小眼，夾起盤裡的帶骨雞肉與配料入口。

「！」

帶骨的雞肉吃起來雖然頗麻煩，不過這……實在非常美味。

「好、好好吃……小芋頭竟然如此軟爛又綿密。」

葉鳥先生說得沒錯，切成滾刀塊的根莖類蔬菜與蒟蒻經過燉煮後，吃進了雞骨釋放出的濃濃鮮味。尤其小芋頭更是絕品。我想踏遍隱世與現世也找不到誰能抗拒小芋頭鬆軟綿密的美味吧。

雞肉燉菜要做得好吃，祕訣就在於大量使用切成大塊的帶骨雞肉，能煮多大鍋就煮多大鍋。其實在現世的九州，據說能稱為「雞肉燉菜」的，僅限使用「帶骨雞肉」的版本……

「松葉大人，味道如何？雖然吃起來比較麻煩，不過用帶骨雞肉做的雞肉燉菜比較……」

「啊啊……這很接近母親做給我的味道。」

松葉大人對這道雞肉燉菜的滋味感到震驚，不一會兒又把細碎的骨頭吐出來，垂下了視線。果然沒錯。松葉大人這一番話讓我更確信了。

「聽說大分縣那邊的地方料理『雞肉燉菜』呢，基本上都是用帶骨雞肉下去煮的。所以我猜想……松葉大人當時會說『味道不一樣』，也許原因就在這裡。」

接下來我用小碟子裝了去骨雞肉的版本。

用了去骨雞肉，食材能統一切成一口大小，賣相更漂亮了。

少了堅硬又銳利的雞骨，其他蔬菜在拌炒時也能維持完整的塊狀。

「來，嘗嘗看吧。」

話才剛說完，松葉大人與葉鳥先生便一起夾起雞肉燉菜，大口放入嘴裡。

「……」

經過一陣咀嚼品味後，葉鳥先生小聲呢喃著：「這也好好吃。」松葉大人則一語不發，只是默默地吃著。

「剛才帶骨的雞肉嘗起來確實美味，不過……現在這種版本才是我所熟悉的滋味。」

葉鳥先生下意識露出了祥和的微笑。

「嗯嗯，用去骨雞肉，鮮味雖然會稍淡了一些，但清爽溫和的口味接受度也更高。沒有骨頭也比較方便帶便當，所以我一直以來也都是做無骨的雞肉燉菜。而且……」

我看了看葉鳥先生與松葉大人，隨後拿起一張照片擺在矮圓桌上。

那是葉鳥先生一直夾在塗鴉本裡的照片。身為人父的松葉大人一臉臭屁地站在正中間，後仰的姿勢看起來得意洋洋。照片中的孩子們似乎靜不下來，四處東張西望打算亂跑。然後站在最旁邊的是笹良女士，懷裡抱著正在哭的小嬰兒，眼神中帶著空靈的夢幻。

我凝視著這張照片，然後又補充說下去。

「笹良女士她會不會是刻意選擇使用無骨雞肉來做雞肉燉菜呢？也許婆婆留下的食譜中有特別註明要用帶骨雞肉，可是再怎麼說，還是無骨吃起來比較方便又安全啊。畢竟家裡有個性毛毛躁躁的老公跟孩子，不難理解她為什麼選擇用無骨雞肉對吧？而且對於年紀還小的孩子來說，帶骨的食物應該也不討他們喜歡。」

「我……我們六兄弟個性的確比較靜不下來吧。除了大哥以外。」

葉鳥先生回想起往事，不知怎麼地害臊了起來，搔了搔自己的頭。

「松葉大人也是，每次只要黃湯一下肚，脾氣就馬上起來不是嗎？笹良女士會不會是擔心你太急躁而被雞骨噎到呢？如果換成是我，大概肯定會這麼想吧～畢竟你昨天就差點被小雞腿的骨頭噎到啦。」

「呃……嗯哼。」

松葉先生整個人縮得小小的。我會不會講得太過分了？

不過笹良女士這份未訴諸於言語的體貼，正是因為身為人母與人妻。

正因為她細心注視著家人，才刻意作出「改用無骨雞肉」這樣的選擇吧？我是這麼想的。

「我想這問題並沒有正確答案，畢竟也有些家庭從小就是吃帶骨雞肉的雞肉燉菜長大的。只是，不論是哪一種，都各有自己的特色與美味對吧？然後，我想身為母親……總是會考量得特別多，不禁為家人多操一份心不是嗎？」

我聽說笹良女士是位個性比較怯懦，愛瞎操心，卻又很能吃苦耐勞的母親。

後來聽到了她的遺言，我察覺到真正的原因也許就在於此。因為「家人」對她來說，應該是非常珍愛的寶物。

按照食譜所完成的料理固然可口，但是充滿母愛關懷的家常菜，一定也是很美味的。

特別是一家人在餐桌上共享時，感受更強烈。因為我想「愛情」就是最棒的調味料……

「……笹良。」

松葉大人擱下筷子，拿起一旁的照片，輕撫著上頭笹良女士的身影。

他輕嘆了一口氣，沉溺於感慨之中。不知道此刻他的心裡在想些什麼呢？

「你看看你，老頭子！當時還抱怨什麼『味道不一樣』、『難吃死了』，都不知道老媽她為我們考量了這麼多！」

「你、你閉嘴，葉鳥！我……我也一直很懊悔啊！你這小子還不是一樣，只顧著工作，就連笹良病危時也不願意見她一面！她到最後一刻都還盼著你回來啊！」

松葉大人充滿憤怒與哽咽的聲音，讓葉鳥先生的表情也皺了起來。

「我……我可是被逐出家門了耶！把我轟出去的不就是你這傢伙嗎！」

「你對父親這是什麼態度！」

「你這種傢伙只配這種稱呼啦！這個任性妄為的老頑固天狗！禿子！」

「你又說禿子這兩個字～～」

永遠學不乖的這對父子又開始互罵。這次他們的怒氣非同小可，兩人展開了黑色的羽翼，雙雙靈巧地鑽過船帆往上空飛去，開始扭打成一團。

「住手！」

我不假思索握緊了拳頭大喊出聲。

「不是這樣的！我……我幾乎不明白什麼叫母親的味道，所以這一切只是出於我的揣測。對不起……不能因為我的一番話而當真喔，事實也許並非如此。」

「葵？」

「……小姐？」

「但是，那是我一直在追尋的味道。」

「……」

「我非常羨慕你們，能吃到滿懷母愛的料理……」

坦白說，我只是個拚了命地渴求著母親滋味的孩子。

即使只是她隨手做的，不管多麼簡單的料理也好；用現成的調理包或冷凍食品變個花樣也罷，就算是買回來的外食也沒關係。

只要餐桌前有母親相伴，桌上有她為我準備的料理……

只要是帶有溫度的一餐，就足夠了。

「小姐……妳怎麼了？」

葉鳥先生擔心起我的狀況，隨即降落在我眼前，湊近窺探著我的臉龐。

現在的我究竟是什麼表情呢？面前的葉鳥先生也一時陷入無語。

「葵……妳跟母親之間，發生了什麼嗎？」

松葉大人也如此問我。他的語氣聽起來像是一直懷抱著這個疑問。畢竟我好幾次在言談之間都不經意透露出這樣的感覺。

「我……已經不記得母親的料理是什麼味道了。因為她……後來再也不做給我吃了。」

一片陰影緩緩襲來……

那是漆黑又駭人的孤獨與飢餓感，從我腳下攀爬而上，支配著我的全身。

關於過去的那段回憶，我幾乎沒有親口向別人提起過。

我不由自主地一陣頭暈目眩，當場跪坐在地。

這股無以名狀的感覺就像貧血或頭暈，我彷彿被趁虛而入，整個人感覺很不對勁。

這是……過去留下的陰霾。

「欸，小姐妳沒事吧！」

「我……」

「喂！急救組在不在現場？」

加快的心悸感讓我按著胸口。

我擁有祖父對我的愛，現在也有了棲身之處，找到了生存價值與對未來的抱負，身旁還有一群伙伴。

所以我以為自己已經沒事了……才把這些話說出口的。

現在才知道，原來我對過去的記憶還留著如此深的創傷。

好難受……其實我本來想說的是「你們父子倆就別吵架了，這不是笹良女士樂見的結果」，但是現在一句話也說不出來。

因為我根本不懂何謂母愛，畢竟現在的我無親無故。

我有什麼資格……談這些大道理。

「葵，妳還好嗎？」

一件外褂輕柔地披上我的肩膀。

我大吃一驚，因為那是大老闆在天神屋固定穿著的黑色外褂。

我感到自己的肩膀被人從後方環抱住，於是緩緩抬起了臉。

「……大……大老闆……？」

「是我。身體不太舒服嗎？含著這個吧。」

現在仍維持一身天狗造型的大老闆，從袖口裡掏出裝有金平糖的瓶子，拈起一顆糖送到我嘴前。

我老實地張口含住，好甜……

大老闆摸摸我的頭說了句「乖」，彷彿在安撫孩子一般。

為什麼我會……感到如此安心呢？

「咦，大老闆？你為何在這？而且怎麼一身天狗的修行僧造型？」

「是天神屋的大老闆嗎？」

突然登場的大老闆當然讓葉鳥先生與松葉大人大吃一驚，突然大呼小叫了起來。

在周圍待命的年輕天狗們也個個臉色鐵青，群起騷動。他們紛紛問著：「奇怪，那不是魚鋪的小哥嗎？」

我實在開不了口承認今天的料理也是我讓大老闆幫忙做的……

「葵是我的新婚妻子，我待在她左右有什麼奇怪嗎？」

「你在說什麼？別想就這樣蒙混過去！」

葉鳥先生伸出手猛力指向大老闆鼻子。他會有這種反應也不奇怪。

「哈哈哈哈！得了得了，葉鳥。這種小事就別計較了吧？葵似乎賣力過了頭，有點疲憊了。加上她是由祖父津場木史郎所撫養長大……跟母親之間應該有過許多狀況吧。正因如此，她才無法對你們父子倆的事坐視不管。」

「大、大老闆……」

大老闆代替思緒混亂而無法作任何說明的我說出真相。

他……知道我跟母親之間的過往嗎？又或者單純只是從我的說詞中推敲出來的？

不過真是幫了我大忙，簡單來說就是這麼一回事沒有錯。

聽完這番話，葉鳥先生與松葉大人雙雙蹲下身，面對從剛才開始就無力站著，虛弱地含著金平糖的我。

「原來……事情是這樣子啊。小姐，真抱歉了。」

「葵，對不起。」

「啊哈哈……單純是我自己累壞了而已啦。」

讓大家看見這麼不堪的樣子，我才覺得抱歉。

我一邊如此想著，又拿了一顆金平糖放入口中。這真是一帖優秀的鎮定劑耶……

「那麼，天狗父子啊，看在葵的面子上，到此也差不多該言歸於好了吧？」

「咦？為什麼現在換大老闆你主持場面啦？」

「因為我是『大老闆』呀。」

大老闆擺出不亞於天狗的驕傲態度，雙手扠在腰上，仰著上半身清了清嗓子。簡直就是隻真正的天狗。

天狗父子倆看傻了眼。

「你們已經吃了葵的料理不是嗎？不明白母親的滋味為何物的她，這麼努力重現出你們記憶中的味道。她是多麼堅強的一個姑娘，為了你們那無謂的爭執，甚至都搞得自己快精神衰弱了……我不想見到葵的這番努力與苦惱化為泡影。所以呢，你們兩個，現在馬上給我和好，然後努力解決眼前問題。」

「你這鬼神！若無其事地說這什麼風涼話！」

「這裡既非天神屋，你們倆也就不是我的貴客呀，松葉大人。我只是以八葉之一的立場，以及身為葵的夫婿，盡我一己之力罷了。」

結果最後他竟然對松葉大人用這種口氣說話。大老闆是不是燒壞腦袋了？

「葉鳥，你非這麼做不可。你……還有必須完成的要務在身，不是嗎？」

大老闆銳利的目光掃往葉鳥先生，讓他猛然回過神來。

葉鳥先生又看了我一眼，微微皺起眉頭苦笑著：「說得也是呢。」隨後他一臉下定決心的表情，快步走向松葉大人面前。

「老爸……」

葉鳥先生跪拜在父親面前，深深低頭懇求。

「雖然我已經被逐出家門，但現在我還是要以三男的身分，而非折尾屋的葉鳥大掌櫃，向你如此請求。請把天狗祕酒分給我。理由我無法奉告，但絕對不是為了滿足個人的私慾。我只能說……請相信我。不過……」

葉鳥先生抬起臉，直直望著父親松葉大人的雙眼訴說。

「這種厚顏無恥的請求，要不是『一家人』，根本不可能開得了口。你要是恨我，再一次把我五花大綁吊起來也無所謂。但是小姐替我們操心到這種地步……老媽也說過，要我們言歸於好不是嗎？所以我只能硬著頭皮拜託老爸你了！」

「……葉鳥。」

松葉大人低聲呢喃，低頭看著跪拜在地的葉鳥先生。

「我求你了，老爸。」

「……」

在這之後，松葉大人長嘆了一口氣，仰頭望向天空。

現在時間過了正午，橫越空中飛船的海鷗啼叫著，天上的積雨雲帶著淡黃色。

這溫柔的色調，莫名令人心情變得憂愁了點。

「我只能透過表現出無謂的驕傲與憤怒，才能以父親的身分站在你面前。不這麼做的話，你只會把我當成素昧平生的一位客人吧。我只是希望再聽你叫我一聲父親才會這樣……明明心裡早就對你沒有一點怨恨了。」

「……老爸？」

松葉大人一字一句吐出長久以來藏在心中的糾結。

葉鳥先生訝異地聽著，連眼睛都沒眨一下。

「看到你下山之後發掘了自身的才能，憑藉自己的力量生活得很好，我甚至還感到很吃味。我這個當父親的會被你怨恨也是理所當然。如果我打從一開始，能好好相信笹良與你，好好正視你們……」

松葉大人的音量越來越微弱，最後已飄散在空氣中聽不見了。

他用和服衣袖擦拭著微微泛出的淚水，深怕被發現。

「……嗯。」

想告訴對方的話都說出口了，其中包含了他內心對妻子與兒子所懷抱的真正心意。

隨後松葉大人回復英武的表情，就像是隻驕傲的天狗，威風凜凜地對葉鳥先生說：

「這次就看在葵、鬼神還有笹良的份上……葉鳥，我決定把天狗祕酒授予你。」

「咦……」

「但這是有條件的。天狗祕酒規定只能傳給首領一家。你想得到的話方法只有一個……重修父子關係，再次以我兒子的身分，重新背負朱門山天狗之名。」

「……」

「不過你不用擔心。你是三男，今後繼續在自己喜歡的地方工作就行了。不用回到朱門山也無妨。應該說不許給我回來。」

松葉大人一個轉身背對葉鳥先生，又變回以前帶刺的態度。

逐出家門一事就此一筆勾銷，這出乎預料的結果讓葉鳥先生愣得一屁股坐在地上。

現場空氣凝結了片刻，不一會兒周圍的年輕天狗們才慢半拍地開始歡呼：「哇～～耶～～少爺要回歸啦～」

葉鳥先生到此刻還沒反應過來，大約經過一分鐘之後才終於震了一下身子。

「呃、不、這……咦？咦？老爸，你說真的嗎？你老了之後終於學會通融了嗎？」

「啥？我才沒這麼輕易讓你回來！只是為了給你天狗祕酒，才不得已使出這唯一的法子！」

「……」

「再說，笹良她……一定也希望我這麼做。我能想像她會說出『因為是葉鳥的請求，就把祕酒讓給他吧』、『不答應的話怎麼能為人父母』這些話。」

松葉大人臉上掛著充滿愛情的悲傷微笑，再次望著手邊的照片，與已不復在的妻子面對面。

「笹良臨終之際曾說過，一家人必須同心，因為家永遠是能依靠的最後避風港。她果然是一位偉大的母親，早就預料到你終有一天會來拜託我，所以要我好好相信自己的兒子……」

「……」

聽完這番話，葉鳥先生咬緊下唇，他哭得像個小孩一樣，淚珠從臉上不停滑落。

想必他的淚水是出自終於獲得天狗祕酒的安心感，以及能重回家門的驚喜。最重要的是，母親生前留下的最後一番話，一定強烈地撼動了他的心。

葉鳥先生一哭，松葉大人也跟著露出相似的表情，全身顫抖著。

松葉大人或許也一直很氣自己的言不由衷，同時也等待著修復彼此關係的機會到來。

這對父子現在重新坐回矮桌前，吃著無骨雞肉做成的雞肉燉菜。他們就只是靜靜地拚命吃著，任憑臉上的淚水滴落。這就是他們回應妻子、回應母親的愛的方式。

親子間的紛爭有時候就像這樣，只需要一個小小的契機，就能解開彼此的心結吧。笹良女士這位偉大的母親，繫起了這兩人之間的關係。

她是一位很棒的母親，至今仍為在世的親人們點亮心中的愛的燈火，並持續問他們：

「這樣下去真的好嗎？」「紛爭何時才能畫下句點？」

「家人必須同心。」……她不斷地提醒著。

而松葉大人與葉鳥先生，這次終於好好交出了答案。

「……」

……那……我呢？

猛然發現，自己與母親之間已經絲毫沒有這些牽連了。

沒有修復的可能——已經越過那條線的關係——這種親子也確實……是存在的……

「葵，你還好嗎？」

「大老闆……嗯嗯，我沒事……謝謝你過來。」

此刻傾吐出口的，是對大老闆的感謝。

要是他沒有過來這裡，場面不可能收拾得如此完美。我也應該會陷入強烈的不安與動搖吧。

大老闆在我身旁蹲下，手輕輕攀上我的肩，露出了可靠的笑容。

「客氣什麼。妻子遇到難關時，在背後幫忙撐腰正是丈夫的職責呀。」

「……」

此時的我並沒有像往常一樣無視或否認他的這番話。

因為心裡突然有了個念頭——如果這個人是我的家人，那會有多幸福。

插曲【二】

折尾屋擁有多種高級房型，其中有一間只招待特定房客的隱藏版頭等客房。

客房名稱是「桃源鄉」。

來到開滿四季應時花朵的空中庭園，依循某種特定路線前進，便能發現外觀模仿宮廷的別宮搭建而成的這間客房。

對外敞開的外廊邊，傳來了優雅的笛音。

一位身著華麗氣派的和服與飾品，外貌雍容華貴的妖怪，他是「雷獸大人」。他停止吹笛，開口問道：

「欸，亂丸老弟呀~你都把津場木葵抓來了，為什麼又讓她為所欲為呀？」

雷獸大人凝望著空中的朱門山飛船從海的另一端折返回來，臉上露出肆無忌憚的笑容。

「……是黃金童子大人如此吩咐的，要我別侷限津場木葵的一舉一動。以我的立場來說，看那人類小丫頭這般胡鬧，也是一肚子不快就是了。」

身為折尾屋大老闆的我，亂丸，靜靜地回答這位來自妖都的雷獸大人。

出身貴族世家的他是個出了名的公子哥，性情反覆無常。地位與黃金童子大人平起平坐……

「不過看來她最後還是順利解決現況了耶。你瞧，那艘載著天狗老頑固的船隻，好像往這裡折返回來了……也許『天狗祕酒』真的被她弄到手了。」

「……」

「虹結雨傘也是多虧有她在，才得以入手的，果然是名不虛傳的鬼妻大人？呵呵……不過這一次葉鳥大概也費了不少勁就是了。呵呵呵。」

雷獸大人令人反感的低笑聲不絕於耳，而我整個人緊張得繃緊全身每一根神經。就連睡在我膝上的信長也不時對他的聲音有所反應，睜開一隻眼睛查看狀況。

「還剩下『人魚鱗片』、『蓬萊玉枝』、跟……『海寶珍饈』。距離儀式舉行只剩不到一週的時間耶～沒問題嗎～」

他的口氣聽起來充滿了輕視，不過雷獸大人本來就是這樣的人，跟他認真計較就輸了。

「人魚鱗片現在正由銀次負責搜尋，應該不用多久就能到手了。」

「那麼……蓬萊玉枝呢……？」

雷獸大人那雙銳利的金瞳拖著細長的光尾轉向我這裡，讓我不由自主咬緊了牙根。

因為他的那句話挑起了我無法言喻的憤怒。

「蓬萊玉枝……只要你別像三百年前那樣背叛，不是沒辦法弄到的……」

我費盡所有力氣吐出這句話。我忍不住狠瞪著這個看我產生動搖而感到愉悅的可恨之人。

即使心裡很清楚對方的身分不容我觸怒與忤逆。

「嗷呼！嗷呼！」

信長懶洋洋地站起身子舔著我的臉，彷彿在說「好了，冷靜點」。

「信長……」

「咦～原來那隻狗是活的啊？那傢伙在我面前總是睡死呢。」

現場緊繃的氣氛瞬間緩和了下來。雷獸大人的注意力也轉移到剛才都在睡覺的信長身上。雷獸大人發出「嘖嘖」的逗弄聲，想吸引信長的目光。結果信長嘆了口氣，就像在說「真拿他沒辦法」，隨後乖乖走近對方身邊。

……啊啊，你說得沒錯呢，信長。

不管對方是誰，現在我必須拋開私人恩怨，確實準備好這次儀式的祭品，讓一切的一切順利落幕。

「好了，別這麼激動嘛，亂丸老弟。不到最後一刻不見分曉，這樣才刺激呀。宮中的大人物們也很關注這次的儀式喔，還下了賭盤。結局並非一開始就寫好的，妖怪最喜歡這種具有戲劇性的東西了。」

雷獸大人一邊撫摸信長全身，一邊厚顏無恥地說出這番胡鬧的玩笑話，無可救藥。不過我已經學會平心靜氣了。

「南方大地是被妖都拋棄的土地，但有些妖怪無法離開這裡生活也是事實。儀式是為了生存，一點都不需要什麼戲劇性，重要的是確保能確確實實成功。我們可沒空配合娛樂你。」

「呵呵……真意外呀。別看我這樣，也是祈望儀式能順利耶。」

南方大地是受到詛咒的一塊土地，被海坊主帶來的災厄所支配。這裡永無安寧之日。這樣的言論不絕於耳，任誰都對這塊蠻荒未開之地棄而不顧……

長久以來願意致力於挽救這裡的，就只有前任的南方八葉，同時也是我的主子──「磯姬大人」與她的舊識黃金童子大人。

然而說到妖都宮中那群傢伙，卻站在安穩和平的彼端看這場儀式的熱鬧。

性情無常的雷獸大人也是，最終只是把這當成一場娛樂，才出面協助進行儀式。他哪一刻會突然變卦……誰也不能保證。

「還有啊……我最在意的其實是海寶珍饈耶。這個你們打算怎麼辦？」

「……」

「先不論取得的難易度，關鍵在於要搭配祕酒做出合海坊主胃口的料理，某方面來說，這才是難度最高的一關。不過呢，會有哪位廚師願意接下這種重責大任啊？」

「我打算以龐大的酬金聘請妖都知名廚師，要是真有個萬一，我們旅館也還有鶴童子跟料理長在……而且還有準備……其他的棋子。」

「是喔～～希望這樣真的能搞定。畢竟我聽說海坊主是個頗挑嘴的老饕呢。上一次也是在這關低空飛過不是嗎？就算其他寶物湊齊了，料理一搞砸也全都白忙一場囉。呵呵呵，我想你也不願重演三百年前的悲劇吧。」

「……」

雷獸大人愛挑釁的作風已讓我陷入無語。

能忍耐到現在的我，也真的是一條好漢了……

三百年前，就是因為這位雷獸大人臨時變卦，結果必要的寶物沒能湊齊，儀式失敗了。

這塊土地也因此不知道失去了多少尊貴的生命。

直到最後仍無法見死不救，用自己的性命死守而犧牲成仁的……就是我的主子，磯姬大人。

您置生死於度外的無念與崇高的意志就由我來繼承，這次我必定也會讓儀式成功舉行。

松葉大人與葉鳥先生就這樣在船上解除了逐出家門的儀式，葉鳥先生也分到一升(註11)的天狗祕酒。

我目睹完全程之後，便招待船上那些協助這次計畫的天狗們，請他們享用雞肉燉菜、什錦麵疙瘩與雞肉炊飯。畢竟我準備了很多嘛。

結果朱星丸上的天狗們最後作出了結論——返回折尾屋。而折尾屋似乎也早已預料到如此，已準備好客房迎接他們的到來。

本來一道同行的大老闆，卻在不知不覺間消失了蹤影，沒對我多做任何說明。我想也是，因為要是被折尾屋的人發現，事情可就麻煩了。

不知道他是不是隱身何處，偷偷觀察著狀況……

我與葉鳥先生去找亂丸報告祕酒到手的消息，不過他人卻不在館內。

虧我們兩個本來打算一臉臭屁地告訴他：「怎麼樣？我們弄到手囉」……

最後祕酒被葉鳥先生與小老闆秀吉一起收進了地下倉庫。

祭品在儀式舉行前必須嚴加保管。

我回到舊館的廚房進行各種收拾善後的工作，搞定一切時已經來到午夜了。

綠炎小愛化身為我的模樣幫忙，所以做起事來比平時輕鬆多了。她真是我的好幫手。

而手鞠河童小不點也意思意思地拿著抹布幫我擦乾杯碗。由於他體型嬌小，所以每擦一個都花了不少時間，但他似乎受到小愛的刺激，據說他的目標是成為「能幹的眷屬」。真做作……

「呼……收拾工作大功告成了。」

而且儀式所需的寶物也成功湊到了兩件。再來就只剩……呃，叫什麼來者……

「人魚鱗片、蓬萊玉枝……還有海寶珍饈是吧？不知道銀次先生他……現在是不是也正為了入手這些寶物而四處奔走呢？」

他現在人在哪裡，又在做些什麼呢？不知道有沒有好好吃飯？

相隔這麼久沒見到他，我開始擔心起來了。雖然知道他在忙，但還是希望至少讓我親眼確認一次，他過得很好。如果能說上幾句話就好了……

「不知道他現在會不會在本館裡？啊、對了……帶份宵夜什麼的過去看看吧。」

自從來到這裡之後，我唯一派上用場的地方就只有煮飯跟收拾整理，然而現在依然無藥可救

註11：容積單位，一升約等同於一．八公升。十合為一升，十升為一斗。

地再次回到廚房裡站著，翻找著剩餘的食材。

「葵小姐還是一樣愛料理成痴呢～」

如此說著的小不點，現在正像個大叔似地，手撐著頭側躺在鋪了蓆子的架高地板上。不過我選擇先無視他。

「不過現在開始煮白飯，至少也得花個快一小時呢。要是拖得太晚也不太好……」

「不然我可以幫忙光速煮好飯喲，葵大人～」

小愛睜著那雙純真的雙眸，一眨也不眨地說道。

「咦！小愛妳有這種能力嗎？」

「今天我在朱星丸的廚房裡，試著研究了一下那邊最先進的飯鍋裡所內建的妖火。這裡的飯鍋是比較耗時的舊款，不過若搭配我的鬼火，也不是沒辦法。」

「妳……妳這孩子實在太能幹了！」

我驚訝得瞠目結舌。小愛馬上幫忙著手準備煮飯。

我是聽說過鬼火會吸收並消化周圍的資訊以自我成長，不過沒想到只要有小愛，就算沒有最先進的飯鍋也能光速煮好一鍋飯……

「啊！不過先等一下！我想做成醋飯，所以水量要稍微減一點喔。」

「？」

「看來應用能力還有待加強啊……」

小愛似乎滿頭問號，所以煮飯的水量調整工作還是由我進行。

接下來要做的料理就是——「炙燒醋醃鯖魚壽司捲」。

之前拿到的羽鯖魚還有剩，所以我先做成醋醃鯖魚片以延長保存期限。現在要用煮好的白飯做成醋飯，再利用這些醋醃鯖魚捲成壽司。

只要手邊有最重要的醋醃鯖魚，這道料理根本不需要什麼工夫就能輕鬆完成。

我將鯖魚片鋪在壽司捲簾上，接著依序鋪上紫蘇葉、醋飯，然後把捲簾捲起來，就這樣而已。放著讓它定型一會兒，趁空檔時間做另一種口味的壽司捲。

「另一種就做梅肉起司口味的沙拉捲壽司喔。」

其實之前那對雙胞胎鶴童子帶來的起司，剩下的份被我偷偷留起來了。

把起司切成小方丁，跟醃梅乾還有柴魚片一起拌勻備用。

再度拿出壽司捲簾，先鋪好海苔再鋪一層薄薄的醋飯。這裡必須鋪得平均，直到完全看不見海苔片才行。

接著在醋飯表面灑上滿滿的芝麻，從邊緣緊密地擺上燙過的蝦子、小黃瓜絲與蘿蔔嬰。再來把這道壽司捲的主角，也就是梅肉柴魚拌起司也鋪上去，按照一般步驟捲起來。這捲也稍微靜置片刻以定型。

「好，沙拉捲也ＯＫ了。現在要來炙烤醋醃鯖魚囉。」

將剛才放置一旁的醋醃鯖魚壽司捲脫下捲簾，把魚肉表面火烤一下，這一捲就可以完成了……計畫本來如此完美的。

「沒有噴槍。也對，這裡會有才怪！小、小愛，可以幫我稍微烤一下表面嗎？」

「我試試看～」

小愛在指尖點起小小的火焰，玩得很快樂似地烤著鯖魚的表面。

外型跟我一模一樣的鬼火，用指尖點起火力相當於瓦斯噴槍的火焰烤著鯖魚……這幅光景似乎太過荒謬。不過還真是個多功能便利眷屬。

「啊啊！啊啊，好囉，已經可以了！小愛謝謝妳！」

呈現焦黃色的表皮飄出誘人香氣時，便大功告成。稍微放涼一會兒再切成方便入口的大小，看起來確確實實就是正港的炙燒鯖魚壽司。

鯖魚的油脂透過炙烤的步驟被逼了出來，流往底下的醋飯，呈現美味的光澤……

令人食指大動的香氣，正是炙燒鯖魚獨有的特色。我忍不住拿起一塊偷吃。

「整晚忙著招待別人，偷吃一塊親手做的炙烤醋醃鯖魚壽司應該不為過吧。」

實在是太奢侈的美味了。炙燒鯖魚的油脂含量豐富，其濃郁的鮮味完全凝聚於醋飯之中，讓整體口感更滑順完整。這道真是我的自信之作。

「來，小愛。」

我把一塊鯖魚壽司捲塞給嘴巴打得開開的小愛。她捧著鼓起的雙頰品嘗起來。

小不點也一如往常地湊過來敲著我的腳踝直喊：「人家也要～」於是我把剛才擱置的另一捲

梅肉起司沙拉捲切成片，將料多到爆出來的最尾端賞給他。畢竟這捲裡頭放了他最愛的小黃瓜。

小不點急急忙忙動著嘴喙，狼吞虎嚥地吃著。我也順便拿了一塊試試味道。

「嗯，這個也好吃。起司這種濃厚口味，跟醋飯意外很搭呢。」

就像加州酪梨壽司捲這樣新鮮的組合，實在很佩服第一個想到把這些搭在一起的人耶。

接下來我拿出剛洗好的扁飯盒，之前也用這來裝過雞肉炊飯。

把兩種口味的壽司捲塞入飯盒裡再用大方巾包起來。銀次先生收到這個會不會開心呢？

我脫下腰上的圍裙，揣著包好的便當盒，離開舊館廚房打算回到本館去。

「……啊。」

沒想到才剛踏出外頭，就看見折尾屋的當家招牌犬——信長。

信長一邊發出「嗷呼嗷呼」的吠聲，一邊咬著我的和服下襬拉扯。

「是肚子餓了嗎……？」

然而他卻踏著噠噠的腳步聲，往松林的方向前進，同時又頻頻回頭望向我這裡，讓我覺得有點不對勁。

「莫非……你是想帶我去哪裡？」

當我發覺這一點之後，信長又吠了吠，就像在給予肯定的答案。隨後他衝了出去，彷彿想引領我前往某個地方。

「等、等等我！」

我追在信長後頭，深怕跟丟。倚賴小愛的鬼火，我穿越了根本沒有開闢道路的松樹林間，一個勁地往折尾屋本館的反方向奔馳。

「這裡是……」

回過神來才發現，我來到一座老舊的神社前──我跟大老闆一起偷溜去港口市集時，一直很在意的那座神社。就是那個石牆、鳥居與參拜道路都已經破舊不堪的神社。

信長跑進神社境內，我大喊「太危險了！」慌慌張張地跟上去。

「……啊。」

接著，一片皎潔月光之下──

在老朽到幾近崩壞的神社前殿前方，我看見一頭閃耀著銀色光輝的野獸。

那頭長著九條尾巴的銀獸遍體鱗傷，虛弱地躺在地上。

「銀……銀次先生……」

我馬上就明白那是銀次先生。上次目睹這頭銀獸飛過天際時，我也在想那會不會是銀次先生，這次看見他以這副姿態出現在面前，我的臆測已化為確信。

那是一隻美得令人心生敬畏的銀狐，有著氣派的九尾。

神聖的靈力從他身軀內傾瀉而出，朝著明月的方向裊裊上升。

「葵……小姐？」

「銀次先生，你怎麼會弄成這樣……身上的傷是……」

從銀狐口中發出的虛弱聲音，正是銀次先生沒有錯。

我打算奔往銀次先生身邊——

「不可以！」

然而他馬上喝止了我。那充滿威嚴的口氣讓我不由自主停下了腳步。

「葵小姐，您不能靠近我……我現在正被不淨之物所籠罩。」

「……不淨之物？」

我完全搞不清楚狀況。但是在銀次先生撐起身軀的瞬間，眾多黑色的圓球狀物體從他身上不停溢出，灑落在地面上。這畫面讓我震驚得無法移開視線。

那些東西表面很光滑，就像一塊一塊果凍似的。但看起來又像是擁有思考能力的蟲在蠕動著身軀。

銀次先生的身體正被那些東西所侵蝕，看起來十分痛苦。

「銀、銀次先生……」

「我正在利用這座神社所殘留的神聖之力來淨身。所以……請您別再往前……」

「可是、銀次先生……你全身傷得很重啊！等一下喔，我沒問題的……」

我一邊喊著「去！去！」驅趕那些神祕的圓球，一邊靠近銀次先生。

只要我一接近，那些掉落在地面的黑色東西就彈跳起來打算逃之夭夭。而且他們慌張地逃竄之後，最後全聚集到月光之下，發出「嗶～～」的慘叫聲，隨後滋滋地融解了。

「……銀次先生。」

我佇立在偌大的銀色九尾狐妖面前。

困惑的我，伸手觸碰那包覆著銀色毛皮的身軀。

那些黑色的東西開始蠢蠢欲動，從我觸摸的部位移動，繞往了背面。

眼前這個遠比自己龐大許多的身軀，搖曳著那充滿妖氣的九尾。

面對這還沒看習慣的外型，我心中也帶著一絲絲恐懼。然而那雙屬於野獸的銳利雙眼，最深處卻流露出溫柔。我很清楚地了解，那正是銀次先生在夕顏看著我的眼神。

「您……不覺得我很可怕嗎？」

「與其說可怕，我倒覺得開始心生敬畏了。這麼美麗的銀獸……我還是第一次見到。」

和滿月與神社融為一體。

即使這遠古神社已處於半毀狀態，現在看起來也像是有神獸坐鎮，瀰漫莊嚴氛圍的聖域。

「吶，銀次先生，把嘴巴張開。」

「咦，這樣子嗎？」

野獸敞開嘴。哇……感覺會被一口吞掉……

銳利的尖牙與血盆大口讓我不禁屏息。

但是我必須盡快讓虛弱的銀次先生恢復體力才行。我抓起一塊炙燒醋醃鯖魚壽司捲，喊了一聲「嘿！」一股作氣往銀狐的嘴裡丟。

銀次先生一口嚥下壽司捲，沉默了不一會兒，瞬間發出高鳴。一陣煙霧瀰漫後，現身而出的是一位長有狐耳與狐尾的青年。

那些又黑又圓的傢伙也因此被彈飛，在空中蒸發消逝。

「好厲害……我已恢復樣貌了。平常都還得多花一點時間的。」

「果然，幻化成人型很耗力嗎？」

「的確是這樣沒錯。剛才的模樣……才是真正的我。」

銀次先生皺起眉頭，露出為難的微笑。

雖然他身上到處還殘留著擦傷，不過能感覺到痛楚似乎舒緩了一點。

「太好了……你剛才看起來好像很痛苦。」

「……葵小姐。」

「把這些吃掉吧。銀次先生，我覺得你好像瘦了一些耶。明明也才幾天沒見面。」

「哈哈……最近三餐的確有點馬虎。」

銀次先生露出無辜的表情，接著果然還是用笑容蒙混了過去。

「銀次先生也真是的，看起來明明那麼可靠，只要一扯上工作，就會忽略飲食的重要啊。我早就很清楚你這個壞習慣了。」

「呃、是……您說得甚是。」

自我反省中的銀次先生看起來很難為情。我與他一同坐在前殿的階梯上。

我將裝了壽司捲的飯盒推往銀次先生面前，他端倪著盒內的料理，再次拿起一塊入口。

「嗯……果然葵小姐做的料理吃起來感動得沁人肺腑。睽違好久終於再次嘗到，覺得更美味了。況且醋飯原本就是我的最愛。」

「我剛剛才扔了一塊到你嘴裡不是嗎？」

「那個我一口氣就吞下肚了，沒仔細品味實在太可惜了。」

銀次先生又拿起一塊梅肉起司沙拉捲嘗嘗。由於這捲包得比較小，一口就能塞進嘴裡。

「……嗯，這裡頭……放了很新奇的食材呢。」

「呵呵，嚇了一跳？是起司喲。」

「哈哈……原來如此。您把上次的份留存起來了對吧？」

「哎呀，看來你也聽說了上次文字燒的事情？對呀。雖然害雙胞胎被罵了一頓，不過剩餘的份丟掉也可惜，就先留起來了……」

「真像葵小姐的作風呢。裡面還有放梅肉調味是嗎……跟起司搭配之下，酸味能舒緩起司的特殊風味，吃起來非常順口。起司在隱世的普及度還很低，不過若是能構思一些接受度高，讓妖怪也能輕鬆入口的料理，應該能成功推廣才是。」

「對耶……未來也許能嘗試推出用起司入菜的日式料理。在夕顏……」

「……您說得……沒錯呢。」

銀次先生輕輕笑了笑，無奈地垂低視線。即使我端出夕顏這兩個字，他還是沒有回應我「讓我們一起達成這個目標吧」。

不過他吃著壽司的動作並沒有因此停止，看起來肚子是相當餓吧。

信長抓準時機在銀次先生身旁磨蹭著，銀次先生苦笑著賞了一塊沙拉捲給他。信長狼吞虎嚥地咬著。

「欸，銀次先生，為什麼剛才你會虛弱成那樣子？」

在銀次先生享用完最後一塊時，我問他。

銀次先生沉默了沒多久，便從懷裡取出手巾，一邊擦手一邊淡淡地反問我。

「葵小姐，您對這件事了解到什麼程度？」

「……是指儀式的事情？還是指南方大地這裡的……詛咒？」

「……」

「我大致上聽葉鳥先生說明過了。他說這塊土地自古以來災害頻傳，所以需要定期舉行儀式來消災解厄……還有提到海坊主每百年降臨一次……還有舉行儀式時必須收集五種寶物……然後說銀次先生現在也正在籌措中。」

「……嗯嗯，正如您所言。」

隨後銀次先生抬起臉，望向白得泛青的滿月。

「我現在正在找尋的物品……就是五寶之一的『人魚鱗片』。」

「人魚的鱗片……那是很稀奇的寶物嗎？」

「是的。人魚是為數稀少的尊貴妖怪。有謠傳說人魚已經滅絕，或是渡海遷往常世去了。」

「那……要怎麼把鱗片弄到手？」

「我已查明謠傳中殘留有鱗片的地點，就在遠古時代人魚所棲息的龍宮城……在那塊遺址中有一些以人魚鱗片鑲嵌而成的壁畫。」

話說到這裡，銀次先生瞄了我一眼。

「葵小姐，您一定想問我『那何不去把鱗片拿回來就好了』對吧？」

「嗯嗯……不過從剛才的狀況看來，我想銀次先生一定有什麼理由吧。」

「龍宮城這地方，同時也是前一任南方八葉為了保護這塊土地免於災厄，而獻上自己的性命作為祭品的場所。所有跨越大海而來的詛咒，全數被集中封印於此。所以龍宮城在南方大地也被視為危險禁地，張設了結界保護。」

……詛咒。這兩字已經出現了好幾次。

我原本一直以為那只是一種曖昧的無形概念，但從剛才銀次先生遭遇的狀況看來，我開始認為那是一種明顯具有實質影響力的「有形體」。

「銀次先生一直往返於兩地之間嗎？」

「是的。最近這幾天我都在龍宮城遺址進行調查，不過由於詛咒會纏上妖怪之身，所以無法長時間久留。我對那種邪氣實在沒有招架之力……所以每晚都在這座神社借助這裡神聖的靈氣來療癒自身。」

我總算了解剛才的狀況是怎麼回事了。

銀次先生為了把儀式所必需的人魚鱗片弄到手，受到了那種折磨……

「這座神社……到底是什麼地方？已經這麼破舊了，而且看起來完全沒有人煙。」

「在折尾屋開張之前，這裡是八葉的據點。應該說是……亂丸的前一任八葉。她名叫磯姬，別名『指引巫女』，是一位擁有強大力量的八葉。」

「……磯姬。上一任的八葉原來是女性啊。」

「是的，同時她也是……我與亂丸的養育之親。」

在這之後，銀次先生向我介紹了這位名為磯姬的前任八葉。

據他所言，磯姬是南方大地的磯男與隱世最後僅存的人魚所生下的妖怪之子，額頭上長有能預知未來的水晶，擁有神靈附體般的力量。因其力量而被任命為南方大地的八葉。

磯姬在預知來自未來的警告後，依循其旨在這座神社養育了兩頭神獸，命他們擔任儀式的執行者。那兩頭神獸正是犬神亂丸，以及九尾銀次。

她率領兩頭神獸走遍其他大地與現世收集各種資訊，在儀式制度的確立上功不可沒。那兩頭神獸也以主人與自身的使命為榮，深深愛著磯姬致力守護的這片南方大地。

然而她在儀式上失敗了——那是距今三百年前的事。

磯姬預知到即將發生無可避免的災厄，於是下定決心用自己的肉身與靈力來保護南方大地，免於大龍捲風的侵襲。她固守在龍宮城舊址，將災厄攬在自己身上而犧牲成仁。

雖然沒有找到她的遺體，不過服侍她的兩頭神獸在她死去的瞬間都感應到了。可見主從之間的情誼有多麼深厚……

「磯姬死後，前來接管這片土地的便是黃金童子大人，她當時也身兼天神屋女老闆一職。黃金童子大人是高等大妖怪，名列隱世『四仙』之一。地位高於八葉的她甚至有資格在妖王面前發言，並擁有各種權限……她在這片土地建立了折尾屋，並把天神屋所培養的經營知識傳授給我跟亂丸。折尾屋的繁榮是南方大地的希望，這間旅館成為推動這塊荒蕪之地發展的原點。」

銀次先生還說，折尾屋的誕生讓南方大地豐富的海產、農作物與美麗的海景得以化為商機，同時還成功顛覆了這塊土地給外界的印象。

這些聽起來好像已經是陳年往事，又像是最近的事情……銀次先生動搖的視線將他的心情表露無遺。靜靜聆聽的我突然思考起一個問題。

——那為什麼銀次先生當初會離開折尾屋，來到天神屋？

「您是想問……我離開折尾屋的理由嗎？」

「嗯嗯……有點好奇呢。」

不愧是銀次先生，一眼看穿我的疑問。

他闔起擱在膝上的便當盒，用大方巾包好之後擺在一旁。

那一頭銀髮隨微風搖曳著。隨後他換上嚴肅的表情回答。

「那是因為……亂丸他太過拘泥於磯姬大人留下的使命。」

「亂丸嗎？」

「是的。繼承磯姬大人的使命坐上八葉位子的他，做好了非比一般的覺悟。要背負起責任掌管這塊多事之地，當然需要很大的決心。但是亂丸他……對於磯姬大人之死過度悲傷，心中充滿了懊悔。我當然也跟他有一樣的心情，最初確實產生使命感，決心跟亂丸一同發展折尾屋，守護南方大地，並認為磯姬大人在天之靈一定會守護我們……」

然而銀次先生與亂丸的想法，在某些地方漸漸產生了分歧……

折尾屋的繁盛與否，左右著南方大地是否能受到庇護。

亂丸如此確信，也實際感受到了成效，便用盡各種手段併吞當地其他競爭對手，甚至還向天神屋那種老牌大旅館挑釁。就連坐落在其他土地上做生意的旅館，他似乎也全看不順眼。

折尾屋必須成為隱世第一的旅館，否則毫無意義。

——亂丸是如此說的。除了自己以外他不相信任何人，凡事只重視結果，不允許失誤存在，因此就連自家員工也能無情割捨。銀次先生表示，他當時對於亂丸這樣的作風已忍無可忍。

不過追根究柢說起來，造成磯姬死亡，導致儀式舉行失敗的原因，據說正是因為她過度信任某人而被擺了一道，遭到背叛。

所以亂丸會喪失對他人的信任感，也是無可奈何的事。雖然能理解，但還是……

「可是，銀次先生，你跟亂丸一起長大……情同兄弟不是嗎？他應該很相信你吧？」

「說得也是呢……也許我是過去唯一能取得他信任的人吧。不過我們倆對於折尾屋未來的經營方針，漸漸失去了共識。想守護這片土地的心情明明是一樣的。然而，正由於他的使命感太過強烈，才會……」

銀次先生開始問自己是否該繼續待在折尾屋。此時提出邀約，把他挖角到天神屋的正是鬼神大老闆。據說大老闆告訴銀次：「離開亂丸到別的地方工作，也許能發現不一樣的答案。」

亂丸對於銀次先生離開一事怒不可遏，然而這並沒有動搖銀次先生的去意。

作為交換條件，銀次先生答應在約五十年後舉行下一次儀式之際，絕對會回到折尾屋。

「然後現在正是履行約定之時對吧？」

「是的，正是如此。」

「原來是這樣。難怪大老闆他二話不說，讓銀次先生你離開……」

聽完銀次先生的說明，至今解不開的好幾個疑問終於有了答案。

大老闆沒有挽留銀次先生，原來還有這一層原因，而銀次先生也是為了實現約定才回來的。

「收集完所有寶物，讓儀式順利結果……然後……」

銀次先生就願意回來天神屋，願意回來夕顏了嗎？

就算我再怎麼渴望得知答案，終究還是問不出口。因為光是聽他說完一切，我就明白這不是那麼簡單又單純的問題。

「欸，銀次先生，有什麼我能幫上忙的地方嗎？我想為你盡一份力。」

「……葵小姐。」

銀次先生一時語塞，我們倆只是凝視著對方。

然而在對望之時，銀次先生突然瞥開視線，不知所措般用手撐著額頭。

「不，這樣不行……葵小姐已經幫我太多了。虹結雨傘跟天狗祕酒能到手，都是多虧了有葵小姐在。但是，唯獨這人魚鱗片……我不能讓您受到任何牽連。這個任務非常危險，要是您有個什麼萬一……我會無法跟大老闆交代的。」

「……」

「請、請您先回去吧……葵小姐。」

銀次先生馬上站起身，快步走下神社前殿的階梯。

「銀次先生，等一下……哇！」

他的腳步倉促，卻突然停了下來。追在他身後的我整張臉撞上他的後背。

「怎、怎麼了？銀次先生。」

「……亂丸。」

「……咦？」

我從銀次先生背後探出頭，結果看見的是亂丸。他站在快倒塌的鳥居之下。

驚人的是他全身被黑色的不淨之物所埋沒。他拖著蹣跚的步伐，一邊用手壓著負傷的肩膀一邊走了過來，看起來費盡千辛萬苦才回到這裡。

他帶著猛烈的氣勢瞪著我們，然而呼吸卻紊亂不已。

「亂丸！」

銀次先生喊著對方的名字並衝上前去，攙扶他的身軀。剛才還乖巧待在我身邊的信長，也跑去亂丸身旁「嗷呼嗷呼」地吠著。

「難道你，去了龍宮城遺跡？」

「銀次……誰叫你辦事永遠這麼不力，我才出馬……」

「別開口說話了！你的體質明明比我更禁不起詛咒，卻這樣亂來……」

銀次先生把亂丸攙扶到神社前。亂丸就這樣閉上雙眼失去意識。

該不會……他是跑去剛才銀次先生說的那個被詛咒的龍宮城遺址？

那些黑黑圓圓的詛咒化身不停從亂丸身上灑落，染黑了腳下的參拜道路。

「葵小姐，葵小姐您不能再靠近一步了！」

「可是！」

「請您回折尾屋叫人手過來支援！然後如果可以的話，請準備一些能滋補身體的飲品，我想也許能幫助他恢復體力。」

「……我、我明白了！」

我聽從銀次先生的吩咐，踏出這座神社。

臨走前一度回首顧盼的我，看見兩頭神社聖獸在滿月之下互相依偎。

眼前這幅畫面，正是自古以來守護這南方大地的雙璧神獸之姿吧。

第九話 龍宮城幻夢遺跡

亂丸在折尾屋的客房內恢復意識，已經是隔天白天的事了。

「……」

「醒來了？」

我將臉湊近一瞧，結果他立刻皺起眉頭，露出厭惡到極點的表情。

嗯，看來精神很好嘛。那種不爽至極的表情才不是病人能擠出來的，到底有多討厭我。

「妳為什麼會在這。」

亂丸從床被裡坐起身子，沒好氣地問我。

我一把抓住從亂丸額頭上滑落的濕毛巾，浸回水桶內重新冰鎮，又把滋補營養的淡橘色特製飲品遞給亂丸。

「來，把這喝了。這是含有滿滿維他命的蔬果汁喔。好歹經過我的調理，多少能恢復你的靈力。喝掉吧。」

「誰要喝妳這丫頭做的東西。要是裡頭摻了毒妳要怎麼負責。喂，幫忙試毒的人在不在！」

「真失禮的傢伙耶。你在昏睡的期間我就已經強行灌食啦，現在穢物都清除乾淨，靈力也恢復了，你應該感謝我才對。」

「……」

亂丸將眼神瞥往小窗外，看著外頭的鳥兒。給我好好聽別人說話啊！

坐在房裡一隅的夜雀太一踏著響亮的步伐聲跑過來，一股作氣地毛遂自薦：「就由我來試毒吧，亂丸大人。」然而亂丸卻搖了搖頭。此時他轉頭往我這裡一看。

「……銀次呢？」

「你都病倒了，現在銀次先生跟秀吉正在忙著主持折尾屋的運作啊。我是這裡唯一的閒人，所以才被託付了幫忙看照病人的工作。」

「……唉，我竟然捅出這種婁子。」

亂丸嘆了一口氣，單手壓著頭陷入苦惱。他偷偷往我這裡瞥了一眼，隨後再度嘆了一口氣。

結果他一把搶過果汁，一口氣喝光。

喝完之後他歪著頭，雙眼驚訝地眨呀眨的。

「這果汁是用胡蘿蔔、蘋果、蜂蜜、甘夏蜜柑與豆漿打成的喔。喝起來還頗順口對吧？如果你想吃固態食物，我也可以去做點什麼過來……」

「夠了沒。誰需要妳的施捨。」

亂丸雖然喝光了果汁，卻仍對我露出深深的防備。這也不意外啦，畢竟他本來就看我不順眼，應該也不會想吃我這種人親手煮的東西吧。

「……銀次先生說得果然沒錯，你就是這樣一味拒絕別人。」

「妳又懂什麼？」

亂丸誇張地嗤之以鼻，然後站起身子綁好和服的腰帶。

「你再休息一下比較好吧？」

「現在才沒那種時間。必須盡快把那東西弄到手，刻不容緩。」

「你是指人魚鱗片？」

「……」

亂丸斜眼俯視著我，全身釋放出非比尋常的威嚇。那沉重的靈力讓我雙頰不禁流下冷汗。

然而亂丸在我面前單膝跪蹲，粗暴地伸手勾起我的下巴，將臉湊了過來。他銳利的指甲扎進我下巴的肌膚，說實話很痛。

「對了……津場木葵。妳說過想為銀次盡點力是吧。」

「你那時候看起來都奄奄一息了，原來還有力氣偷聽呢。」

「我耳朵很靈的。妳有沒有打算用妳獨有的能力幫點忙啊？」

「……這是什麼意思？」

亂丸露出虎牙「喀喀」地笑著。

「就是人魚鱗片啊。龍宮城遺跡那邊瀰漫的邪氣會危害到妖怪，但並不會影響身為人類的妳。人類對那種邪氣免疫。」

「……所以你的意思是要我去取得人魚鱗片？」

「就是這麼一回事。怎麼樣？這提議不算太差吧？只要妳挺身而出，銀次就不用再去那種地方了，你心愛的他也不會需要再承受穢物侵蝕之苦。」

「……」

亂丸的提議，對我來說究竟算有利嗎？

回想起銀次一臉窘迫的表情要我「不要跟這件事有所牽扯」，我想此舉大概確實很危險。就算說對人體不會造成影響，但……

「好，就由我去拿回來。」

然而我還是一口答應了對方的提議。

亂丸露出得意的表情，臉上完全寫著「這女人真蠢」。

「不過我可是有條件的。」

「……哈！妳打算跟我談條件？」

「你若不願意認真接受，我也不會去拿回來的。不過如果你願意考慮，我就走一趟龍宮城吧。條件我就明說了，等一切順利落幕之後，把銀次先生還給我們。」

「……」

「把銀次先生，還給我們。」

亂丸整個人靜止了一拍，露出呆愣的表情。

隨後他瞬間放開了手，轉身背向我。

「真是個死纏爛打的女人啊。要是銀次自己說他不想回去的話，妳打算怎麼辦。」

「那時如果真沒別的辦法，那我有可能會放棄吧。只是『有可能』而已喔。」

「……」

「不過……如果銀次先生有意回來天神屋，那我跟你締結這樣的約定，也算有個保障。」

「所以是要跟我先進行交易，屏除可能的障礙就對了。銀次如果拒絕，那這一切也只是白搭啊。真是個毫無意義的交換條件啊。」

「我只不過是先發制人罷了。況且……」

我還有事沒有向銀次先生問清楚。

就是……過去那個曾經救我一命的妖怪，究竟是不是他。

此時此刻問這種問題實在太任性，所以我一直在心裡告訴自己：「等到儀式成功後再說。」待一切真正落幕後，我希望能好好向他親自問清楚。

因為當時他與我記憶中的身影相吻合的那一刻畫面，至今仍深深烙印在我的腦海中。

不只如此，如果銀次先生真是當時那個妖怪……我得把這份恩情還給他。

亂丸瞥了閉口不語的我一眼，接著回答：「好啊。」

「我就答應妳這筆交易，不過妳要是沒能成功帶回人魚鱗片……」

「沒能帶回來的話就是儀式搞砸啦，沒有什麼怎樣。」

「……」

我搶先亂丸一步接著說下去，並如此強調。

結果成敗關鍵還是在人魚鱗片，少了這個一切都是白費力氣。

「那我要出發了。」

我一臉擺架子的表情，站起身。

大喊一聲「現在就出發前往龍宮城遺跡！」充滿氣勢拉開拉門——頓時我想起了一件事，又再度轉身回到房裡。

此時亂丸剛好正披上太一幫忙攤開的外褂。

「怎麼，妳還有什麼事？」

「……龍、龍宮城遺跡，在哪裡啊？」

「……」

亂丸的表情已經超越傻眼，變得一臉悲慘，彷彿在擔心：「交給這傢伙真的沒問題嗎？」

才剛要帥完準備出發，就馬上出了洋相。有點難為情。不，應該是非常。

不知道是不是連亂丸也開始同情我了，他仔細地告訴我龍宮城遺跡的所在地與路線。

甚至連地圖都準備好讓我帶著，讓我啞口無言。

銀次先生要是得知我跑去龍宮城遺跡，不知道會不會生氣……

我一邊想著這種事，一邊回到舊館的廚房。

在裡頭迎接我的是正中午就以臥佛姿勢躺著的大老闆，他正用手搔弄著小不點的肚子玩鬧著。小不點則是整個人笑得打滾。這兩個傢伙到底在幹什麼啊……

「啊啊，葵，妳總算來了！」

「……大老闆，你該不會從一早就待在這了吧？有這麼閒？」

「我是在等葵！昨天妳那麼賣力，所以我想說過來慰勞妳一番……」

大老闆坐起身，盤起雙臂。

「妳的表情就像扛下了什麼麻煩事一樣呢。」

「……看得出來？」

「葵的一舉一動我大概都能掌握囉。昨晚妳為了銀次與亂丸的事情弄得雞飛狗跳對吧？」

連這種消息他都早已打聽到了啊。

「唉。才剛幫那對找碴的天狗父子圓滿收場，又馬上自找麻煩呢。雖然葵是我的新婚妻子，真不知道該稱讚妳真能幹，還是該訓訓妳別過度插手啊。連我都不知如何是好了。」

大老闆從懷裡掏出菸管開始吞雲吐霧，並搖著頭嚷嚷：「真是頭大。」

「我自己也認為這一次或許真的有點強出頭了啦。」

我在大老闆身旁坐下，蜷縮著身子嘆了一口氣。

「不過，我也無可奈何啊。現在連猶豫的時間也沒有了……」
我低喃著，對大老闆道出事情經過。
雖然很擔心他會生氣，所以有點戰戰兢兢的，不過他聽完只回了一句：「原來如此。」
大老闆並沒有特別訓斥我，也沒對我有勇無謀的行為感到傻眼或失望。
「這件事確實有危險性，不過亂丸的觀察並沒有錯。那裡的確充斥著邪氣，但換作人類的話，進出是不會有什麼問題的。」
「……」
「不過既然葵不放心，那我也一起同行吧。」
「咦，大老闆要陪我去？那邊的邪氣對妖怪來說不是很傷身嗎……」
雖然在聽聞那邊是個對妖怪不安全的地方之後，本來執意要獨自前往的。不過正如大老闆所說，我是有點不安。
「沒問題。畢竟我跟亂丸與銀次是完全相反的身分。」
「……？」
大老闆又再抽了一口菸，隨後往菸灰缸一敲，菸蒂應聲落下。
「還有，葵。要去那個地方的話，時間挑在夜晚應該比較好。妳聽了也許會很意外吧，深夜是妖氣比較薄弱的時段。另外，準備一點甜的東西帶著過去比較好。」
「甜的東西？」

「我想想……上次妳跟我去港口時，有買水果對吧？」

我按照大老闆所說，翻找起裝滿水果的袋子，把果實一顆顆擺在檯面上。

「芒果、桃子、香蕉……大概就這些吧。」

「水果有驅魔的功效，利用這些做成甜點我想就沒問題了。」

「驅魔喔……那不然就用大老闆之前幫我帶來的鬆餅粉搭配水果如何？」

「喔喔，這可真開心。我總算沒有白買回來！」

大老闆一邊為了自己買的東西終於派上用場而開心不已，一邊以單手輕易揮開頻頻往自己手邊衝過來的小不點。

「妳要做什麼呢？」

「這個嘛……水果口味的銅鑼燒。用鬆餅粉做出原味的銅鑼燒皮，再夾入紅豆餡與水果。麵皮就用平底鍋來煎，三兩下就能完成囉。」

「原來如此。銅鑼燒啊……這主意不錯呀，我喜歡銅鑼燒。」

「……說到這，以前你也請我吃過銅鑼燒呢。哈！該不會大老闆最愛的料理就是銅鑼燒？」

跟某隻知名的機器貓有相同的愛好耶！

人家機器貓是從口袋裡拿出道具，我們大老闆是從袖口裡變出銅鑼燒……

「喜歡是喜歡，但可不是最愛喲。」

「喔，這樣喔。」

啊，又猜錯了。莫名感到扼腕。

「距離入夜還有一段時間，不過紅豆餡的製作稍微有點費時……所以我得先著手進行了。」

接下來馬上進入內餡的製作。帶有顆粒感的紅豆餡、口感滑順的紅豆沙、白豆沙，另外還有毛豆泥等，這些都是日式點心少不了的豆餡。這次就選用顆粒小巧的紅豆，來做成最基本的顆粒感紅豆餡。這也是我平時就常常做的一種。

「首先請大老闆清洗紅豆……」

「咦？一邊說明步驟，一邊若無其事地把工作託付給我是嗎？」

大老闆不知怎麼地看起來樂得很，幫忙把紅豆徹底洗淨。將紅豆放入鍋內開大火煮約半小時後，先用篩網瀝除水分以去除澀味與雜質。接著再次倒水入鍋，開大火繼續煮。等鍋內紅豆的外皮開始裂開，轉小火繼續放著煮，一路煮到熟透。就這樣煮到鍋內紅豆全數裂開為止，以上步驟耗時會超過一小時。

「煮紅豆的空檔就來把水果先切一切吧。大老闆也能來幫我削皮嗎？」

「了解！」

「真沒想到你這麼喜歡幫忙做家事……大老闆你真的是很奇怪的鬼耶。」

接著我跟大老闆一起把水果切好，紅豆也煮得差不多，便拿了一點嘗嘗看。如果豆子裡面已呈現鬆軟口感，就把鍋內水位調整到與豆子同高，接著把鍋內的紅豆與紅豆汁倒進調理盆內。

再來把水跟砂糖倒入空鍋內開大火加熱，煮成糖漿後，把剛才起鍋的紅豆與紅豆汁移回鍋內，轉中火煮到收乾為止，最後灑上一小撮鹽。多加這一味，更能帶出紅豆本身的甘甜。

用撈取的動作從鍋底往上攪拌均勻，徹底讓水分蒸發乾淨。在這個步驟一邊把紅豆粒壓碎成帶有顆粒感的內餡。等鍋內紅豆煮乾到呈現紅豆餡適當的硬度後，分成少量多次起鍋，盛到盤子等容器中，擱著稍微放涼一會兒。冷卻之後，紅豆內餡也就大功告成了。

「呼……真熱。」

「煮紅豆餡原來還挺費工夫的。葵，我幫妳在旁邊換一些新的冰柱女碎冰。」

我一心一意地把鍋內紅豆煮到收乾，結果放在旁邊的冰塊都已經融化了。

大老闆一聲不響地幫我補上了新的冰。

「紅豆餡就先靜置一會兒，接著要趕快來煎銅鑼燒的外皮了。」

將砂糖跟雞蛋放入調理盆內打均勻，再加入少許醬油、味醂，還有蜂蜜，再次徹底攪拌勻。

「哦……？要放醬油跟味醂？」

「做銅鑼燒麵皮時本來就會加呀。現在用的是西式鬆餅粉，也能靠這兩種調味來營造出銅鑼燒特有的香氣，口味也跟紅豆餡更搭了。」

再來把鬆餅粉與牛奶倒入盆內均勻攪拌成麵糊，差不多可以準備下鍋了。

我想做成一般最經典的尺寸，於是小心翼翼地將麵糊倒入預先熱好的平底鍋內。

盡量讓麵糊面積小一點，煎出完美的圓形。

「哦哦……馬上就膨脹起來了呢。」

大老闆從後方湊近看著平底鍋。

鬆餅粉的特色，就在於麵糊下鍋後馬上膨起，很快就熟了。

等麵糊表面開始冒氣泡之後，翻面繼續把兩面煎至漂亮的焦黃色便可起鍋，擺在濕布上使其冷卻。接下來就不停重複上述步驟。

「麵皮多煎了一片，來嘗嘗味道吧。」

兩片一對才能夾成銅鑼燒。

全部煎完的數量是奇數，所以我把最後一片起鍋的熱騰騰餅皮切成兩半，稍微降溫後送往大老闆的嘴前，「啊～」一聲示意要他張口。大老闆雖然愣得眨了眨眼，不過隨即一口咬下。

「嗯……原來這就是所謂的鬆餅啊。味道跟平常吃的銅鑼燒餅皮又不太一樣。表面帶有酥脆感，裡頭卻軟綿綿的。」

「剛烤好的吃起來都是這樣。再放一會兒，整體口感會變得比較濕潤。鬆餅粉真是萬能的材料，能輕鬆變出甜點，在緊要關頭是我愛用的好幫手。大老闆幫我買回來實在太好了。」

我也一口咬下餅皮嘗了嘗味道，鬆餅粉特有的風味與口感，這股滋味也倒質樸得令人懷念。也可以說是現世的一種家常味吧。

「好了，接下來該來做銅鑼燒了。不過其實步驟也只剩下把紅豆餡與切好的水果塊擺上麵皮，再拿另一片夾起來而已。」

這部分的作業我也跟大老闆肩並肩一起完成。

兩片麵皮之間可以看見紅豆餡與色澤鮮豔的水果若隱若現，這道甜點不但賣相好看，份量感也十足。

「怎麼覺得越看越像漢堡了……」

「漢堡啊，我去現世時都會去一趟速食店，那時候就會吃到漢堡。」

「大老闆你？在速食店裡吃漢堡？感覺那畫面超突兀的……」

之前也曾問過他類似的問題，例如在現世做什麼樣的打扮、怎麼融入人群行動……老實說我超想親眼瞧瞧。

不過現在已經目睹了化身為魚舖小伙子的他，也開始可以想像他大概就像這樣非常熟練地換穿西裝或現代服吧。

剛剛在腦海裡已經想像了大老闆倉促地變換一輪造型。

「葵，怎麼了？」

「不，沒事。」

真想找一天跟大老闆一起去現世看看啊……此刻竟突然湧出這麼一個願望。

心裡的這句話想當然被我吞了回去。

看準了太陽下山後的入夜時分出發，我跟大老闆抵達的地點是一個小小的洞窟，位於與漁港反方向的海岸線盡頭。

今天也是無雲的好天氣，皎潔的明月掛在夜空中。

周圍一片寧靜，傳來耳邊的只有悅耳的浪聲。

「唔、唔哇……」

然而我的心情卻開心不起來。

洞窟裡四處張設著光看就可疑的繩索與符咒，充滿詭譎的氣氛。

我抱著裝有水果銅鑼燒的盒子，腳步在這座洞窟前僵住了。

「沒問題的。葵，妳看看，裡頭並沒有那麼黑……」

「啊……真的耶。」

洞窟中懸浮著一些紫色鬼火，多虧有他們的火光，得以清楚望見遠方。

「呃，不對不對，仔細想想他們在那邊飄來飄去就夠可怕啦。」

「妳放心，他們不會加害於妳。前方確實充滿了非比尋常的邪氣，但也不會威脅到我們……來，過來吧。」

大老闆率先跨過繩索，踏入洞窟內，隨後把手伸向我。

我握住他的手緩緩越過繩索。大老闆才剛被我剪過指甲，緊緊握住我的手也一點都不痛。雖然這本來是理所當然的就是了……

「嗚嗚……」

我也真是的，還真有膽自告奮勇說什麼要來這種地方。

在空中飄忽不定的鬼火，一見我們到來就馬上退往兩旁，為我們開路，不過在他們的火光照映下，我看見洞窟中貼著滿滿的符咒，還有頗讓人發毛的人魚雕像。心裡的恐懼感無法抹去，我緊緊抓住大老闆的袖子，跟著他前進。

「這、這裡就是龍宮城嗎？」

「不，這裡只不過是入口處……龍宮城在更前方。妳瞧，漸漸能看見了。」

穿越洞窟後，來到的地方是由石壁包圍而成的露天岩場，可清楚看見天上的月亮，是個非常神祕的圓形空間。

在這裡絲毫感受不到洞窟內部的詭異陰森感，反而覺得十分清幽。

地面上鋪滿白色的細沙，在月光映照之下閃爍著光芒。

在這片沙地的另一側，是鑿開的岩壁所建成的神殿入口。

「呼……這股邪氣實在也太強烈了。跟剛才在洞窟裡頭完全不能比。」

「咦、是這樣嗎？」

然而覺得這地方清幽的原來只有我一個，大老闆微微扭曲著臉伸手掩鼻。

「大老闆，你真的沒問題嗎？」

「嗯？喔喔……我本來就是在這種邪氣下長大的，沒關係。」

「……」

「來，前進吧。我可不想……在此地久留。」
我跟在大老闆後頭，橫越了一整片圓形的廣闊沙地。
腳下踩的白沙彷彿經過篩選，只留下美麗的細沙散落地面，就像一整片的糖粉。
細沙發出沙沙聲，木屐沒入沙地裡……
「……嗯？」
突然之間，我好像聽到了什麼聲音，而抬頭往上望。
聲音埋沒在神祕的氣息之中，很難聽得清楚，但確實有人在呼喚我。
……是誰？
「我在這裡」——聲音越來越清晰了。
我無法分辨出聲音來源是哪個方向，於是在廣場正中央停下腳步，轉了一圈確認四周。
「是、是誰？」
「……葵？」
就在大老闆回頭轉向我的這一刻——
剛才還很穩固的腳下地面突然崩塌，就像沙漏開始流動一樣，把我整個人吸了進去。
「呀啊啊啊！」
我的慘叫聲沒幾秒就中斷了。最後雖然看到大老闆把手伸過來，不過我一瞬間被細沙活埋，
就這樣往沒有盡頭的下方墜落。

一屁股摔落地面這種事我已經習以為常，但這次的情況有別於以往。

「……嗯？」

沒錯。雖然剛才確實有往下墜的感覺，但是我好像被深深包進了什麼Q軟的物體中，回過神來才發現自己已站在未知的陌生地方，胸前還抱著銅鑼燒的盒子。

這裡是一間挑高的大廳。

四周的岩壁上描繪著海底的熱鬧景象與人魚們的生活百態。

這裡恐怕位於我跟大老闆原本要進入的宮殿正下方，四處點亮了淡淡的暖色系燈火，視線非常良好。

「總覺得這大廳好奇妙，該說很不像隱世的風格嗎……」

在隱世也不是沒看過西方風格的洋館，也曾經踏入內部裝潢充滿異國風情的房間，但這裡非常古老，甚至給人一種處於久遠時代的感覺，能感受到異邦文化遺留下的痕跡。不過我也沒看遍整個隱世，所以不好說什麼就是了，但……

硬要說的話，這間大廳流露出的是中亞或古代中國的風情。簡單來說，我的這身和服造型在這裡不太搭調，應該說很突兀。

「歡迎來到龍宮城。」

「……嗯？」

當我呆愣在原地時，突然有聲音傳來——就是剛才頻頻呼喚我的聲音。

我這才發現，大廳最深處有一張像是王座的寬敞大椅，上頭坐著一位女性。

她站起身，給我一個親切的笑容。

對方是一位高挑的美女，身上薄薄的服裝層層相疊，一身打扮宛若天女，還披著隱世高貴女性才能佩戴的羽衣，隨風飄逸著。

她的臉頰兩旁長著透出七彩光芒的鰭，簡直就像虹櫻貝的顏色。同樣顏色的髮絲則往上盤起。一對蒼藍色的深色眼珠搭配白皙的肌膚，脖子以下則全部包覆著魚鱗。額上鑲嵌著細長型深藍色寶石，彷彿就像第三隻眼。

多麼美麗的女子啊……

「妳是……？」

「我是龍宮城的守妖。由於看見有稀客到來，所以把您請了過來。」

「……」

「那麼請往這邊走。」

她向我招了招手。那張溫柔的笑容不帶一絲汙濁，於是我就照她所說，往前走了過去。

啊，尾鰭。

我跟在那位女性守妖的後頭，發現在她長得拖地的和服底下，有一條若隱若現的尾鰭正在蹬著小小的步伐。該不會她是隻人魚？
王座後方的牆面上有一條暗道，得彎低身子才能通過。守妖穿越暗道往前，於是我也慌慌張張跟了過去。結果……
「哇～～」
令人吃驚的是，我們來到一片充滿綠意與水源的豐沃之地，完全不像地底空間。
這裡是由堆積的岩塊所構成的一個「街區」。
「……」
喧嚣聲轟轟響著……
怎麼會熱鬧成這樣。剛才在大廳裡明明沒聽到一絲吵鬧聲。
雙腳不由自主僵在原地，我環顧著四周環境。
各種店家所張設的帳篷，沿著岩壁並排而立，攤位上販售著蔬菜水果、魚類、珊瑚與珍珠、蛋白石製成的飾品、壺具與地毯，以及漂亮的服裝。
路上熙來攘往的妖怪們大多都是磯女與磯男，而四周遍布的水路上則可見到長著尾鰭的美麗人魚微微探出臉，一副理所當然地採買著物品。
該怎麼說呢……相較於平常看到的妖怪，這裡的居民從外觀看來，有一種更以「原形」生活的感覺。我不知道這該不該稱為原始。
完全無法想像在地底下有這麼多妖怪棲息在這個空間……

「這邊……請您往這邊。」

女守妖的和服衣襬拖曳在地，在這片人海中順暢地前進。我為了不跟丟她而緊緊跟在後頭，但過於擁擠的人潮絆住了我的腳步。結果……

「哇！」

眼看我就要被一群看也不看前方就直衝過來的小孩撞上了——正當我這麼想，一股詭異的感覺向我襲來。

那群孩子穿過我的身體，往前跑走了。

這股感覺我一時之間還無法掌握。

「……幻……覺。」

我低聲呢喃出這兩個字，才終於有所自覺。啊啊……剛才所見到的景像，全都是假的。這片光景並不存在於現實中。

「正是如此。這裡以前是環繞於中央龍宮城四周的繁榮街區，過去在此生活的海底居民所擁有的記憶都封印於此……您現在所見到的，是距今千年以前的光景。」

我還以為那位守妖已經先走遠了，結果不知何時她已經站在我身旁。

她的個子比我還高出兩個頭，所以完全是用俯視的角度看著我。

「千年以前的……光景？」

「是的。然而這片繁榮的生活如同泡影般輕易消逝了。都是因為那反覆襲來的天災……」

她充滿悲傷的眼神支配著我的身軀，讓我整個人無法動彈。

「咦？」

四周景色瞬間一變。

我來到一片空無一物的空間，這裡彷彿剛被暴風雨摧殘過一番。

頭頂上方是一整片開闊的幽靜夜空，腳下則是水位很淺的透澈海水。

淺灘上遍地散落奇形怪狀的岩石。這裡簡直就像一片不被需要而遭原地棄置的古代遺產。

沙沙……沙沙……現在所處的這片世界，只剩下細細的波浪聲不絕於耳。

「我們在這裡喝杯茶吧。」

那位守妖提出了一個悠哉的提議。

「咦……在、在這裡？喝茶？」

「都已經準備好了。」

「……」

就這麼剛好，在右手邊遠方的岩石背陽之處，擺著一套桌椅。

如剛才在街區所看到的一樣，這裡由眾多岩塊往上堆疊而成，四處垂掛著爬牆虎，還長滿觸感柔軟的草葉與青苔。這地方讓人覺得……好像已經荒廢了好幾百年，充滿了遺跡的味道。

守妖拖著長長的和服下襬，順暢地走過水面。而我的雙腳卻因水壓窒礙難行，行走時不停發出啪唰啪唰的水花四濺聲。終於抵達桌子旁，我一屁股坐在椅子上。

「喝芙蓉茶好嗎？」

「呃、好，謝謝……您。」

馬上端來我面前的是一杯透著鮮豔紅色的茶飲。

我嗅了嗅味道，感覺是果香帶著強烈的花香，這股類似扶桑花的香氣之中卻莫名感受到東方風情，充滿深度又帶著苦澀的韻味。

「啊，對了。我也帶了點心過來。雖然本意是拿來驅魔，不過若您不嫌棄，請配茶享用吧。」

「哇～～是點心！我對甜食最無法招架了！」

守妖一改目前為止充滿神祕感的氛圍，笑容中流露出顯而易見的喜悅。她湊近看著我遞上前的盒子。

「哇，是水果做的甜點呢。」

「我想這應該很適合當茶點。請拿一個吧。」

雖然剛才從空中墜落下來，但銅鑼燒仍呈現完好無缺的狀態。

守妖伸手拿起一個，咬下一口。料多到快滿出來的內餡讓她發出「嗯～」的陶醉呻吟，一口口塞滿雙頰下肚，最後舔了一下嘴唇。

「水分飽滿的水果與甜度偏低的紅豆餡……再加上那口感軟綿濕潤的香甜餅皮，真是一道奢侈的甜點呢。尤其還使用南方大地這裡的水果，與紅豆餡搭配完全是道絕品。」

「水果與紅豆餡的組合我也超喜歡的。草莓大福也是在甜點裡頭加上酸酸甜甜的水果，能讓口味濃厚的紅豆餡變得濕潤又清爽。該說吃起來毫無負擔，還是恰好的甜度不膩口呢……」

小小的銅鑼燒如果單純包入紅豆餡，吃一兩個就差不多了；若多加了水果，吃三個也不嫌膩。就像吃燒肉時如果光吃肉會膩得很快，若中間包點生菜換個口味，就能繼續再吃──也許就類似這種感覺吧……

再者，這銅鑼燒搭配充滿南島風味的這杯茶飲也十分和諧。由於是無糖茶，在享用甜甜的點心之餘配著喝更顯爽口。

「好久沒嘗到如此美味的點心……真想給那些孩子也嘗嘗。那兩個調皮的小傢伙正值最貪吃的年紀，一定會樂得很吧。」

「……那些孩子？」

守妖那雙美麗的深藍瞳眸之中，映照出水果銅鑼燒的倒影。此時她露出的微笑充滿了慈愛與悲傷。

「客人，您願意聽我說個古早故事嗎？」

「……咦，嗯嗯。」

「是小狗與小狐狸的故事。那兩隻小獸，個頭小巧又毛茸茸的……呵呵，我的兩個孩子真是太可愛了。」

「……」

這是指……

原本打算插嘴的我決定作罷，靜靜地聽她說。

「這是好久以前的事情了。在我還沒當上八葉之前，有次在海灘邊看見兩隻小獸互相依偎著彼此，不停發抖著。他們才剛出生沒多久就成了孤兒，但我一眼就領悟到，他們倆未來將成為支撐南方大地的神獸……因為我擁有天眼。」

她伸手指向自己的額頭。

聽她說明才知道，她額頭上的那顆寶石似乎是能預知未來，開示神諭的聖物。

「我拚了命地將他們倆養育長大。照顧孩子這檔事我也是第一次經歷。我的雙親早年在這龍宮城受天災迫害而死，我也沒有嫁夫生子，所以能稱為家人的，就只有他們倆了……這兩個小傢伙都是調皮的男孩子，但是個性卻完全相反。」

「該不會……他們就是，亂丸跟銀次？」

「呵呵，您猜得沒錯，人類姑娘。」

果然是這樣——如此心想的同時，我聽著她娓娓道來那兩人的故事聽得入迷。

一邊還搭配著水果銅鑼燒與芙蓉茶。

「小狗亂丸有很強烈的正義感，最痛恨不公不義。他為人正經又重感情，每次賭輸贏對方都立刻占上風……所以老是躲在神社後面偷哭呢。這種時候，只要賞他吃烤地瓜，他就會破涕而笑。我曾誇過他那一頭紅髮很美，結果他就拚了命留長髮……呵呵，一被稱讚就馬上充滿幹勁，真是可愛的孩子。」

「……」

「喏，您看看這個。這條珊瑚手鍊也是亂丸他努力做給我的禮物。那孩子真的對主子忠心不二，非常專一。」

守妖把自己手上的珊瑚手鍊展示給我看，露出一臉開心的表情。

要是讓我老實招出從剛才聽到現在的感想，就是「這跟我所認識的亂丸差太多了吧」……

「還有呢，嗯——他還曾經撿了一隻長相不討喜的送行犬回家，看來品味也有點欠佳……對了，那隻小狗是他去現世旅行時所撿到的，備受他的寵溺呢。」

「啊，這聽起來很像我認識的亂丸。」

話說信長原來是亂丸從現世帶回來的送行犬啊。

以前聽銀次先生說過他曾赴往現世旅行，在當時那個年代，往來於現世與隱世是不是比現在簡單多了呢？

「小狐銀次是個機靈的孩子，不過個性上比較像弟弟，是個愛好惡作劇的小惡童。」

「咦？這跟我所知道的銀次先生不太一樣。」

再度得知了從現在的銀次先生身上完全看不出來的新情報。

「他很貪吃的，以前老是偷吃東西，一被責備就會佯裝不知情；他也不愛聽話，總是偷溜出神社跑去外頭玩。但是他真的能幹又聰穎，從來沒有嘗過敗北的滋味。打賭時很運氣極好，打架也從沒輸過人。雖然個性乖僻，不過兄長亂丸是他唯一願意親近的對象……他似乎比誰都還尊敬自己的哥哥。」

「……」

這又是我所不知道的銀次先生另一面。

明明有過那樣的時光，現在卻……我無法停止心中的惋惜。

這對義兄義弟從某一步開始走上分歧的道路，至今仍無法擺脫這扭曲的關係。

「噢，時間差不多到了呢。要是一個人霸占您太久，鬼神可能要把結界給拆了。」

守妖從座位站起身，周圍的景色瞬間為之一變。

原本清徹澄透的水藍色世界，開始染上夕陽般的血紅色。日落時分的潮汐氣味瀰漫了這整個空間。

「那個，雖然現在問有點晚了，不過可以請教一件事嗎？」

「什麼事？」

「請問您……是磯姬大人沒錯吧？」

「哎呀，呵呵。事到如今還需要問嗎？」

「……」

咳咳……雙頰染紅的我清了清嗓子，重新開頭。

「我聽說您在這個地方去世了，該不會您其實一直都活著吧？」

「怎麼可能。我確實在三百年前長眠於此了。」

「……」

「我的遺體應該正沉睡在龍宮城的最深處吧。」

磯姬凝視著我的臉，露出耐人尋味的微笑。她的笑容讓我感到有點害怕而屏住氣息。

「呵呵，現在跟您對話的，是由我的意念所形成的形體。因為那兩個孩子永遠無法停止爭執，實在讓我操心，所以才出此策。」

「那您不見見銀次先生與亂丸嗎？好不容易都能以具體的人形出現了。他們不是來這裡好幾次了……嗎……」

話說到一半，磯姬突然伸出手指，觸上我的額頭。

無窮盡的澄澈，在蒼藍的瞳眸深處閃耀光芒。

珊瑚做成的手鍊發出清脆的聲響，我的意識陷入曖昧不明的混沌中。

「聽好了。」

磯姬的聲音聽起來特別清亮，響徹我的體內。

「請聽好了，津場木葵。這是我——指引巫女所開示的最後一項神諭。」

滴答……

磯姬的聲音支配著我的精神，平靜的水面開始泛起漣漪。

「『海寶珍饈』就由妳來負責完成。」

海寶珍饈……？

我記得那是折尾屋為了舉行儀式而正在籌措的祭品之一。

聽說那指的是宴席料理。要交給我……負責？

「在此給妳一個建議，像剛才的甜點一樣，結合隱世與現世的口味，完成嶄新的料理為佳。

海坊主對於目前為止所招待的菜色有點膩了，渴望不一樣的變化。」

迴蕩在體內的這股聲音與話語，現在已消失無蹤。

嘩……

一陣海浪聲在我耳中強烈地響起。

我的身軀只能任由芙蓉茶的殘香所擺布，就這樣倒在低淺的海面上。

明明只是水位差不多蓋過腳踝的淺灘，我卻整個人被浪花包覆，沉往無盡的深處……

『磯姬大人！磯姬大人！請看看，我挖到了這麼大的地瓜喔！』

一位長著犬耳與蓬鬆尾巴的紅髮小男孩，正得意洋洋地把一顆大地瓜舉得高高的。

『咦～我可以出去玩了吧？磯姬大人。讀書什麼的好無聊喔。』

另一位長著狐耳與毛茸茸九尾的銀髮少年，正盤腿坐在神社前殿的最深處，噘著嘴說道。

『銀次，你給我好好反省一下。如果懈怠學業，今後可無法成為磯姬大人的得力助手！』

『亂丸你自己用功過度到發燒還好意思說我。』

『你說什麼！你這傢伙……』

『好了好了，別打了。前殿滿天飛舞著你們倆的毛絮還得了。』

這對年幼的犬兄狐弟感情越好吵得越兇，磯姬大人則在一旁露出微笑教訓著兩人。

在隨海水搖曳往上湧起的泡沫之中，我看見了這些破碎的片段畫面。

畫面中的兩人，長得再熟悉也不過了。

互動之中所傳遞出的，是過去確實存在的「屬於家人的牽絆」。

而接著如海嘯般撲來的，是沉痛的悲傷與憤怒。

我看見兩頭野獸，趴在龍宮城遺跡的白色沙地上哭泣。

磯姬大人固守在龍宮城之中獨自承擔一切，試圖守護這片南方大地——悲傷至極的回憶……心愛的主人已決定犧牲，然而自己卻一步也無法靠近——這股無能為力的懊悔感傳了過來。

後世的一切就託付給這兩個我視如己出、養育長大的孩子了——磯姬深切的心願，現在仍然歷歷在目。

「亂丸與銀次就拜託妳了——葵。」

剛才的一切彷彿從未發生過。
我正站在一間挑高的大廳裡。
然而這裡卻比剛才所處的大廳更加昏暗了一點，還充滿了霉味。
剛剛的場景，也只是重現過去繁榮時代的幻影而已嗎？
紫色的鬼火緩緩飄浮空中，所到之處照亮了牆上的壁畫，讓我能稍微確認上頭的圖像。壁畫表面剝落得頗為嚴重，隨時間劣化中。
果然，這裡就是剛才那間大廳的現實狀態。
「話說、我全身弄得濕答答的耶……好、好冷。」
不過全身濕透也就代表，剛才的那場邂逅並不是單純的幻覺吧。
「……啊！」
在這片昏暗之中，我發現了閃閃發亮的光點鑲嵌在壁畫上。
「難道這就是，人魚的鱗片！」
從斑駁脫落、接近崩塌的古老壁畫上，能見到若隱若現的人魚鱗片。剛才還沒注意到，不過由於現在身處黑暗中，發光的鱗片變得顯而易見。
太好了。把這帶回去，儀式所需的寶物又搞定一項啦！
雖然人魚鱗片還挺難剝下來的，不過我用崩落的石塊拚了命地鑿著周圍牆面，挖出一片鑲嵌於其中的鱗片。

正當我鬆了一口氣，將鱗片抱在胸前時，發現了一件事。

我的手腕上正掛著磯姬大人的珊瑚手鍊。

「……」

果然，剛才那場相遇……

「喀喀喀……好香的味道……是人類女子的氣息……啊。」

此時，逼近我背後的一股強烈殺氣，令我不由自主發抖。

「是、是誰？」

我不假思索地轉過身，背緊貼著石牆。我看見了一位面貌醜陋的妖怪就站在那，身上散發出連我都能清楚感受到的邪氣。

「是……鬼？」

他頭上長角，尖牙隨著笑容從口中露出。是邪鬼。

邪鬼馬上緊逼過來，打算把我吃掉。

「沉澱於龍宮城遺跡的邪氣很舒適……這裡是我長年以來定居的好地方……不過還真沒想到會有這麼一頓大餐送上門來。最近常常跑來的都是些瘦巴巴的狗跟狐狸啊……」

「你、你……」

邪鬼飢渴地舔了舔嘴唇，隨後露出那銳利得發光的尖爪，打算朝我一揮而下。

我要皮開肉綻了……

——正當我如此心想之時，下一秒便感受到身旁傳來一股力道，把我整個人拉往一邊，免於邪鬼的威脅。

救我一命的是大老闆。

「大、大老闆！」

「抱歉呀，葵，我來得是不是太晚了？」

大老闆摟著我，在朽壞的王座旁著地，定睛望著那隻餓到不耐煩的邪鬼。同時還把我藏在自己的身後。

「沒想到這種地方竟然有邪鬼……難怪我一直覺得有股難以辨識的詭異氣息。這只是我的大膽假設，你該不會就是過去被靜奈喚醒，從地底覺醒之後傷了時彥殿下的邪鬼？」

「……把女人交出來……打算搶走我的食物嗎？」

「無法溝通呢……」

邪鬼步伐搖搖晃晃，一邊轉動著充血的眼球，一邊怒吼：「讓我吃了她啊啊啊啊啊啊啊啊啊啊！」並以駭人的姿態衝了過來。

大老闆拔出佩掛在腰間的小刀迎擊邪鬼。

「呃啊啊！」

邪鬼發出慘叫——因為大老闆一刀刺入他懷中。大老闆就這樣張開五指殘暴地掐住邪鬼的臉，猛力往地面砸。

「你、你這傢伙！」

邪鬼竭盡全力發狂，伸手抓著大老闆的肩膀掙扎不已。

「邪鬼是充滿惡意的化身。看來你似乎在這裡吞了不少孤兒下肚啊，遍地都能看到小小的頭蓋骨喔……繼續這樣垂死掙扎也難看，就讓我來幫忙制裁吧。」

「少胡扯了！你……身為『同族』的你有什麼資格說這種話！」

邪鬼只留下這最後一句話，便被大老闆的鬼火吞噬。

那是一簇毫無慈悲的無情業火。慘叫聲並沒有持續多久，邪鬼轉眼便化為灰燼。

大老闆冷酷得沒有一絲溫度。冷酷的鬼。

而他雙眸中的悲傷……讓我感受到其中壓倒性的孤獨感。

「大……大老闆……」

「這樣就沒問題了。邪鬼是必須滅除的存在……尤其是他，以這座龍宮城遺跡瀰漫的邪氣為糧食，日漸茁壯強大……某方面來說也是南方大地詛咒之下的產物。」

「……大、大老闆，你還好嗎？」

「咦？」

我衝往大老闆身邊，用顫抖的手指著大老闆肩膀上的傷。

「血！大老闆，你的肩膀在冒血！一定是剛才被那隻邪鬼的爪子抓傷的！都、都是我把你的指甲剪了，所以讓你的戰力減半了，一定是我害的……」

「呃、葵，冷靜點。區區指甲而已，不至於讓我戰力減半……」

「啊啊！我懷裡的手巾剛才全被海水浸濕了！」

我整個人慌張失措。大老闆抓住我的手腕，再度告訴我：「葵，冷靜點。」

他的聲音很溫柔，那雙深紅色的眼眸之中已感覺不到剛才葬送邪鬼時的冷酷。

我感受到一陣強烈的安心感，淚水開始不受控制地滑落。我也不清楚自己為什麼會這樣。

「……葵。」

「對不起，大老闆。」

「葵，我……很可怕嗎？化為鬼的我。」

「不是、不是這樣。」

「……」

「不是這樣的。是因為大老闆你……看起來好像傷得很嚴重，我才……」

這並不全然指他肩膀上的傷。不對，當然肩膀的傷勢我也很擔心，但不是這樣。是因為來得毫無預兆，他所散發出的「某種悲傷」。

我不清楚那究竟是什麼，這股類似預感的衝動讓我自己也陷入了困惑。

「葵……」

大老闆的手撫上我的臉頰，對上我的視線，出其不意地將臉湊近我的唇。

「……」

然而就在距離足以感受到彼此鼻息的那一刻，大老闆突然抬起臉，往我的額頭輕輕一吻。然後又像平常一樣摸摸我的頭。

嗯？剛……剛才那是……

「大、大老闆……」

「嗯？不哭了呀？」

「是呀，總覺得各種吃驚又加上掃興，眼淚都縮回去了。」

在像個少女染紅雙頰之前，莫名其妙的狀況先讓我一臉慘白了。

「哈啾！」——而且還配上了不怎麼可愛的噴嚏。這麼說起來我才想到自己全身濕透。

「好了，差不多該回去了。天亮之後這裡會更冷，再怎麼說這裡滿是邪氣啊。」

大老闆這次緊緊握住我的手，不再讓我走散。他就這樣引導著我回到地面。

離開龍宮城遺跡之際，我回頭望了一次。

磯姬大人的遺體，現在依然長眠在深處嗎……

我遇見一位貌似姬磯大人的妖怪，看見了南方大地距今千年以前的繁榮幻影。

把這番經過告訴大老闆，結果他說磯姬就是擁有這種能力的八葉，所以見怪不怪。

「還有……磯姬跟黃金童子雖然老是互相挖苦對方，但也常常一起喝茶配甜點。因為那兩人關係非常好嘛。」

來到海岸，我大口呼吸著空氣。果然不帶汙濁的新鮮空氣最美味了。

我深深呼吸了好幾遍，把帶回來的人魚鱗片舉在空中，對著浮出的一輪明月。

鱗片閃耀著光輝，看起來似乎真的是很貴重的寶物。

這應該也是經歷了許多年代的古物了，不過竟然還能保留如此耀眼的光芒。

「欸，大老闆。」

我溫柔地握緊人魚鱗片，凝視著手腕上的珊瑚手鍊。

「我想讓儀式順利結束。然後……我想幫助銀次先生與亂丸和好如初。」

「妳明白這番話代表什麼意思嗎？幫助他們修復關係……那銀次有可能再也不會回到天神屋囉。」

「我明白。但是……就算真是如此也沒關係，我不想看他們繼續這樣下去。」

磯姬大人最後把兩個孩子託付給我。

主人的死讓這對兄弟加深了彼此的羈絆，卻也讓他們走上分歧的道路。

至今為止我考慮的只有「讓儀式成功，也許銀次先生就能解放了」……

但是我現在開始覺得，若那兩人無法心連心，儀式終究不可能順利。

還有……我已經清楚自己的任務是什麼了。

「海寶珍饈由我負責掌廚。」

磯姬大人所開示的那番話，已深深烙印在我心上，成為我的使命。

大老闆聽見我這麼說之後，一時之間難掩驚訝的神情，不過隨後又輕輕笑了笑，彷彿在說「我早就隱約猜到事情會演變至此」。

「既然葵下定決心，那也沒辦法了。」

「你不笑我有勇無謀嗎？」

「為何要笑妳？這次連天神屋都打算暗中兩肋插刀，協助儀式順利進行了。畢竟憑折尾屋的立場，似乎是難過的一關呢。」

「……大老闆。」

「怎麼，雖然跟折尾屋有各種新仇舊恨，但我的新婚妻子為了讓儀式成功，都開口包辦海寶珍饈了，身為夫婿的我怎麼能不支持？」

又在說什麼新婚妻子了。果然是一如往常的大老闆。

然而這次我沒否認也沒肯定，就只是皺眉笑了。

現在竟然覺得這個把我擄來隱世的可恨鬼男是如此可靠……

我也被他感化許多。被抓來折尾屋這個敵方陣營後，好幾次被他相救，讓我更深有所感——

大老闆來到這裡見我，帶給我多大的安心感……
「拜託你囉，大老闆。請讓天神屋助我一臂之力。」
「嗯。那我先暫時回去一趟吧。」
「……嗯嗯。」
在幾秒鐘的彼此凝視過後，我們就這樣背對背分道揚鑣，往各自該回去的地方前進。
大老闆要回天神屋。
而我……要回到折尾屋。回去銀次先生與亂丸的身邊。

返回折尾屋後，葉鳥先生率先發現全身濕透的我，便準備了專門提供給濡女房客用的拖鞋。
「葵小姐！」
接著銀次先生馬上衝了過來，我把人魚的鱗片交給他。
銀次先生原本應該不知道我出發前往龍宮城遺跡吧，大為震驚的他一臉鐵青。
「葵小姐……您實在是太、太魯莽了！一定是亂丸的主意吧？那傢伙竟敢利用葵小姐……」
「不過我順利帶回來啦。銀次先生，反正我也沒什麼大礙，而且遇到了出手相救、給我建言的貴人，所以沒關係啦。」
「……咦？」

銀次先生看見我遞出鱗片的手，雙眼緩緩瞪大。

因為我的手腕上正掛著那條磯姬大人留下的手鍊。

他一句話都說不出來。

「總、總之小姐呀，先去入浴，有話待會兒再慢慢說吧。妳從剛才就全身發抖耶，而且一身海水味。」

葉鳥先生從背後推著我前進，打算帶我前往那座地下牢房，我焦急地說：「可是我得先去跟亂丸報告」，結果被他嚴厲地訓了一聲：「好了，別再說啦！」

「真傷腦筋，這麼胡來。亂丸他也真是的，竟然叫小姐去那麼危險的地方。」

「可是……如果我不去，人魚鱗片終究沒人能拿回來啊。」

「小姐，妳還真坦然面對耶。換作是我可絕對不想靠近那地方一步。啊啊真是的，光想像就毛骨悚然！」

「畢竟我是人類嘛。」

不過我能理解葉鳥先生為何生氣。定居於那邊的邪鬼所引發的危機，最後還是靠大老闆相救才得以解除，光憑我大概也沒辦法全身而退。我緩緩浸入溫熱的浴池暖暖身子，然後換上大老闆之前為我帶來的水藍色和服，重新上了一點淡妝。

平復好情緒之後，我重新確認了自己的意向——

接下來要前往亂丸專用的辦公室。

站在辦公室門前，我就已經清楚聽見裡面的動靜。

亂丸、銀次先生還有葉鳥先生三人正在爭執。

「豈有此理！你竟然要葵小姐去那麼危險的地方，你還打算把她當成工具恣意利用嗎，亂丸！」

「這次的事情連我也有點看不下去啦～要是小姐真有個萬一，你打算怎麼負責呀？」

聲音的來源分別是銀次先生與葉鳥先生。他們似乎正在質問亂丸。

亂丸一句話也沒有回。

「等等，你們兩個先別激動了。」

我馬上踏入房內，喊著「好了好了」，制止了質問亂丸的兩人。

「我有事情想告訴你們。」

然後我舉起手，像是要作出什麼宣言般，正面看向亂丸。

亂丸座位前的辦公桌上，正放著我帶回來的人魚鱗片。鱗片被妥善收進簡約的玻璃盒裡。

「欸，亂丸，我順利把人魚鱗片帶回來囉。」

「哼……好吧，我看妳有心還是辦得到嘛。」

果然還是一樣討人厭。

一點感謝或慰勞的話語都沒有，不過我打從一開始就不對他抱希望了。

「還記得我提出的條件嗎？」

「……怎麼，妳該不會打算憑這點小事就要把銀次帶回天神屋？」

站在身旁的銀次先生雙耳抖了一下。

「我是恨不得馬上把銀次先生帶回去沒錯，不過之前的條件我先撤回。反正儀式沒結束前，銀次先生大概也必須待在這，我也暫時不回去了。」

我將手放上自己的胸口，重新開口說道。

「儀式祭品之一『海寶珍饈』，由我來掌廚。」

喀啦……

珊瑚手鍊發出清脆的聲響，就像在聲援我這番宣言。

銀次先生與葉鳥先生聽見我提出的新條件，難掩驚訝之情，雙雙陷入無語。就連亂丸也直盯著珊瑚手鍊看，恐怕是覺得很眼熟。

「小姐！妳知道自己在說些什麼嗎？這可不是單純做做菜就得了，必須要完成滿足海坊主滿意的下酒菜，否則毫無意義了。」

如同葉鳥先生所言，這項工作只許成功不許失敗。

「我都清楚。我也不是對自己的手藝自信滿滿才這樣提議的……但是，這次必須由我來掌廚。這次的菜餚需要融合隱世與現世兩種要素，融合成全新的口味才行……這是龍宮城遺跡裡的某個人告訴我的。」

「葵小姐，那個人是指……」

我給了困惑的銀次先生一個微笑，告訴他沒問題，一切不需擔心。

面對海坊主這個素未謀面的客人，要端什麼菜上桌才能討他歡心，我還沒有頭緒。但是我從磯姬大人那邊得到了指引，這是引導儀式成功的明燈。

所以這項任務必須由我來執行……

「……我明白了。」

從剛才就沉默不語的亂丸，總算對我提出的要求有所反應，如此回答。

「老實說，我一直在想，這一項任務交給我們旅館裡的廚師是無法勝任的。畢竟海坊主也差不多對於按照慣例準備的菜餚感到膩了。」

亂丸沒有露出邪惡的笑容，也不帶一絲慍怒。

他就是只用毫無情緒起伏的平淡口吻如此說著，一點都不像平常的他。

「津場木葵……海寶珍饈就全權交給妳負責吧。需要的材料一切由我們準備。銀次，你負責擔任協助的角色。菜色的構思與設計上，她需要借用你對於海坊主與儀式的知識。」

「……咦？」

他竟然會讓銀次先生來當我的助手，完全出乎我的預料外。

我與銀次先生面面相覷。葉鳥先生則說了句：「是夕顏的老搭檔呢～」

「讓雙鶴童子也參與協助吧。要製作的份量可不少，當天沒有男丁幫忙應該很吃力。」

「亂……亂丸，你是怎麼了？我還以為一定會被拒絕，鼓足了勇氣才提議的耶。你是上次的傷還沒好，身體有哪裡不舒服嗎？」

「……」

亂丸陷入無言，然而達成願望的我卻感到不知所措。

竟然這麼輕易一口答應……而且還表現出頗願意配合協助的態度。

「亂丸，你在打什麼算盤。」

然而銀次先生的防衛心卻變得更重。

「對象是你，可不能掉以輕心。你一定又想陷葵小姐於不義吧。」

「別這麼戰戰兢兢的，銀次。讓津場木葵負責海寶珍饈，本來就是我列入考慮的選項之一，只是你一直否決而已。況且若是『天啟』如此開示，那我們也無法忤逆。銀次，這一點你分明也明白的吧。」

「這……我……」

亂丸淡淡說出的這番話讓銀次先生無法反駁，握緊拳頭壓低視線。

「順便先提醒妳，津場木葵，別會錯意了。我並不是肯定妳的能力才下此決定。只是經過判斷，這是目前成功率最高的辦法……如此罷了。」

「我很清楚啦。」

我不知道亂丸究竟是以什麼為判斷基準，決定把這個使命交付給我。不過，若是他有感受到任何一點磯姬大人的決意，或是我的熱忱……

體內突然湧現幹勁。我不自覺地撫上磯姬大人給我的珊瑚手鍊。

「亂丸大人！不好啦！雷、雷雷、雷獸大人他……」

正值此刻，小老闆秀吉來到亂丸的辦公室，不知道在慌張什麼。

「嘖，真是。還有這棘手的傢伙沒搞定。我馬上過去。畢竟最後一項『蓬萊玉枝』也得盡快想辦法弄到手才行。」

亂丸站起身，身上亮麗的淡青色外褂上印著六角「折」字紋，衣襬一個翻騰，他轉身離開辦公室。

離開之際他的神情嚴肅，彷彿在說「現在還不能掉以輕心」。

隔天，我一如往常地在那座地牢中醒來。

來到折尾屋之後，還從未迎來如此神清氣爽的早晨。

謎題解開了，我該執行的任務也確定了……心中大石順利放下的一個早晨。

「……」

我從床被裡坐起，打了一個呵欠。

「啊，葵小姐總～算起床惹。」

手鞠河童攀上我的被子，湊近凝視著我的臉……「總算」？

「葵小姐，已經中午惹喲。今早不論我在您耳邊怎麼喊，您都完全沒有要醒來滴意思呢。」

「咦？」

竟然……看來我是相當地疲憊，起得比平常晚多了。

我急急忙忙準備好，往舊館的廚房前進。

折尾屋的員工早就開始上工，每當在走廊上與他們擦肩而過，就會聽見一些耳語。尤其是女接待員們的眼神，特別不好惹……

就連對儀式不知情的員工，也把我視作被亂丸託付煙火大會這麼一個重責大任的要員。應該也有些人對此結果感到忿忿不平吧。

從傳進耳裡的八卦謠言與過往經驗來判斷，我大概有了這樣的預感。

「啊……銀次先生！」

我繞到直通廚房的舊館後門，發現銀次先生在打水。

總覺得那身影好令人懷念。我想都沒想就跑上前去。

「葵小姐，早安。」

「……時間已經不早了啦。」

面對銀次先生爽朗的笑容，我總是忍不住飄開視線。

「我還希望您能再多休息一會……」

「……銀次先生。」

「龍宮城遺跡是一塊詛咒之地，有各種力量作祟。就算邪氣對人類無害，但我想對葵小姐的身體還是會帶來一定的負擔。」

銀次先生暫停了把水裝入水桶的動作，輕輕握起我的手。

他握的是我戴著珊瑚手鍊的那隻手。

「……葵小姐您……該不會遇到了『那位大人』？」

這問題是什麼意思，我馬上就明白了。我緩緩點頭。

「嗯嗯，對……我想我是遇到她了。」

「……這樣啊。」

「她告訴我很多重要的事。還說了海寶珍饈需要由我來完成。」

「果然是有她的建議，才讓您下此決定的對吧。」

「不過……銀次先生，磯姬大人她一直以來最操心的是你跟亂丸喔。」

「……」

原本低頭凝視著珊瑚手鍊的他，抬起頭望向我。

他的表情隱約透露出複雜的心情……彷彿在驚訝之中還帶著苦悶與悲傷。

我為了替銀次先生打氣，便擠出大大的笑容說：「來，我們進去吧！」隨後把他拉進廚房。

「我昨天最後只吃了銅鑼燒，然後就餓著肚子直接睡覺，現在餓死啦。真想吃點什麼啊。」

「那麼我來做飯吧。」

「咦！銀次先生要做飯嗎？」

這可真開心。竟然能吃到銀次先生親手做的料理！

「一直以來各方面都受到葵小姐太多的關照了。這次就讓我露一手吧……話雖這麼說，但我也不太確定這稱不稱得上是一道料理就是了。」

銀次先生淘氣地聳了聳肩膀。他打開從本館帶來的竹簍，拿出好大的蟹鉗。另外還有蟹殼、以及裝在小瓶裡的一點蟹膏跟像是高湯的湯汁。

「南方大地這裡，現在正值三疣梭子蟹這種螃蟹的產季，所以我帶了蟹殼、蟹鉗與蟹膏過來，另外還有煮蟹時的高湯。今天早上我經過廚房一趟，想看看有沒有什麼好料，結果雙鶴童子就給了我這些食材。雖然剩下的只有這一點，不過用這蟹殼跟蟹鉗來熬粥可是很美味的喔。」

「螃、螃蟹粥？該不會是用那個大殼來煮吧？」

「呵呵，正如您所言。」

銀次先生馬上把炭爐生好火，將飯添入蟹殼裡，加上少許的蟹黃與高湯後開始加熱。

等煮得差不多了，再把剝好的蟹鉗肉、普通味噌與蛋汁加進去充分攪拌。

蟹殼被炭火烤得焦香，裡頭裝著熬煮得冒泡的螃蟹粥。

最後灑上蔥花，攪拌一下就完成了。

「唔、哇～～這絕對超好吃的啊。」

「來，葵小姐請用。」

銀次先生幫我拿了小碗盛裝螃蟹粥。我敵不過飢餓，快速說完「我開動了」便馬上拿起湯匙挖了一大口下肚。

「唔唔～～」

螃蟹的鮮味完全凝聚在這一碗粥裡頭。太過鮮醇的滋味讓我發出詭異的呻吟。

蟹膏濃厚的風味搭配蟹鉗肉的口感令人停不下來。加上現在還有「空腹」這帖無敵調味料，讓我沉醉在螃蟹粥的美味裡，一口氣吃光光。

「啊啊……啊啊，太好吃了。竟然一起床就能嘗到這麼美味的螃蟹粥……太好命了吧。感覺我會遭天譴。」

「真開心看到葵小姐如此捧場。畢竟這類料理在天神屋沒什麼機會品嘗到呢。」

「嗯嗯，的確沒錯呢。雖然莫名其妙被抓來折尾屋這地方，不過唯有吃到好多海鮮料理這一點，我沒有任何怨言。還認識了很多食材呢。」

我把最後一口吞下肚，一臉滿足。

這道銀次先生的螃蟹粥，也是多虧了我被擄來這裡，才有機會品嘗到的料理。

「那麼……等儀式順利告終之後，也來為夕顏構思一些海鮮類的新菜色吧。」

「……銀次先生。」

「我一直不希望葵小姐跟這場儀式有任何關連。然而現在卻又抱著期望，認為憑藉您的力量，也許真能萬事順利……我真的很任性對吧。」

身旁的銀次先生露出苦笑。然而我卻因為他願意這樣依賴我，而感到一股莫名的喜悅。

在這塊土地上，大老闆成為我可靠的支柱；同樣地，如果這次我也能成為銀次先生的後盾，那該有多好。

「不過，我不會讓葵小姐一個人背負這一切。我也會竭盡全力協助您的，讓我們一起跨越這個難關吧。」

「嗯嗯、嗯嗯。謝謝你，銀次先生。」

更重要的是，沒有什麼事比能與他肩並著肩做料理還令人開心了。

這次的任務，某方面來說可以算是「款待海坊主」吧。

這項重責大任，如果能跟從夕顏就一路支持著我的銀次先生同心協力，順利過關……那必定會成為影響我今後人生的一次珍貴經驗。

只不過如果以失敗收場，勢必會失去很多重要的東西。

真可說是成也料理，敗也料理。

至今幾乎沒有像這次一樣如此意識到這一點。畢竟這片南方大地的命運，全押在我做出來的料理上，要說沒有不安與壓力是不可能的。不過……

「好！馬上來構思儀式的菜色吧！」

「哇……葵小姐您幹勁十足呢。」

「那當然！本來就是我自己開口說想做的嘛。而且要做的料理是現世與隱世的混搭風——這是我最擅長的領域了。不覺得很令人雀躍嗎？」

「……是呀，感覺成品會充滿您的個人風格，我現在也開始期待囉。」

我與銀次先生對望之後，輕笑出聲。

——「這跟平常在夕顏設計菜單時沒兩樣嘛。」

距離儀式還有一星期的時間。

還未得手的寶物還有另一件，一切的一切算不上一帆風順。

但是，我想盡力完成。

不只我一人，而是集結為儀式四處奔波的眾多相關人士，同心協力來完成。

然後——

我將在此找到一直以來尋求的「真相」。

後記

大家好，我是友麻碧。

第四集配合富士見L文庫的兩週年展覽，出版時間比往常早了一個月。最近發現自己寫作速度其實並不快，在拚死拚活之下終於趕出了本書。從內容上來說，這集是「折尾屋篇的上篇」。

本作品至今為止每集都是由一個完整的故事所構成，不過我想是時候來挑戰規模比較大的劇情了，於是在第三集結尾一口氣將舞台轉往折尾屋。

從天神屋被擄走的葵，陷入了與第一集類似的危機之中。雖然被敵對的旅館任意奴役……不過同時還是享受著當地名產與料理，一窺至今從未體驗過的隱世異地大小事。各種人事物開始交織出全新的關係——我想本集的大綱說起來大概就是這樣吧。

關於本集中所出現的料理，從芒果與沖繩風炒苦瓜等充滿南島風味的食物，乃至花枝燒賣、炸牡蠣等海味，甚至還有醃漬鰤魚丼、雞肉燉菜等大分縣的地方料理都登場了。這次的菜色之中，特別包含了許多我個人很懷念與偏好的口味，一直想著「總有一天要寫出來」。

接下來針對其中的花枝燒賣、雞肉燉菜與醃漬鰤魚丼這三道來稍微聊聊。

花枝燒賣是我在佐賀縣的呼子所吃到的料理，那美味讓我深受感動，所以浮現出這樣的靈感。呼子地區的花枝確實很有名，還記得初次品嘗時，已被那股美味驚豔到說不出話來，心中除了「咦咦咦……這真的也太好吃了吧……咦咦咦！」以外，無法說出更具體的感想。不只是花枝，還有鯛魚與鰤魚等種類的魚產，做成生魚片很新鮮，用燉煮的也非常讚。不過花枝生魚片與花枝燒賣的美味果然是另一個層次，甚至讓我時常不經意冒出「好想吃呼子的花枝」這樣的念頭。提筆寫著後記的這個當下，我也正緬懷著「啊啊~好想吃呼子的花枝」……說到位於九州地區的佐賀，雖然被視為福岡與長崎兩大城市之間的通道，但是！呼子的花枝那麼美味，這次也以佐賀的唐津市為雛形，構思了雲之松原這個場景。當地有「彩虹松原」這樣的名勝美景，還有日本三大護膚溫泉之一的嬉野溫泉。雖然寫成這樣很像推廣佐賀旅遊的業配文，不過還是歡迎大家有機會一定要去當地嘗嘗看那邊的花枝。

再來，書中另一段關於雞肉燉菜（筑前煮）口味差異的故事，出發點完全來自我個人的經驗與一些很感興趣的疑問，在經過詳細調查過後，一直找機會想放進本書的一個題材。契機在於我妹妹曾經說過的一句「奶奶的雞肉燉菜很好吃耶，感覺跟外面吃到的不太一樣」。祖母是土生土長的大分縣人，所以用大塊大塊帶骨的本土雞肉燉成的雞肉燉菜，一直以來是我們家記憶中的家鄉味，吃起來跟市面上的筑前煮很不一樣。本土雞的雞骨所熬出的濃厚鮮味，充分沁入蔬菜與小芋頭，裡頭一起燉的配料全都鬆軟入味，非常好吃。另外，在大分也常常能吃到在地土雞做成的生雞肉片，還有像雞肉天婦羅啦，中津炸雞塊等，當地真的充滿各種雞肉料理，令人深有所感：「這裡的雞肉食用量應該真的很不得了吧。」

啊，至於醃漬鰤魚片，則是單純出自我個人喜好。不過說到大分果然還是得嘗嘗鰤魚！在親戚聚會時都能大啖鰤魚生魚片的美味，剩下的就醃漬起來保存，隔天做成蓋飯或茶泡飯……

大分把這種丼飯料理稱為「鰤魚熱飯」，還有做成冷凍包裝的加工品販售，是頗具人氣的特產，希望可以訂來吃吃看。我個人私心認為這應該是庶民美食之冠，如果有持反對意見的讀者，請務必把心中的冠軍美味介紹給我，反駁我「這也不錯啊！」我想嘗遍庶民美食！

在前集的後記中，礙於篇幅所以沒辦法講太多，這次想針對漫畫改編版與我的新連載稍微介紹一下。

目前本作品已改編成漫畫版，於 B's-LOG COMIC 進行連載中。由於我本身是漫畫迷，看到自己的故事能以漫畫來呈現，真的萬分感動。擔綱作畫的衣丘わこ老師，讓角色與劇情化為美麗的圖像動了起來。當我看到漫畫版的葵穿著難得一見的便服造型時，莫名為了「啊啊，葵果然是活在現代的女大學生呢」這個理所當然的事實感到非常感動。和風場景也雅緻得令我深深敬佩，連細部都描繪得精美動人。還請各位務必欣賞裡頭令人垂涎欲滴的料理，還有那些貌美又可愛的妖怪們！漫畫版可於 pixiv コミック網站免費試閱第一話，還請各位隨意瞧瞧了。

再來是我個人的新作《淺草鬼妻日記　妖怪夫婦今生今世想好好幸福》（暫譯：浅草鬼嫁日記　あやかし夫婦は今世こそ幸せになりたい），目前正在小說網站「KAKUYOMU」的富士見L文庫官方連載區（https://kakuyomu.jp/works/4852201425155007534）連載中。新作品的世界

觀延續本作《妖怪旅館營業中》，以酒吞童子的傳說為題材，在現代時空背景下所寫成的故事。主角是一位對妖怪擁有超強靈力與影響力的女高中生「鬼妻」茨木真紀。她在淺草幫忙當地經商的妖怪們，同時以壓倒性的實（暴）力，協助棲息現世的妖怪解決各種疑難雜症。故事中她與心儀的對象，同時身為前世丈夫的男高中生天酒馨一起上演夫妻相聲，一起吃吃飯看看電視……大概就是這種日常系的妖怪夫妻故事（？）呃，大家可能完全聽不懂我在介紹什麼……嗯嗯，大概就是這種感覺。故事裡有些角色也與《妖怪旅館營業中》相通，來到現世出差的大老闆也許會若無其事地出場露個臉之類的，若大家有興趣的話還請參考看看了！（註12）

在此感謝責任編輯大人，除了本作《妖怪旅館營業中》承蒙諸多照顧，其他合作的工作也常給您添麻煩，不過能有幸聽您捎來開心的事與好消息，真的只有無盡感激。今後也請多指教了。

這次封面繪製依然邀請到 Laruha 老師擔綱。我時常深刻體會到，若沒有 Laruha 老師的畫作與角色設定，是無法成就這本書的。看完封面我感動得顫慄不已，心想：「葉鳥先生明明只是拿顆芒果耍帥，為什麼還真的超帥氣。這根本就是我心目中的葉鳥先生啊……」人物設定本身就很完美，搭配的表情與姿勢也各自呈現出角色特質，讓每個人物都更具魅力了。這真的令我深感佩服，所以請容我在本集也繼續碎碎念這份沉重的景仰之情……

最後要感謝的是各位讀者。

真的謝謝大家願意一路支持到第四集。

最近也收到許多以Twitter或信件形式回饋的感想，每次我都感動得心想「有寫下這部作品真是太好了。」甚至有九州的讀者朋友特地送了九州醬油口味的點心過來，我開心得簡直飛上天。剛好這次寫到了九州醬油口味的洋芋片，我當時興奮地大喊：「跟現實同步了！」

在各位的回應之中，有許多聲音表示對於關東與九州地區醬油口味的差異「深有同感」，這時才體會到「原來大家都有一樣的感覺呀……」而自己笑了起來。關於醬油這個題材，今後也想沿用下去，成為本作品的副題之一。

另外，若各位有什麼好奇的問題請別客氣，歡迎直接提出。

各位長久以來的陪伴，真的令我不勝感激。

第五集將是折尾屋的下半篇，以《妖怪旅館營業中》整部劇情走向看來，或許算是解決眾多課題的關鍵一集。（還、還沒有要完結喲！）

若各位能繼續陪這個故事走下去，那實在太榮幸了。

在此衷心期待在下集再度相見。

友麻碧

註12：以上指日本的出版狀況。

國家圖書館出版品預行編目資料

妖怪旅館營業中．四，以家常好味化敵為友 / 友麻碧作；蔡孟婷譯．-- 初版．-- 臺北市：臺灣角川，2017.04
　面；　公分

譯自：かくりよの宿飯．4，あやかしお宿から攫われました。
ISBN 978-986-473-648-5(平裝)

861.57　　　　106003175

輕文學 Light Literature

妖怪旅館營業中 四 以家常好味化敵為友

原著名＊かくりよの宿飯 四　あやかしお宿から攫われました。

作　　者＊友麻碧
插　　畫＊Laruha
譯　　者＊蔡孟婷

2017 年 4 月 12 日　初版第 1 刷發行
2023 年 3 月 15 日　初版第 5 刷發行

發 行 人＊岩崎剛人
總　　監＊呂慧君
總 編 輯＊蔡佩芬
編　　輯＊林毓珊
美術設計＊吳佳昫
印　　務＊李明修（主任）、張加恩（主任）、張凱棋

台灣角川

發 行 所＊台灣角川股份有限公司
地　　址＊104 台北市中山區松江路 223 號 3 樓
電　　話＊（02）2515-3000
傳　　真＊（02）2515-0033
網　　址＊www.kadokawa.com.tw
劃撥帳戶＊台灣角川股份有限公司
劃撥帳號＊ 19487412
法律顧問＊有澤法律事務所
製　　版＊尚騰印刷事業有限公司
I S B N＊978-986-473-648-5